# 古典文獻研究輯刊

二八編

第 12 冊

## 慕思集
### ——文史散論（上）

杜 貴 晨 著

國家圖書館出版品預行編目資料

慕思集——文史散論（上）／杜貴晨　著 -- 初版 -- 新北市：
花木蘭文化事業有限公司，2023〔民 112〕
序 2+ 目 6+156 面；19×26 公分
（古典文學研究輯刊　二八編；第 12 冊）
ISBN 978-626-344-456-0（精裝）
1.CST：中國文學 2.CST：文學評論 3.CST：文集
820.8　　　　　　　　　　　　　　　112010497

ISBN-978-626-344-456-0

古典文學研究輯刊
二八編　第十二冊　　　　　ISBN：978-626-344-456-0

慕思集——文史散論（上）

作　　　者　杜貴晨
總 編 輯　杜潔祥
副總編輯　楊嘉樂
編輯主任　許郁翎
編　　　輯　張雅淋、潘玟靜　美術編輯　陳逸婷
出　　　版　花木蘭文化事業有限公司
發 行 人　高小娟
聯絡地址　235 新北市中和區中安街七二號十三樓
　　　　　　電話：02-2923-1455 ／傳真：02-2923-1452
網　　　址　http://www.huamulan.tw 信箱 service@huamulans.com
印　　　刷　普羅文化出版廣告事業
初　　　版　2023 年 9 月
定　　　價　二八編 18 冊（精裝）新台幣 47,000 元

# 慕思集
## ——文史散論（上）

杜貴晨　著

## 作者簡介

杜貴晨，山東省寧陽縣人。1982 年畢業於中國人民大學語文系。短暫在全國人大常委會法制工作委員會工作。先後執教於曲阜師範大學中文系、河北大學人文學院、山東師範大學文學院，任教授，古代文學、文藝學博士生導師，博士後合作導師。兼任中國《三國演義》學會副會長，山東省古典文學學會第四、第五屆副會長秘書長，山東省水滸研究會創會會長、第二屆會長。出版各類著作 20 餘種，在《中國社會科學》《文學評論》《北京大學學報》《人民日報》《光明日報》等發表文章 300 餘篇。

## 提　　要

　　本集共收十四篇文章，大致有三個方面的內容：

　　其一是《黃帝形象對中國「大一統」歷史的貢獻》等五篇，主要關於黃帝、泰山、周公研究，據《管子》等記載和諸史所稱，論述黃帝是中國「大一統」思想與實踐的第一人。又夏、商以前「泰岱為中」，黃帝生於後世稱「孔子故里」的曲阜，其封禪泰山和傳說泰山升仙等「神跡」，以及泰山為「神山」的形象，明確標誌了秦漢以前曲阜—泰山為華夏文化唯一「主軸」，而最終實現西周統一的「周公東征」，其在駐軍曲阜—泰山之間寧陽所發起的「踐奄（曲阜）」決戰，則實際開啟「齊魯文化」之先河，從而以黃帝—周公—孔子之人生事業及其影響為標誌，曲阜—泰山又進一步為中國上下五千年文化的「主軸」。文中又對比「一切歷史都是當代史」「一切歷史都是思想史」等流行著名史學觀，提出「一切歷史都是形象史」的認識。《「蟲二」考論》雖因清人筆記小說《堅瓠集》校點而作，但泰山「蟲二」石刻是其具體所關重要內容之一。

　　其二是《〈水滸傳〉「厭女」「仇女」「女色禍水」說駁論》等七篇，是分別關於《水滸傳》《西遊記》《堅瓠集》《聊齋誌異》和米蘭・昆德拉小說《不能承受生命之輕》的研究。其前三篇是傳統方法的小說考論，從題目已可見大意；後四篇則是拙說「數理批評」應用於中外小說的實驗，目的在進一步驗證其在文學研究中的普適性。

　　其三即最後兩篇是關於詩文家的研究，一為拙作《劉楨集輯撰》（山東文藝出版社 2023 年出版）的《前言》，一為拙注《高啟詩選》（商務印書館 2002 年 7 月版）的《導言》。「建安七子」中的劉楨是吾鄉先賢，高啟是我喜歡的作家，兩篇可見此二人並拙著兩種之大概。

作者照

# 自　序

　　承蒙花木蘭文化事業有限公司出版拙著《杜貴晨文集》（2019 年 3 月），至今已經四年。其前三年大疫中，我一面照顧久病的老父，一面修訂《明詩選》，完成《高啟詩選》，一面就多年的一些想法先後寫成這十幾篇文章，並結集以此題。

　　「慕思集」書名的確定，一是有感於前年（2021 年 9 月）出版拙著《古典小說論集》書名與前人之作重複，甚願此番不重蹈覆轍；二是去年重陽節（2022 年 10 月 4 日），我的父親享壽 95 歲辭世，居喪之中，念及生母、繼母也早都先後去世，「哀痛未盡，思慕未忘」（《禮記‧三年問》），乃題以「慕思集」，永念父母罔極之恩，而以「文史散論」為副題焉。

　　本集共收十四篇文章，大致有三個方面的內容：

　　其一是《黃帝形象對中國「大一統」歷史的貢獻》等五篇，主要關於黃帝、泰山、周公研究，據《管子》等記載和諸史所稱，論述黃帝是中國「大一統」思想與實踐的第一人。又夏、商以前「泰岱為中」，黃帝生於後世稱「孔子故里」的曲阜，其封禪泰山和傳說泰山升仙等「神跡」，以及泰山為「神山」的形象，明確標誌了秦漢以前曲阜──泰山為華夏文化唯一「主軸」，而最終實現西周統一的「周公東征」，其在駐軍曲阜──泰山之間寧陽所發起的「踐奄（曲阜）」決戰，則實際開啟「齊魯文化」之先河，從而以黃帝──周公──孔子之人生事業及其影響為標誌，曲阜──泰山又進一步為中國上下五千年文化的「主軸」。文中又對比「一切歷史都是當代史」「一切歷史都是思想史」等流行著名史學觀，提出「一切歷史都是形象史」的認識。《「蟲二」考論》雖

因清人筆記小說《堅瓠集》校點而作，但泰山「蟲二」石刻是其具體所關重要內容之一。

其二是《〈水滸傳〉「厭女」「仇女」「女色禍水」說駁論》等七篇，是分別關於《水滸傳》《西遊記》《堅瓠集》《聊齋誌異》和米蘭·昆德拉小說《不能承受生命之輕》的研究。其前三篇是傳統方法的小說考論，從題目已可見大意；後四篇則是拙說「數理批評」應用於中外小說的實驗，目的在進一步驗證其在文學研究中的普適性。

其三即最後兩篇是關於詩文家的研究，一為拙作《劉楨集輯撰》（山東文藝出版社 2023 年出版）的《前言》，一為拙注《高啟詩選》（商務印書館 2002 年 7 月版）的《導言》。「建安七子」中的劉楨是吾鄉先賢，高啟是我喜歡的作家，兩篇可見此二人並拙著兩種之大概。

四十年教讀，學海拾貝，若妄言所得之次序，則杜撰「數理批評」理論第一，小說研究倡為「羅（貫中）學」第二，古代（漢、宋、明）詩文研究第三，李綠園與《歧路燈》研究第四，略涉史學提出「一切歷史都是形象史」第五。雖均淺嘗輒止，無甚高論，但仍記於此，不過敝帚自珍，未能免俗而已。

感謝花木蘭文化事業有限公司再一次出版拙著，祝願本書編輯和出版社的老師們事業順遂，生活幸福！

二〇二三年三月三十日

# 目

# 次

# 黃帝形象對中國「大一統」歷史的貢獻

## 引言

　　中國上古黃帝其人儘管在歷史學中尚未盡確考，但多數學者公認其是中國上古一位偉大的部落首領，更無可否認其歷史上逐漸定於一尊的形象對華夏歷史文化傳統形成所起無與倫比的重大作用。故《史記·五帝本紀》史首黃帝，載其以超凡的意志與卓越的才智領導其部落日益壯大，並在「神農氏世衰，諸侯相侵伐，暴虐百姓，而神農氏弗能征」的亂世中，毅然起兵，以戰止亂，享諸侯，誅蚩尤〔註1〕，「萬戰萬勝」〔註2〕，最後代神農氏（炎帝）而成為當時部落共主的「天子」。後世或以其位伏羲、神農二氏之後為「三皇」〔註3〕之殿，或以其在顓頊、帝嚳、堯、舜之前為「五帝」之首（《史記·五帝本紀》）；或以「三皇」並尊為華夏「人文始祖」，或以「炎黃」同列稱「炎、黃子孫」。但是，歷代於「三皇」、「炎、黃」之中往往最尊黃帝，除恒自稱「黃帝子孫」之外，紀時亦用「黃曆」，即黃帝所制曆。而先於《史記·五帝本紀》推黃帝為「五帝」之首者，有「《世本》十五篇。古史官記黃帝以來訖春秋時諸侯大夫」〔註4〕，「《（竹書）紀年》起自黃帝，終於魏之

---

〔註1〕〔西漢〕司馬遷《史記》，北京：中華書局縮印本，1998年，第23～24頁。
〔註2〕〔宋〕李昉編《太平御覽》卷十五引《黃帝玄女戰法》，北京：中華書局，1985年，第78頁。
〔註3〕有諸說，此取最通行《三字經》云：「自羲、農，至黃帝。號三皇，居上世。」羲農，即伏羲、神農。神農氏即炎帝。
〔註4〕〔東漢〕班固《漢書》（六）卷三十《藝文志》，北京：中華書局標點本，1962年，第1714頁。

今王」〔註5〕等各種文獻上溯國史，言「自黃帝……」或「黃帝以來……」〔註6〕及類似表達絡繹不絕，皆推黃帝為國史之第一人。自漢高祖劉邦於沛縣起事之初即「祠黃帝，祭蚩尤於沛庭」〔註7〕，至漢武帝「北巡朔方，勒兵十餘萬，還祭黃帝冢橋山」〔註8〕，以下歷代公祭最尊黃帝。至今世毛澤東《祭黃帝陵文》亦稱黃帝陵為「中華民族之始祖軒轅黃帝之陵」，以黃帝為「吾華肇造」之「始祖」〔註9〕，都明確以黃帝並且只有黃帝是中華民族最重要「人文始祖」。至今兩岸三地（港、澳、臺）、海內外華人，甚至鄰邦友人多有來中國大陸尋祖認宗，也是基於自認「黃帝子孫」〔註10〕的心理。由此可見，自古及今，黃帝是海內外華夏民族認同的最大共識，文化上共同的「根」，是「華夏一統」〔註11〕「中華一統」〔註12〕「四海一統」〔註13〕「天下一統」〔註14〕最強有力的紐帶和萬世一系的象徵。但是，近今學者所見多在黃帝作為民族歷史記憶、精神源頭之象徵的一面，而忽視了其在中華五千年文明史上促成和在近三千年古史上維繫中華「大一統」之有更為實際

〔註5〕〔西漢〕司馬遷《史記》卷四十四《魏世家》，北京：中華書局縮印本，1998年，第634頁下。

〔註6〕如《晉書》《宋書》《宋史》《元史》等諸史言律曆、祭祀等皆曰「自黃帝以來」。

〔註7〕〔西漢〕司馬遷《史記》卷八《高祖本紀》，北京：中華書局縮印本，1998年，第139頁下。

〔註8〕〔西漢〕司馬遷《史記》卷十二《孝武本紀》，北京：中華書局縮印本，1998年，第183頁上。

〔註9〕毛澤東《祭黃帝陵文》，中央檔案館編《中國共產黨八十年珍貴檔案》（第1卷），北京：中國檔案出版社，2001年，第400頁。

〔註10〕或稱「炎黃子孫」。這裡「黃帝子孫」即「炎黃子孫」，理由有二：一是相傳炎、黃本為同族；二是黃帝打敗炎帝，炎帝部落為黃帝所有，炎、黃合而為一；二是後世「炎」、「黃」二部落通婚，黃帝為「炎黃」之代表。

〔註11〕〔明〕宋濂等撰《元史》（二）卷二二《武宗本紀一》：「詔曰：仰惟祖宗應天順人，肇啟疆宇，華夏一統，罔不率從。」北京：中華書局標點本，1978年，第493頁。

〔註12〕〔清〕張廷玉等撰《明史》卷六十七《輿服志三》，北京：中華書局標點本，1974年，第1651頁。

〔註13〕〔唐〕房玄齡等撰《晉書》卷八十二《虞溥傳》：「今四海一統，萬里同軌。」北京：中華書局標點本，1974年，第2140頁。

〔註14〕〔西漢〕司馬遷《史記·李斯列傳》：「夫以秦之強，大王之賢，由灶上騷除，足以滅諸侯，成帝業，為天下一統，此萬世之一時也。」北京：中華書局縮印本，1998年，第899頁下；〔東漢〕班固《漢書》（二）卷十三《異姓諸侯王表第一》：「故據漢受命，譜十八王，月而列之，天下一統，乃以年數。」北京：中華書局標點本，1962年，第364頁。

的作用，從而黃帝研究僅成上古史的一個課題或傳統文化層面上一個似乎玄虛的問題。這就不能全面反映歷史的實際，也不符合我華夏民族自古及今共尊黃帝的歷史要求，從而黃帝形象對中國歷史發展的實際影響成為一個亟待深入探討的問題，而首在其對「華夏一統」等「大一統」作用的認識。故擬為本文論黃帝形象對中國「大一統」歷史的貢獻，並先為說明如下。

首先，本文題稱「黃帝形象」（以下或簡稱「黃帝」），一是為了區別於歷史與人類學家所一向關注卻迄今未能確考的自然人或純歷史人物的黃帝，二是認為在中國歷史上真正起了實際作用的黃帝，既是極大可能為一大部落領袖的歷史人物的黃帝，更是以可能的自然人和純歷史人物黃帝為「基因」的在口傳與文本中塑造出來的帶有神話藝術性徵的「黃帝形象」，乃至不排除其只是「皇天上帝」的別名〔註15〕。換言之，本文主要不是關於歷史人物黃帝的研究，而是關於歷史上史籍、傳說與文學交互影響醞釀塑造的黃帝形象反作用於歷史的研究。故讀者不以本文所取資料或有不合於史法，則幸甚。

其次，本文的探討不免並用史籍與神話傳說的資料，似乎混淆了歷史與文學的界限，不可能達至對歷史真相的探討，其實不然。一是人類歷史只有被記述下來才可能是後人能夠回眸的「歷史」，而被記述的歷史必然是主觀下的客觀，而不可能是純客觀的「歷史」，從而歷史與文學在本質上並無絕對的界限；二是中國古史與文學文獻均源於生活，今存包括《史記·五帝本紀》在內諸史有關黃帝的記載，以今天的觀點看，仍不乏「薦紳先生難言之」者，而實乃「神話多於史實」〔註16〕，很大程度上屬於文學（不實或虛構）的形象，可與實際也包含了「歷史」的神話傳說中的黃帝形象作合一的考論；三是雖然歷史的進程造就了史籍與文學，但史籍與文學作為歷史進程的產兒一旦問世，也就成為參與並創造新的歷史的一個強大因素。其作用越是在歷史與文學混沌未分的上古時代，就越是容易有更大的發揮。從而本文論「黃帝形象」本身是文學的或至少是帶有文學性的，但論這一形象對中國「大一統」歷史所起的作用，卻是真有歷史具體性的。從而本文雖係從文學出發的討論，但最終是跨在歷史與文學的邊緣對黃帝形象促成與維繫中國「大一統」真相的歷史學追求。

其三，還要進一步指出的是，並非歷史上應屬實有的黃帝，而是歷史上由

---

〔註15〕丁山《中國古代宗教與神話考》，上海：上海書店出版社，2011年，第439頁。
〔註16〕丁山《中國古代宗教與神話考》，上海：上海書店出版社，2011年，第587頁。

史籍與文學共同塑造的超級「圖騰」式的「黃帝形象」對中國「大一統」歷史形成與維繫起了更大的作用。例如本文以下將要討論到的黃帝封禪泰山乘龍上仙之說固然為無稽之談，但正是這無稽之談引起並最後促成了漢武帝封禪泰山，宣示其王朝「大一統」的歷史壯舉。由此可見討論黃帝封禪泰山上仙的文學性故事，其實是研究秦、漢「大一統」歷史的重要題目之一。因此，一方面歷史的黃帝難以詳考，另一方面對中國「大一統」歷史形成直接和持續起了作用的實際是歷史與文學所共同塑造的「黃帝形象」卻分外鮮明，引人注目。以致本作者不僅是作為一個治古典文學者在歷史問題的探討面前藏拙，而是千慮一得，欲努力於以史學與文學的資料並用研究歷史的這一重大課題，幸讀者能有所鑒諒焉。

　　其四，由於以上諸原因，本文採用資料除力求出處與文本的可靠之外，對其內容的真偽乃至在更大範圍內別有與之矛盾者都不作辨析。此非不為也，而是本文勢所不能兼顧，亦沒有必要，而唯求從資料總體所可見歷史的真實或可稱之為現在古籍有關黃帝資料的「大數據」得出拙見認為合理的結論。

　　最後，本文以下就黃帝形象對中國「大一統」歷史貢獻的討論，擬從其對中國「大一統」觀念的產生和最初實踐與中華族統、神統、政統、物統、道統等方面傳統的形成與維繫作用分別予以考量，得出的主要認識有六，曰：「大一統」之始祖，華夏族統之核心，千古神統之綱領，歷朝政統之根本，「成命百物」之造主，百家道統之根本。

## 一、「大一統」之始祖

　　上引諸史言「華夏一統」、「中華一統」、「四海一統」、「天下一統」等意義趨同，而「一統」之說則本於《尚書・武成》言「大統」〔註17〕、《春秋公羊傳・隱公元年》稱《春秋》書「王正月」為體文王「大一統」〔註18〕。而黃帝以下有記載的歷代開國帝王，無不欲「創業垂統，為萬世規」〔註19〕，實際最長不過數百年而亡，而僅留遺響。最成功不過如「百代都行秦政法」，但也只

〔註17〕〔唐〕孔穎達《尚書正義》，《十三經注疏》縮印本，北京：中華書局，1980年，上冊，第184頁下。

〔註18〕〔漢〕公羊壽傳，何休等解疏《春秋公羊傳注疏》，《十三經注疏》縮印本，北京：中華書局，1980年，下冊，第2184頁下。

〔註19〕〔西漢〕司馬遷《史記》卷一百十七《司馬相如列傳》，北京：中華書局縮印本，1998年，第1089頁上。

是秦始皇成其「大一統」的某種手段垂範後世。而黃帝卻不然。黃帝作為「三皇」之殿、「五帝」之首，幾乎在一切方面實現了一言而為天下法，一人而為萬世則的「王天下」目標，成為中華「大一統」的實際創意者與創始人，乃超然於歷代開國之君以上，當之無愧為中華「大一統」之始祖和永恆的象徵。

中國上古「大一統」觀念形成甚早。上引《尚書・武成》敘武王克殷后追憶文王九年他繼位之初將行伐紂之時形勢，稱「大統未集」，此「大統」實即「大一統」之略語，或至少包含「大一統」的觀念。《論語》載孔子稱讚「管仲相桓公，霸諸侯，一匡天下」〔註20〕（《憲問》），《孟子》載孟子對梁惠王「問曰：『天下惡乎定？』吾對曰：『定於一。』」〔註21〕（《梁惠王上》）實際也都蘊含有「大一統」思想傾向。但今見「大一統」最早出現於《春秋公羊傳・隱公元年》曰：「何言乎王正月？大一統也。」《漢書・董仲舒列傳》亦曰：「《春秋》大一統者，天地之常經，古今之通誼也。」〔註22〕《漢書・王吉列傳》：「《春秋》所以大一統者，六合同風，九州共貫也。」〔註23〕云云，以及《文選》曹子建《求自試表》「方今天下一統」下注：《尚書大傳》曰：『周公一統天下，合和四海。』然一統，謂其統緒也。」〔註24〕等等，標誌至晚在漢代經史學家的文本中，《春秋》「大一統」已經成為封建王朝政治上成功之首要和最重大標誌，而且內涵也更加具體豐富，不僅有政體上的「一統」，而且有社會的「同風」與「和合」，是對全面有效政治統治與社會治理的高標準要求。

但是，本作者考察認為，中國上古「大一統」觀念的萌芽不僅早於孔子、左氏，而且早於《尚書・武成》，遠自黃帝就已經實際地被發明創造出來了。有關堅強而又明確的證據是成書至晚在戰國前後的《管子・地數》載：

> 黃帝問於伯高曰：「吾欲陶天下而以為一家，為之有道乎？」伯
>
> 高對曰：「請刈其莞而樹之，吾謹逃其蚤牙，則天下可陶而為一家。」

〔註20〕〔魏〕何晏集解，〔宋〕邢昺疏《論語注疏》，《十三經注疏》縮印本，北京：中華書局，1980年，下冊，第2512頁上。

〔註21〕〔東漢〕趙岐注，〔宋〕孫奭疏《孟子注疏》，《十三經注疏》縮印本，北京：中華書局，1980年，下冊，第2970頁上。

〔註22〕〔東漢〕班固《漢書》（八）卷五十六《董仲舒傳》，北京：中華書局標點本，1962年，第2523頁。

〔註23〕〔東漢〕班固《漢書》（八）卷七十二《王吉傳》，北京：中華書局標點本，1962年，第3063頁。

〔註24〕〔魏〕曹植《求自試表》，〔梁〕蕭統編《文選》，北京：中華書局，1977年，中冊，第518頁上。

> 黃帝曰：『若此言可得聞乎？』伯高對曰：「上有丹沙者下有黃金，
> 上有慈石者下有銅金，上有陵石者下有鉛錫赤銅，上有赭者下有鐵，
> 此山之見榮者也。苟山之見其榮者，君謹封而祭之，距封十里而為
> 一壇，是則使乘者下行，行者趨，若犯令者罪死不赦，然則與折取
> 之遠矣。修教十年，而葛盧之山發而出水，金從之，蚩尤受而制之，
> 以為雍狐戟、芮戈，是歲相兼者諸侯九，雍狐之山發而出水，金從
> 之，蚩尤受而制之，以為雍狐之戟、芮戈，是歲相兼者諸侯十二。
> 故天下之君，頓戟一怒，伏屍滿野，此見戈之本也。」〔註25〕

對此，本作者認為，一是雖然上引所記未必即史實，但是至晚戰國時把這一問
對記為黃帝有「欲陶天下而以為一家」之意，並問計於伯高是一個事實；二是
從伯高對問看其對黃帝「欲陶天下而以為一家」的目的，雖然似為跑馬圈地的
強佔他人地盤，表面上與後世「大一統」之說相去甚遠，但恰恰如此才更合於
後世「大一統」的實質曰帝王一人的「家天下」之義。而且其言「陶」本謂製
作陶器，句中用如動詞猶言「治」。故所謂「陶天下而以為一家」，可說無論言
內言外都與後世君臣期盼推崇的「華夏一統」「中華一統」「天下一統」的目標
符契相合。而稱「一家」者，又可以說是後世「夏傳子，家天下」和「打天下，
坐天下」之「家天下」思想的黃帝式表達，而「家天下」又不過是後世「大一
統」之俗稱。所以，黃帝作為《史記》所推尊「五帝」之首，同時是或被認為
是中國古代「大一統」「家天下」觀念的創意者。而且不獨有偶，《論語》載：
「司馬牛憂曰：『人皆有兄弟，我獨亡。』子夏曰：『商聞之矣：死生有命，富
貴在天。君子敬而無失，與人恭而有禮。四海之內，皆兄弟也。君子何患乎無
兄弟也？』」〔註26〕其就司馬牛言家事而曰「四海之內，皆兄弟也」，豈不也隱
有「天下一家」〔註27〕之意。可見「大一統」觀念產生之早，至孔子的時代已
深入人心。

　　在「家天下」的意義上，後世歷朝歷代多祖述黃帝「陶天下」之意。據《漢
籍全文檢索系統》（第四版）二十六史（含注）檢索，最集中反映「大一統」

〔註25〕梁運華校點《管子》，《新世紀萬有文庫》本，瀋陽：遼寧教育出版社，1997年，
　　　　第210～211頁。
〔註26〕〔魏〕何晏集解，〔宋〕邢昺疏《論語注疏》，《十三經注疏》縮印本，北京：
　　　　中華書局，1980年，下冊，第2503頁上。
〔註27〕〔宋〕范曄撰《後漢書》（二）卷七《孝桓帝紀》，北京：中華書局標點本，1965
　　　　年，第299頁。

思想的「家天下」一語命中《史記》《漢書》《三國志》《南史》《魏書》《梁書》《元史》《新元史》等八史八篇 10 次,「四海一家」語命中《隋書》《宋史》《元史》《新元史》等四史八篇八次,「天下一家」語命中《後漢書》《晉書》《南史》《北史》《北齊書》《魏書》《隋書》《舊唐書》《新唐書》《新五代史》《宋史》《金史》《元史》《新元史》《明史》等十五史 33 篇共 34 次,足可證明由黃帝肇始之「大一統」觀念貫穿力之強大而持久。此非「三皇五帝」中他者形象之所有,唯黃帝能有此一言而為千古帝王法。

黃帝又是中華「大一統」之最早實踐者。其具體情形雖無可詳考,也一定與後世「打天下,坐天下」的形式有別,但古籍尤其《史記·五帝本紀》所載黃帝敗炎帝、誅蚩尤、「萬戰萬勝」的過程,和設官、推曆、治民等經世的努力與成就,無非其「陶天下而以為一家」的實踐。從而黃帝當之無愧為中國「大一統」實際奠基之第一人。其影響深遠,以致後世在數千年王朝「一治一亂」輪迴中一直延續了至少框架統一、文化一貫的中國歷史。而一次又一次地改朝換代,無非中國歷史假以英雄爭霸之「家天下」形式不斷刷新「大一統」的局面而已。此又非「三皇五帝」中他者形象之所有,唯黃帝能一身而為千古帝王之範。故《管子·法法》有云:「黃帝、唐、虞,帝之隆也,資有天下,制在一人。」[註28] 儘管其在那樣早的時代就把黃帝稱為中國自古「家天下」的第一人,並不能否定後世《三字經》「夏傳子,家天下」和明以來秦始皇為「千古一帝」[註29] 之說,但是無疑也提供了思考中國帝王政治史新的角度。

作為「大一統」觀念的創立與最早實踐者,黃帝對後世中國「大一統」歷史的影響主要有以下幾個方面。

(一)黃帝封禪泰山升仙之說推動「泰山封禪」,對中國「大一統」起到特殊促進和保障作用。《左傳·成公十三年》:「國之大事,在祀與戎。」[註30] 中國自上古以降,歷朝最大的祭祀是封禪,並越來越集中於泰山封禪。故《管子·封禪》雖載有管仲曰:

> 古者封泰山禪梁父者七十二家,而夷吾所記者十有二焉。昔無

---

[註28] 梁運華校點《管子》,《新世紀萬有文庫》本,瀋陽:遼寧教育出版社,1997 年,第 55 頁。

[註29] 張建業主編《李贄全集注》第 4 冊《藏書注》(1),北京:社會科學文獻出版社,2001 年,第 45 頁。

[註30] 〔晉〕杜預注,〔唐〕孔穎達疏《春秋左傳正義》,《十三經注疏》縮印本,北京:中華書局,1980 年,下冊,第 1911 頁中。

懷氏，封泰山，禪云云。虙羲封泰山，禪云云。神農封泰山，禪云
云。炎帝封泰山，禪云云。黃帝封泰山，禪亭亭。顓頊封泰山，禪
云云。帝嚳封泰山，禪云云。堯封泰山，禪云云。舜封泰山，禪云
云。禹封泰山，禪會稽。湯封泰山，禪云云。周成王封泰山，禪社
首。皆受命然後得封禪。〔註31〕

但至《史記‧孝武本紀》僅載：「封禪七十二王，唯黃帝得上泰山封。」〔註32〕
故在漢代人的認知中，黃帝並且只有黃帝才是封禪泰山完美的典型。而封禪泰
山對一代王朝的意義又無比重大。《白虎通義》卷五《封禪》述其詳曰：

王者易姓而起，必升封泰山何？報告之義也。始受命之時，改
制應天，天下太平功成，封禪以告太平也。所以必於泰山何？萬物
之始，交代之處也。必於其上何？因高告高，順其類也。故升封者，
增高也。下禪梁甫之基，廣厚也。皆刻石紀號者，著己之功跡以自
效也。天以高為尊，地以厚為德，故增泰山之高以報天，附梁甫之
基以報地，明天之命，功成事就，有益於天地，若高者加高，厚者
加厚矣。〔註33〕

又《後漢書‧祭祀志‧封禪》注引袁宏曰：

崇其壇場，則謂之封；明其代興，則謂之禪。然則封禪者，王
者開務之大禮也。〔註34〕

這就是說，泰山封禪的意義彷彿是新朝天子向上帝申請確認其向前朝奪
權合法性的「執照」，宣示其統治天下合法性和天子一人之威權的儀式。所
以，漢興於高祖、惠帝、高后、文、景五代皇帝（后）都由於各種原因未能
封禪泰山的情況下，漢武帝繼位之初，就有「搢紳之屬皆望天子封禪改正度
也」〔註35〕（《史記‧封禪書》），但因忙於邊事等，其初也並未十分留意。直
到元封元（110）年有齊方士公孫卿拿黃帝上封泰山成仙說事，才使漢武帝泰

〔註31〕 梁運華校點《管子》，《新世紀萬有文庫》本，瀋陽：遼寧教育出版社，1997年，
第142頁。

〔註32〕 〔西漢〕司馬遷《史記》卷十二《孝武本紀》，北京：中華書局縮印本，1998
年，第181頁下。

〔註33〕 〔清〕陳立《白虎通疏證》，《新編諸子集成》本，北京：中華書局，1994年，
第278～279頁。

〔註34〕 〔宋〕范曄撰《後漢書》，北京：中華書局標點本，1965年，第3171頁。

〔註35〕 〔西漢〕司馬遷《史記‧封禪書》，北京：中華書局縮印本，1998年，第474
頁下。

山封禪之念勃然而興，曰：「嗟乎！吾誠得如黃帝，吾視去妻子如脫躧耳！」〔註36〕由此可見漢武帝封禪泰山，公開的名義固然是漢朝受命改制、功成告天，內在的動機卻是「孝武帝欲求神仙，以扶方者言黃帝由封禪而後仙，於是欲封禪」〔註37〕，傳說中黃帝泰山封禪成仙之事才是漢武帝最終決定封禪泰山和屢次封禪的關鍵。但也不可否認，漢武帝自元封元年起先後九至泰山，七次封禪〔註38〕，也確實有宣示、維護、加強漢王朝「大一統」政治的作用，並直接啟發了後漢光武，唐高宗、玄宗以至宋真宗等多代帝王延續泰山封禪的傳統，同時強化了泰山為「五嶽之首」的地位，影響重大而深遠。

　　（二）黃帝「欲陶天下而以為一家」的政治理想激發亂世豪傑「爭天下」的雄心。《史記·陳涉世家》載涉召令徒屬有曰：「王侯將相寧有種乎！」〔註39〕《史記·高祖本紀》載「高祖常繇咸陽縱觀，觀秦皇帝，喟然太息曰：『嗟乎！大丈夫當如此也。』」〔註40〕《三國志·蜀書·先主傳》載：「先主少時，與宗中諸小兒於樹下戲，言：『吾必當乘此羽葆蓋車！』」〔註41〕《金史·耨盌溫敦思忠傳》載：「海陵曰：『自古帝王混一天下，然後可為正統。……』」〔註42〕以及據《漢籍》二十六史電子書檢索，各種稱「混一華戎」（《北史·魏本紀》）、「混一車書」（《魏書·王慧龍傳》）、「混一海內」（《北史·尒朱榮傳》）、「混一天下」（《晉書·劉毅傳》）、「混一宇宙」（《晉書·習鑿齒傳》）之類崇尚「大一統」的表達頻繁出現，其用或為勸進，或為抒懷，其在有心者個人或為理想，或為妄念，但是作為歷代帝王霸主、英雄豪傑不謀而合、前仆後繼的追求，都直接或曲折地反映著「大一統」是中國歷史發展的方向。此皆所謂古人之「野

---

〔註36〕〔西漢〕司馬遷《史記·封禪書》，北京：中華書局縮印本，1998年，第478頁上。

〔註37〕〔宋〕范曄撰《後漢書》，北京：中華書局標點本，1965年，第3163頁。

〔註38〕漢武帝至泰山和泰山封禪的次數諸家說法不一，此為本作者考證之數。可待參見《杜貴晨文集》第十一卷之《泰安市徂徠山汶河景區傳統文化景觀建設論證報告》中「漢武帝泰山封禪祭祀年表」，臺灣花木蘭文化出版社出版中。

〔註39〕〔西漢〕司馬遷《史記·封禪書》，北京：中華書局縮印本，1998年，第672頁上。

〔註40〕〔西漢〕司馬遷《史記·封禪書》，北京：中華書局縮印本，1998年，第137頁下。

〔註41〕〔西晉〕陳壽《三國志·蜀書·先主傳》，北京：中華書局標點本，1959年，第871頁。

〔註42〕〔元〕脫脫等撰《金史·耨盌溫敦思忠傳》，北京：中華書局標點本，1975年，第1883頁。

心優雅」乎？總之，「合抱之木，生於毫末」(《老子》第六十四章)，黃帝曰「吾欲陶天下而以為一家」正是中國「大一統」歷史觀念形成的先聲。

（三）黃帝又是後世圖王霸業者「打天下」的典範。《史記‧五帝本紀》載：

> 軒轅之時，神農氏世衰。諸侯相侵伐，暴虐百姓，而神農氏弗能征。於是軒轅乃習用干戈，以征不享，諸侯咸來賓從。而蚩尤最為暴，莫能伐。炎帝欲侵陵諸侯，諸侯咸歸軒轅。軒轅乃修德振兵，治五氣，藝五種，撫萬民，度四方，教熊羆貔貅貙虎，以與炎帝戰於阪泉之野。三戰，然後得其志。蚩尤作亂，不用帝命。於是黃帝乃徵師諸侯，與蚩尤戰於涿鹿之野，遂禽殺蚩尤。而諸侯咸尊軒轅為天子，代神農氏，是為黃帝。天下有不順者，黃帝從而征之，平者去之，披山通道，未嘗寧居。〔註43〕

由此可知，與傳說中上古帝位「禪讓」不同，黃帝是中國歷史上最早「習用干戈」以武力征服得「天下」者，並成為後世圖王霸業者以武力「混一天下」的榜樣。如《漢書‧酈食其列傳》載酈食其說齊王有曰：「夫漢王發蜀漢，定三秦；涉西河之外，援上黨之兵；下井陘，誅成安君；破北魏，舉三十二城：此黃帝之兵，非人之力，天之福也。」〔註44〕又《周書‧熊安生傳》載：「及高祖入鄴，⋯⋯幸其第，詔不聽拜，親執其手，引與同坐。謂之曰：『朕未能去兵，以此為愧。』安生曰：『黃帝尚有阪泉之戰，況陛下襲行天罰乎。』」〔註45〕又，《北史‧隋本紀》載隋煬帝伐高麗詔有曰：「黃帝五十二戰，成湯二十七征，方乃德施諸侯，令行天下。盧芳小盜，漢祖尚且親戎；隗囂餘燼，光武猶自登隴。豈不欲除暴止戈，勞而後逸者哉。」〔註46〕又，《北史‧司徒石附司徒丕傳》：「及帝還代，⋯⋯詔丕等以移都之事，使各陳志。燕州刺史穆羆進曰：『今四方未平，謂可不移。臣聞黃帝都涿鹿，古昔聖王不必悉居中原。』帝曰：『黃帝以天下未定，故居於涿鹿。既定，亦遷於河南。』廣陵王羽曰：『臣思奉神規，光崇丕業，請決之卜筮。』帝曰：『昔軒轅請卜兆，龜

---

〔註43〕〔西漢〕司馬遷《史記‧五帝本紀》，北京：中華書局縮印本，1998 年，第 23 頁下～24 頁上。

〔註44〕〔東漢〕班固《漢書》(七)卷四十三《酈食其傳》，北京：中華書局標點本，1962 年，第 2109 頁。

〔註45〕〔唐〕令狐德棻等撰《周書》，北京：中華書局標點本，1974 年，第 813 頁。

〔註46〕〔唐〕李延壽撰《北史‧隋本紀》，北京：中華書局標點本，1974 年，第 463 頁。

焦，乃問天老，謂為善，遂從其言，終致昌吉。然則至人之量未然，審於龜矣。』」〔註47〕又，《新唐書‧突厥傳》：「自《詩》、《書》以來，伐暴取亂，蔑如帝神且速也，秦、漢比之，陋矣。然帝數暴師不告勞，料敵無遁情，善任將，必其功，蓋黃帝之兵也。」〔註48〕又，《新唐書‧魏徵傳》載徵曰：「五帝、三王不易民以教，行帝道而帝，行王道而王，顧所行何如爾。黃帝逐蚩尤，七十戰而勝其亂，因致無為。……帝謂群臣曰：『此徵勸我行仁義，既效矣。惜不令封德彝見之！』」〔註49〕《新唐書‧蘇瓌傳》附《蘇頲傳》載蘇頲上言有曰：「古天子無親將，惟黃帝五十二戰，當未平之時。自阪泉功成，則修身閒居，無為無事。陛下拔定禍亂，方當深視高居，制禮作樂，禪梁父，登空峒，何至獸天居，袵金革，為一日之敵？」「由是帝止不行」〔註50〕；又，《宋史‧蘇洵傳》引洵《心術》論「為將之道，當先治心」，盛讚曰：「雖併天下而士不厭兵，此黃帝所以七十戰而兵不殆也。」〔註51〕等等，雖時移事異，人代不同，但以黃帝為治軍爭戰之楷模實成傳統。

（四）黃帝是「大一統」政治之最高境界，既是勵精圖治的榜樣，又是「無為而治」的表率。前者如賈誼《新書‧修正語上》載：「故黃帝職道義，經天地，紀人倫，序萬物，以信與仁為天下先。然後濟東海，入江內，取綠圖，西濟積石，涉流沙，登於崑崙，於是還歸中國，以平天下，天下太平，唯躬道而已。」〔註52〕後者主要體現於《周易‧繫辭傳》所稱「黃帝、堯、舜垂衣裳而天下治」〔註53〕，後儒從中提取出了王者之政要重視教化、無為而治的思想。如《荀子‧王霸篇》曰：「故君人者，立隆政本朝而當，所使要百事者誠仁人

〔註47〕〔唐〕李延壽撰《北史‧司徒石附司徒丕傳》，北京：中華書局標點本，1974年，第554～555頁。

〔註48〕〔宋〕歐陽修，宋祁撰《新唐書‧突厥傳》，北京：中華書局標點本，1975年，第6069～6070頁。

〔註49〕〔宋〕歐陽修，宋祁撰《新唐書‧魏徵傳》，北京：中華書局標點本，1975年，第3870頁。

〔註50〕〔宋〕歐陽修，宋祁撰《新唐書‧蘇瓌傳》，北京：中華書局標點本，1975年，第4401頁。

〔註51〕〔元〕脫脫等著《宋史》卷四百四十三《蘇洵傳》，北京：中華書局標點本，1977年，第13093頁。

〔註52〕〔漢〕賈誼著；王洲明注評《新書‧修政語上》，南京：鳳凰出版社，2011年，第115頁。

〔註53〕〔魏〕王弼、〔晉〕韓康伯注，〔唐〕孔穎達疏《周易正義》，《十三經注疏》縮印本，北京：中華書局，1980年，上冊，第87頁上。

也，則身佚而國治，功大而名美，上可以王，下可以霸。……垂衣裳而天下定。」〔註54〕顧炎武《日知錄》卷一《垂衣裳而天下治》曰：「垂衣裳而天下治，變質而之文也。自黃帝堯舜始也。故於此有通變宜民之論。過此以往未之或知也。」〔註55〕自黃老之學至晚從戰國時期形成〔註56〕，其影響逐漸擴大，至漢初乃有曹參入相惠帝，行膠西蓋公「言治道貴清靜而民自定」的「黃老術」〔註57〕，即所謂「無為而治」。「無為而治」首見於《論語・衛靈公》：「子曰：『無為而治者，其舜也與？夫何為哉，恭己正南面而已矣。』」〔註58〕本是儒家政治所理想的境界，卻至晚漢代成為「垂衣裳而天下治」之黃老政治的一個特徵，並對漢初政治有深刻影響。即所謂「孝文本好刑名之言。及至孝景，不任儒，竇太后又好黃老術」〔註59〕，並「蕭（何）規曹（參）隨」〔註60〕，乃有「文景之治」著名的盛世。故姜宸英《湛園未定稿・黃老論》云：「漢自曹參為齊相，奉蓋公治道，貴清靜而民自定。其後相漢，遂遵其術，以治天下，一時上下化之。及於再世，文帝為天子，竇太后為天下母，一切所以為治，無不本於黃、老，極其效，至於移風易俗，民氣素樸，海內刑措，……所以修身齊家、治官蒞民者，非黃、老無法也。」〔註61〕

因此，雖然「黃老術」用於治道也有其明顯的侷限，即《風俗通義》所說：「然文帝本修黃、老之言，不甚好儒術，其治尚清淨無為，以故禮樂庠序未修，民俗未能大化，苟溫飽完給，所謂治安之國也。」〔註62〕所以，後來便不得不

---

〔註54〕〔西漢〕劉安《荀子》，《諸子百家叢書》縮印本，上海：上海古籍出版社，1989年，第68頁上。

〔註55〕〔清〕顧炎武著；黃汝成集釋；欒保群，呂宗力校點《日知錄集釋》卷一《垂衣裳而天下治》，上海：上海古籍出版社，2014年，第17頁。

〔註56〕〔西漢〕司馬遷《史記・孟子荀卿列傳》：「慎到，趙人，學黃老道德之術，故著十二論。」慎到（約前390～前315年），被尊稱為慎子。

〔註57〕〔東漢〕班固《漢書》（七）卷三十九《曹參傳》，北京：中華書局標點本，1962年，第2013頁。

〔註58〕〔魏〕何晏集解，〔宋〕邢昺疏《論語注疏》，《十三經注疏》縮印本，北京：中華書局，1980年，下冊，第2517頁上。

〔註59〕〔東漢〕班固《漢書》（十一）卷卷八十八《儒林傳》，北京：中華書局標點本，1962年，第3592頁。

〔註60〕〔東漢〕班固《漢書》（十一）卷八十七《揚雄傳》，北京：中華書局標點本，1962年，第3573頁。

〔註61〕〔清〕姜宸英著《湛園未定稿・黃老論》，清康熙刻本。

〔註62〕〔東漢〕應劭撰，王利器校注《風俗通義校注》，北京：中華書局，1981年，第96頁。

有漢武帝之「罷黜百家，表章六經」〔註63〕。此後歷代王朝至少表面上都奉孔孟之道的儒學為治道。但即使如此，黃帝「垂衣裳而天下治」仍然是帝王政治的美好理想。司馬遷作《史記》尚且「論大道則先黃老而後六經」〔註64〕，歷代帝王臣子論及治道，則更多以「黃老術」之治道為信仰。如《宋史・蘇澄隱傳》載太祖征太原還，問澄隱養生之術：

> 對曰：「臣之養生，不過精思練氣爾，帝王養生即異於是。老子
> 曰：『我無為而民自化，我無欲而民自正。』無為無欲，凝神太和，
> 昔黃帝、唐堯享國永年，得此道也。」上大悅。〔註65〕

又《宋史・禮志》載宋徽宗大觀年間「詔以黃帝為先師」〔註66〕；又明焦竑《玉堂叢語》卷之一載：「世廟（嘉靖）登極之日，御龍袍頗長，上俛視不已。大學士楊廷和奏云：『陛下垂衣裳而天下治。』上悅。」〔註67〕是皆以黃帝「垂衣裳而天下治」為當政之理想與表率。

## 二、華夏族統之綱領

自古及今，中國是一個多民族的國家。各民族在長期的獨立發展、競爭合作與融和共進中形成了以漢族為人口絕大多數並長時期居於多民族共生主體地位的歷史格局。因此，把多民族共生的華夏族群視為一「族」而論其統系，漢民族無疑居於華夏族群中心的地位。這與民族平等友好和少數民族的依法自治無關，而是說在中華多民族大家庭中，漢民族因聚居華域之中和人口最多、經濟文化更為發達之故，不能不擔當更多現實任務和歷史責任，並因此而成為華夏族統的主脈。

然而，即使漢民族內部也一如國內外任何民族，自有文明以來，都逐漸發展為以婚姻為基礎的家為基本單元和以血親家族為社會基礎的共同體。從而自古以來，漢族作為「華夏一統」的主脈，又是以不同歷史時期先後崛起

〔註63〕〔東漢〕班固《漢書》（一）卷六《武帝紀》，北京：中華書局標點本，1962 年，第 212 頁。

〔註64〕〔東漢〕班固《漢書》（九）卷六十二《司馬遷傳》，北京：中華書局標點本，1962 年，第 2738 頁。

〔註65〕〔元〕脫脫等撰《宋史》卷四百六十一《蘇澄隱傳》，北京：中華書局，1977 年，第 13511 頁。

〔註66〕〔元〕脫脫等撰《宋史》卷一百五《禮志》，北京：中華書局標點本，1977 年，第 2552 頁。

〔註67〕〔明〕焦竑撰《玉堂叢語》，北京：中華書局，1981 年，第 31～32 頁。

的某個政治上的大族為核心得以實現的。這種核心大族，基本上只是各個時期的帝（王）族。中國古代所謂「國家」，其實只是一代帝王如「李唐」、「趙宋」、「朱明」等「家天下」的事實，也就表明了「族統」是「政統」的基礎。這在一個王朝是如此，在「百代興亡朝復暮」〔註68〕的整個中華民族歷史上也是如此。故本文論黃帝形象對中國「大一統」歷史的貢獻亦自歷代帝王之「族統」入手。

中國歷代帝族溯源，雖在理論上可以上至無懷〔註69〕、伏犧、神農氏等，也確有如《周易・繫辭下》謂「古者包犧（即伏犧）氏之王天下」至於「神農氏作……神農氏沒，黃帝、堯、舜氏作」等的歷史敘述〔註70〕，以及孔安國《尚書序》、皇甫謐《帝王世紀》、孫氏注《世本》等並以伏犧、神農、黃帝為三皇的排列順序，但是，一方面有如何新等學者所考，那諸多的先王，其實只是「黃帝」的別名（詳後），另一方面據《大戴禮記・五帝德》載，早在孔子答宰我問，講古即已勉強上溯至黃帝，而不及其他傳說中更早的帝王〔註71〕。由此可見無論從今人考證，或從有據可以推測的孔子的古史觀看，黃帝都當之無愧為中華歷史上最古老之「第一家族」。

作為中華上古「第一家族」，黃帝族系也最早受到社會和史家的關注，成為民族的共同記憶，進入歷史文獻的記載。《國語・晉語四》載秦司空季子對出逃秦國的晉公子重耳曰：

> 黃帝之子二十五人，其同姓者二人而已，唯青陽與夷鼓，皆為己姓。青陽，方雷氏之甥也。夷鼓，彤魚氏之甥也。其同生而異姓者，四母之子，別為十二姓。凡黃帝之子，二十五宗。其得姓者十四人為十二姓：姬、酉、祁、己、滕、箴、任、荀、僖、姞、儇、依是也。唯青陽與蒼林氏同於黃帝，故皆為姬姓。同德之難也如是。〔註72〕

〔註68〕〔清〕吳敬梓著，李漢秋輯校《儒林外史會校會評本》，上海：上海古籍出版社，1984年，第1頁。

〔註69〕〔西漢〕司馬遷《史記・封禪書》「昔無懷氏」下注：「服虔曰：『古之王者，在伏羲前，見《莊子》。』」

〔註70〕〔魏〕王弼、〔晉〕韓康伯注，〔唐〕孔穎達疏《周易正義》，《十三經注疏》縮印本，北京：中華書局，1980年，上冊，第86頁中、下。

〔註71〕黃懷信主撰，孔德立、周海生參撰《大戴禮記匯校集注》，西安：三秦出版社，2005年，第725～726頁。

〔註72〕〔戰國〕左丘明著；〔三國〕韋昭注；胡文波校點《國語》，上海：上海古籍出版社，2015年，第237頁。

著名文化學者楊希枚《〈國語〉黃帝二十五子得姓傳說的分析（上）》一文在引用上述文字之前著評說「在先秦文獻上，關於黃帝族姓的傳說……為最早而較詳的材料」，後又論曰：

> 這項材料，至少從漢代以來（如《史記》），即為史家稱引不絕，
> 且成為溯論中國古代民族與文化起源和演變的重要論據之一。這因
> 為中國漢族至今仍是以「黃帝之子孫」自居的。〔註73〕

其實，《晉語》之外，《山海經》中還別有消息。袁珂《山海經·海經新釋》卷十一經云：

> 有北狄之國。黃帝之孫曰始均，始均生北狄。〔註74〕

卷九經云：

> 東海之渚中有神，人面鳥身，珥兩黃蛇，踐兩黃蛇，名曰禺䝞。
> 黃帝生禺䝞，禺䝞生禺京，禺京處北海，禺䝞處東海，是為海神。
> 〔註75〕

卷十二經云：

> 黃帝生苗龍，苗龍生融吾，融吾生弄明，弄明生白犬。白犬有
> 二牝牡，是為犬戎。」〔註76〕

卷十三經云：

> 流沙之東，黑水之西，有朝雲之國、司彘之國。黃帝妻雷祖，
> 生昌意，昌意降處若水，生韓流。韓流擢首、謹耳、人面、豕喙、麟
> 身、渠股、豚止，取淖子曰阿女，生帝顓頊。〔註77〕

又云：

> 黃帝生駱明，駱明生白馬，白馬是為鯀。〔註78〕

這些記載本身的意義都需要詮釋，而未免說法不一，茲不具論。但說此諸多載記真實反映了《山海經》作者對「黃帝族姓」的關注乃至崇拜，是無可置疑的。

還值得注意的是，《山海經》卷十三經又云：

〔註73〕楊希枚《先秦文化史論集》，北京：中國社會科學出版社，1995年，第211頁。
〔註74〕袁軻校注《山海經校注》，上海：上海古籍出版社，1980年，第395頁。
〔註75〕袁軻校注《山海經校注》，上海：上海古籍出版社，1980年，第350頁。
〔註76〕袁軻校注《山海經校注》，上海：上海古籍出版社，1980年，第434頁。
〔註77〕袁軻校注《山海經校注》，上海：上海古籍出版社，1980年，第442～443頁。
〔註78〕袁軻校注《山海經校注》，上海：上海古籍出版社，1980年，第465頁。

炎帝之妻，赤水之子聽訞生炎居，炎居生節並，節並生戲器，
戲器生祝融，祝融降處於江水，生共工，共工生術器，術器首方顛，
是復土穰，以處江水。共工生后土，后土生噎鳴，噎鳴生歲十有二。
〔註79〕

「戲器生祝融」下袁珂《新釋》曰：

郭璞云：「祝融，高辛氏火正號。」珂案：大荒西經云：「顓頊
生老童，老童生祝融」，祝融又為黃帝裔。然黃、炎古本同族，故為
炎帝裔者，又可以傳為黃帝裔也。〔註80〕

《山海經》成書或晚於孔子，但其有關黃帝的神話傳說必基於一定的史實
和更早的文獻，並不一定晚於孔子。由自《國語》、《山海經》等先秦古書中大
量關於黃帝族姓後裔的記載可知，黃帝族姓早在孔子之前就已經成為舉世矚
目的天下第一大姓。故孔子作為《春秋》的作者，於古帝王族系中唯一關注的
是黃帝。據說同為孔子所作的《易傳》中也說：「黃帝、堯、舜，垂衣裳而天
下治，蓋取諸乾坤。」〔註81〕《大戴禮記‧五帝德第六十二》載孔子曰：「黃
帝，少典之子也，曰軒轅。」而同書《帝系第六十三》首列「少典產軒轅，是
為黃帝」，以黃帝為中國「帝系」之首。〔註82〕故司馬遷《史記》載「太史公
曰：神農以前尚矣」〔註83〕，而《五帝本紀》以「黃帝」書首，固然出於其獨
立的考察判斷，但也是因為其前已有包括孔子在內許多重要作者，以各種不同
方式推黃帝作為中華族姓第一家和第一人做法的先例：

太史公曰：學者多稱五帝，尚矣！然《尚書》獨載堯以來。而
百家言黃帝，其文不雅馴，薦紳先生難言之。孔子所傳宰予問《五
帝德》及《帝系姓》，儒者或不傳。余嘗西至空峒，北過涿鹿，東漸
於海，南浮江淮矣，至長老皆各往往稱黃帝、堯、舜之處，風教固
殊焉，總之不離古文者近是。予觀《春秋》、《國語》，其發明《五帝
德》、《帝系姓》章矣，顧弟弗深考，其所表見皆不虛。《書》缺有間

〔註79〕袁軻校注《山海經校注》，上海：上海古籍出版社，1980 年，第 471 頁。
〔註80〕袁軻校注《山海經校注》，上海：上海古籍出版社，1980 年，第 471 頁。
〔註81〕〔魏〕王弼、〔晉〕韓康伯注，〔唐〕孔穎達疏《周易正義》，《十三經注疏》縮
印本，北京：中華書局，1980 年，上冊，第 87 頁上。
〔註82〕黃懷信主撰，孔德立、周海生參撰《大戴禮記匯校集注》，西安：三秦出版社，
2005 年，第 726 頁、第 777 頁。
〔註83〕〔西漢〕司馬遷《史記》卷二十六《曆書》，北京：中華書局縮印本，1998 年，
第 435 頁上。

矣，其軼乃時時見於他說。非好學深思，心知其意，固難為淺見寡
聞道也。余並論次，擇其言尤雅者，故著為本紀書首。〔註84〕

綜合以上引諸書記載可以認為，帝嚳、顓頊、堯、舜、禹諸帝以及夏、商、
周三代帝王皆黃帝之後。尤其西周滅商，《史記‧三王世家》曰：「周封八百，
姬姓並列。」〔註85〕《荀子‧儒效》曰：「兼制天下，立七十一國，姬姓獨居五
十三人。」〔註86〕《左傳‧襄公十二年》曰：「秋，吳子壽夢卒。臨於周廟，禮
也。凡諸侯之喪，異姓臨於外，同姓於宗廟，同宗於祖廟，同族於禰廟。是故
魯為諸姬，臨於周廟。為邢、凡、蔣、茅、胙、祭，臨於周公之廟。」〔註87〕
《左傳‧襄公二十九年》載「叔侯曰：『虞、虢、焦、滑、霍、揚、韓、魏，皆
姬姓也。」〔註88〕而《舊唐書‧呂才傳》載呂才《敘宅經》曰：

　　唯《堪輿經》，黃帝對於天老，乃有五姓之言。且黃帝之時，不過
　　姬、姜數姓，暨於後代，賜族者多。至如管、蔡、郕、霍、魯、衛、
　　毛、聃、郜、雍、曹、滕、畢、原、豐、郇，並是姬姓子孫。〔註89〕

至今黃帝姬姓為中國事實上的第一大族體現於《百家姓》姓氏淵源的考證，
是姬姓在《百家姓》中雖僅列第 297 位，但由姬姓演出之姓卻有 411 個，占《百
家姓》總數 504 姓的 82%，再演化出來的姓氏更是難以計數了。而且值得注意
的，一是如王、張、李、孫、劉等占中國人口數比例最大的姓，也都是從姬姓
分化出去的，二是姬姓如許多其他某些漢姓一樣也出現在少數民族中，如回、
滿、白、壯、苗、水、彝、布依、傈僳族等多個民族也有姬姓人家〔註90〕。故
有人說姬姓是「萬姓之祖」，亦即「以黃帝為萬姓之祖」〔註91〕。這從一個側面

〔註84〕〔西漢〕司馬遷《史記》卷一《五帝本紀》，北京：中華書局縮印本，1998 年，
　　　　第 34 頁下～35 頁上。
〔註85〕〔西漢〕司馬遷《史記》卷六十《三王世家》，北京：中華書局縮印本，1998
　　　　年，第 735 頁下。
〔註86〕〔西漢〕劉安《荀子》，《諸子百家叢書》縮印本，上海：上海古籍出版社，1989
　　　　年，第 35 頁上。
〔註87〕〔戰國〕左丘明傳，〔漢〕杜預注，〔唐〕孔穎達疏《春秋左傳正義‧襄公十二
　　　　年》，《十三經注疏》縮印本，北京：中華書局，1980 年，下冊，第 1951 頁上。
〔註88〕〔戰國〕左丘明傳，〔漢〕杜預注，〔唐〕孔穎達疏《春秋左傳正義‧襄公十二
　　　　年》，《十三經注疏》縮印本，北京：中華書局，1980 年，下冊，第 2006 頁下。
〔註89〕〔後晉〕劉昫等撰《舊唐書》卷七十九《呂才傳》，北京：中華書局標點本，
　　　　1975 年，第 2721 頁。
〔註90〕姬傳東《姬姓史話》，南昌：江西人民出版社，2007 年，第 57 頁。
〔註91〕楊宗佑主編《中國家譜學》，濟南：濟南出版社，2009 年，第 63 頁。

證明著黃帝是漢民族進而華夏族統的核心。

對此，唐代張說對武則天問曾經有過解釋。《新唐書·張說傳》載：

> 后（武則天）嘗問：「諸儒言氏族皆本炎、黃之裔，則上古乃無百姓乎？若為朕言之。」說曰：「古未有姓，若夷狄然。自炎帝之姜，黃帝之姬，始因所生地而為之姓。其後天子建德，因生以賜姓黃帝二十五子，而得姓者十四。德同者姓同，德異者姓殊。其後或以官，或以國，或以王父之字，始為賜族，久乃為姓。降唐、虞，抵戰國，姓族漸廣。周衰，列國既滅，其民各以舊國為之氏，下及兩漢，人皆有姓。故姓之以國者，韓、陳、許、鄭、魯、衛、趙、魏為多。」
>
> 后曰：「善。」〔註92〕

此外，與族姓相聯繫而更為根本和深層的原因，應該還包括了華夏人種對「黃」色的認同。對此，《白虎通義·號》釋「黃帝」云：「黃者，中和之色，自然之性，萬世不易。黃帝始作制度，得其中和，萬世常存，故稱黃帝也。」〔註93〕而從今天的觀點可更進一步看到，中國古代漢族為主體的華夏諸民族幾無不屬於黃種人，應該是那一時代背景上中國「大一統」歷史最後的保障。

總之，作為黃種人的最大族群，中國歷朝歷代都是以宗法制為基礎建立起來的封建王朝，而宗法制度由氏族社會父系家長制演變而來，是由氏族男性首領按家族內部血緣關係分配權力建立起來的世襲統治的政治制度。這種以「家傳子」為特點的政權傳承制度，使統治集團內部權力的轉移有序，很大程度上抑制了別姓在政權交接過程中取而代之的可能。尤其至西周武王——周公所確立由兄終弟及轉而為嫡長子繼承制的帝位繼承制度改革以後，更進一步消滅了帝族內部（諸皇兄弟、皇子）爭權分裂的可能，成為一姓王朝「大一統」的強力保障。即使後來經秦朝改分封為郡縣制，宗法力量在朝野政治中的作用都有所消弱，但封建王朝「家天下」的本質不僅沒有徹底改變，而且從地方到皇族內部，權力都是向「家長」即皇帝的手中有進一步的集中；至於宗法制在民間社會的作用即所謂「族權」，則一以貫之，成為中國「大一統」最穩定的社會政治基礎。從而形成中國古代政治之家、國同構的特點，即一姓帝王的「族

〔註92〕〔宋〕歐陽修、宋祁撰《新唐書·張說傳》，北京：中華書局標點本，1975年，第4404頁。

〔註93〕〔東漢〕班固《白虎通義·號》卷五《封禪》，轉引自朱維錚主編《中國經學史基本叢書》第一冊，上海：上海書店出版社，2012年，第282頁。

統」，也就是其王朝的「政統」，並在一定條件下（主要是血統與地理空間）成為中國「大一統」一個階段的基石和標誌。如中國歷史上所有統一和某些偏居於一隅的王朝，就是或其自認為就是這樣的「大一統」時期。

這就是說，就全部中國古史而言，以漢族為中心但不限於漢族，也包括多個少數民族在內的「黃帝之子孫」，即梁啟超所省稱「黃帝子孫」曰「黃族」〔註94〕，或加以歷史上「炎、黃本同族」的認知而曰「炎黃子孫」的「族統」，是中國能夠形成並長期持續了「大一統」歷史局面的基石與標誌。

這在古代是顯而易見的道理：即有人始有家，有家始有國，得人者得天下。故《三國志・魏書・文昭甄皇后傳》注引王沈《魏書》載后有寵，「每因閒宴，常勸帝，言『昔黃帝子孫蕃育，蓋由姜媵眾多，乃獲斯祚耳。所願廣求淑媛，以豐繼嗣。』帝心嘉焉」〔註95〕，原因即在於甄皇后此番建言實為壯大「族統」以加強「政統」之計，所以能受到魏文帝的嘉許。

## 三、千古神統之總管

按先秦古籍中有記載的中國上古神話，雖然應屬後世主要居住於中原地區的漢族人歷史所有，實際卻並不限於漢族，加以其他少數民族或形成較晚，或上古有神話而缺乏記載等原因，今見以《山海經》為代表的中國上古神話，實乃華夏列族共同的神靈世界，精神源頭，而其代表人物就是黃帝。

首先，一如中國一部二十四史是一部「帝王史」，中國上古神話則是一部「天神史」，或「天神」而兼「人王」的「神王史」。這些「神王」名號不一，歷來學者考論也紛繁多歧，莫衷一是。但已故學者丁山認為：「黃帝即皇天上帝的別名，自顧頡剛《古史辨》首發其蒙，國內史學家迭有補正。」又舉戰國諸子之「常說」而評論曰：「假使黃帝不是天神，怎能夠驅遣鬼神及其他怪物為他駕車開路去見大神，又大合鬼神呢？」〔註96〕從而確定了黃帝是天神的觀念。而當今學者何新在《諸神的起源》一書中更進一步考證認為：

> 所謂黃帝即皇帝，其本義正是太陽神。……黃帝是太陽神，伏犧

---

〔註94〕 梁啟超《論中國學術思想變遷之大勢》，《飲冰室合集》第 1 冊，《飲冰室文集》之七，第 4 頁。中華書局，1989 年。

〔註95〕 〔西晉〕陳壽《三國志・魏書・文昭甄皇后傳》，北京：中華書局標點本，1959 年，第 160 頁。

〔註96〕 丁山《中國古代宗教與神話考》，上海：上海書店出版社，2011 年，第 439～440 頁。

也是太陽神，所以，黃帝和伏犧（即犧皇）是同一人。……太昊又稱太皇（泰皇）或泰帝。而黃帝別稱皇天上帝。這也表明太昊──伏犧與黃帝是同一神。……黃帝世系與同書（按指《山海經》）所記的帝俊世系又互相重合。由此又可以推知，太陽神黃帝與太陽神帝俊也應是同一的。……帝嚳即帝俊，由此可見太陽神帝俊與黃帝也應是同一神的異名。因此，中國古代神話中的伏犧──太昊──高陽──帝俊──帝嚳──黃帝，實際上都是同一個神即太陽神的變名。〔註97〕

雖然上古神話中的天神名號不僅僅引文中所述，但與其所未及之共工、蚩尤等相比，以上引文所之「天神」都是諸神爭位中得勝後來又坐穩了「天王」之寶座者，依據「成王敗寇」的歷史「潛規則」，最具「神王」的代表性。然而，這些「神王」名稱，既然都是一個「黃帝」的別名，那麼由何新的結論進一步推斷，黃帝是中國上古「神統」之首要或綱領，是上古先民神靈信仰中顯形或隱蔽之最重要的神，就是順理成章的了。

作為上古第一「神王」的黃帝在諸天神敘事中或為「三皇」之一，或為「五帝」之一，均居切要或中心的地位。按「三皇五帝」之說，吳則虞《晏子春秋集釋》卷第一《景公欲使楚巫致五帝以明德晏子諫第十四》「請致五帝」下集釋云：

　　孫星衍注云：「五帝，五方之帝。」蘇輿云：「五帝之名，見於孔子家語及大戴禮，其說有二：其一，孔子答季康子以伏羲配木，神農配火，黃帝配土，少昊配金，顓頊配水，此言數聖人革命改號，取法於五行之帝，非五帝定名也。其一則孔子所答宰予五帝德，曰黃帝，曰顓頊，曰帝嚳，曰堯，曰舜。史公所述五帝紀是也。皇甫謐作帝王世紀，蘇轍作古史，鄭樵作通志，則並祖孔安國，以伏羲、神農、黃帝為三皇，少昊、顓頊、帝嚳、堯、舜為五帝，五峰雙湖胡氏又主秦博士天皇、地皇、人皇之議，而以伏羲、神農、黃帝、堯、舜為五帝。竊謂諸說唯史公較為有據，道原劉氏以胡說為定論者，恐非。」〔註98〕

由上引可見，孔子答季康子以「五行」說五帝，黃帝在中，「答宰予五

---

〔註97〕何新《諸神的起源》，上海：三聯書社，1986年，第91～92頁。

〔註98〕吳則虞編著《晏子春秋集釋》卷第一《景公欲使楚巫致五帝以明德晏子諫第十四》，北京：中華書局，1962年，第52～53頁。

帝德」則黃帝居首，為太史公所祖述；孔安國等「以伏羲、神農、黃帝為三皇」，相當「秦博士天皇、地皇、人皇之議」，而黃帝即「人皇」。而《史記·秦本紀》載秦博士原曰：「古有天皇，有地皇，有泰皇。泰皇最貴。」「有泰皇」下《索隱》曰：「按：天皇、地皇之下即云泰皇，當人皇也。……一云泰皇，太昊也。」〔註99〕可知泰皇即人皇，即太昊，依上引何新考證等亦即黃帝。

至於孫星衍注云：「五帝，五方之帝。」則見於《淮南子·天文訓》：

> 東方，木也，其帝太皞，……治春。……南方，火也，其帝炎帝……而治夏。……中央，土也，其帝黃帝，其佐后土。……西方，金也，其帝少昊……而治秋。其神為太白。……北方，水也，其帝顓頊，其佐玄冥……而治冬。〔註100〕

由此五方、五行帝衍生出「五色帝」。《史記·封禪書》載：

> （漢高祖）二年，東擊項籍而還入關，問：「故秦時上帝祠何帝也？」對曰：「四帝，有白、青、黃、赤帝之祠。」高祖曰：「吾聞天有五帝，而有四，何也？」莫知其說。於是高祖曰：「吾知之矣，乃待我而具五也。」乃立黑帝祠，命曰北畤。〔註101〕

與此「五色帝」一一對應的就是「五星（帝）」之說。《史記·天官書》「其內五星，五帝坐」下《索隱》曰：

> 《詩含神霧》云：五精星坐，其東蒼帝坐，神名靈威仰，精為青龍之類也。〔正義〕曰：黃帝坐一星，在太微宮中，含樞紐之神。四星夾黃帝坐：蒼帝東方靈威仰之神；赤帝南方赤熛怒之神；白帝西方白昭矩之神；黑帝北方葉光紀之神。五帝並設，神靈集謀者也。〔註102〕

綜合「五帝」與月令、五行、五色、五方等對應關係，可表列如下：

〔註99〕〔西漢〕司馬遷《史記》卷六《秦始皇本紀》，北京：中華書局縮印本，1998年，第102頁下。

〔註100〕〔西漢〕劉安《淮南子》，《諸子百家叢書》縮印本，上海：上海古籍出版社，1989年，第28頁上、下。

〔註101〕〔西漢〕司馬遷《史記》卷二十八《封禪書》，北京：中華書局縮印本，1998年，第473頁上。

〔註102〕〔西漢〕司馬遷《史記》卷二十七《天官書》，北京：中華書局標點本，1998年，第447頁下。

| 帝　名 | 月　令 | 五　行 | 五　色 | 五　方 | 五　星 |
|--------|--------|--------|--------|--------|--------|
| 太昊 | 春 | 木 | 青 | 東 | 靈威仰 |
| 炎帝 | 夏 | 火 | 紅 | 南 | 赤熛怒 |
| 黃帝 | 中 | 土 | 黃 | 中 | 含樞紐 |
| 少昊 | 秋 | 金 | 白 | 西 | 白昭矩 |
| 顓頊 | 冬 | 水 | 黑 | 北 | 葉光紀 |

由此可見，上古「五帝」神話傳說中，無論何種組合都以黃帝為中心，黃帝是華夏神統之綱領，乃為顯然。

五帝神話傳說中黃帝居中的地位，應是上古黃帝族姓主體一直在華夏地域之「中」生息壯大之歷史的反映。按何新《諸神的起源》據《尚書·堯典》《爾雅·釋山》《淮南子·地形訓》並結合近今學者研究考論，上古「中國」是「包括今日山東、河南、江蘇的全部以及河北、安徽、浙江的一部」的「三角塊」地區，「這個大三角區域，就是中國古史上著名的中州——中原——地區，亦即古代人心目中所謂『中國』的所在地。環繞它的三面群山，加上矗立在山東半島濱海東端的群山丘陵，就是上古史上著名的『四嶽』之所在」。後者「群山丘陵」環抱的泰山被認為是「位於天地之正中」，故稱「中嶽」，「也就是上古中國人心目中的崑崙山」〔註103〕。而據《史記·周本紀》「封弟周公旦於曲阜，曰魯」下諸家注：

應劭曰：「曲阜在魯城中，委曲長七八里。」〔正義〕曰《帝王世紀》云：「炎帝自陳營都於魯曲阜。黃帝自窮桑登帝位，後徙曲阜。少昊邑於窮桑，以登帝位，都曲阜。顓頊始都窮桑，徙商丘。」窮桑在魯北，或云窮桑即曲阜也。又為大庭氏之故國，又是商奄之地。皇甫謐云：「黃帝生於壽丘，在魯城東門之北。居軒轅之丘，於《山海經》云『此地窮桑之際，西射之南』是也。」《括地志》云：「兗州曲阜縣外城即周公旦子伯禽所築古魯城也。」〔註104〕

據此可知，「炎帝自陳營都於魯曲阜。黃帝自窮桑登帝位，後徙曲阜。少昊邑於窮桑，以登帝位，都曲阜」，其中黃帝是既降生於曲阜，而後又代炎帝

---

〔註103〕何新《諸神的起源》，上海：三聯書社，1986年，第91～92頁。
〔註104〕〔西漢〕司馬遷《史記》卷二十七《天官書》，北京：中華書局縮印本，1998年，第447頁下。

有天下都於曲阜（今之山東曲阜）〔註105〕。然後曲阜又為魯都數百年，是上古一個很長時期中華夏文化的中心。朱熹《詩經集傳·閟宮》「泰山岩岩，魯邦所瞻」句下《傳》云：「泰山，魯之望也。」又同篇「魯侯是若」句下《傳》云：「泰山、龜、蒙、鳧、繹，魯之所有。」今測實際距離，曲阜去泰山僅百里，上古與曲阜同屬「少昊之墟」〔註106〕，故泰山能為魯之鎮。兩地密邇如此，才使得生於曲阜並在曲阜踐大位的黃帝有了在泰山活動的諸多神話傳說，進一步表明黃帝為上古神王中「含樞紐之神」。這類神話主要有六：

其一，「黃帝合鬼神於泰山之上」。《韓非子·十過》云：

> 昔者黃帝合鬼神於泰山之上，駕象車而六蛟龍，畢方並轄，蚩尤居前，風伯進掃，雨師灑道，虎狼在前，鬼神在後，騰蛇伏地，鳳皇覆上，大合鬼神，作為清角。〔註107〕

「西泰山」，注曰：「泰山。」此則說黃帝在各種龍神怪物的簇擁護衛之下，大「合鬼神於泰山之上」，豈非眾神之統。

其二，泰山之下是黃帝危難之際受玄女天書，因而能「大定四方」的命運

---

〔註105〕 關於《史記·五帝本紀》注引皇甫謐云「黃帝生於壽丘（曲阜）」之說，曲辰、任昌華著《黃帝與中華文明》以為「壽丘」是「青丘（在今河北涿鹿）」受皇甫謐《帝王世紀》影響之誤（中國華僑出版社，2004年，第167頁），並無說服力。按《五帝本紀》起句「黃帝者」下集解：「徐廣曰：『號有熊。』〔索隱〕曰：『……注號有熊者，以其本是有熊國君之子故也。都軒轅之丘，……』〔正義〕曰《輿地志》云：『涿鹿本名彭城，黃帝初都，遷有熊也。』按：黃帝有熊國君，乃少典國君之次子，號曰有熊氏，又曰縉雲氏，又曰帝鴻氏，亦曰帝軒氏。母曰附寶，之祁野，見大電繞北斗樞星，感而懷孕，二十四月而生黃帝於壽丘。壽丘在魯東門之北，今在兗州曲阜縣東北六里。生日角龍顏，有景雲之瑞，以土德王，故曰黃帝。封泰山，禪亭亭，在牟陰。」其中「按」語分明是《集解》作者裴駰個人的判斷，而非隨聲附和。另，《晉書·地理志》亦以「黃帝生於壽丘」；又，青丘亦《史記》中出現過的地名，見《史記·司馬相如列傳》錄《子虛賦》有「秋田乎青丘，彷徨乎海外」句下〔正義〕曰：服虔云：『青丘國，東海東三百里。』郭云：『青丘，山名。上有田，亦有國，出九尾狐，在海外。』」是知同書之中，《集解》作者不會使書中已有之地名錯為未曾有之地名。而《子虛賦》中「青丘」既在海外，更不可能是黃帝生地。但此事體大，本文不作結論。

〔註106〕 《史記·魯周公世家》：索隱述贊曰：「武王既沒，成王幼孤。周公攝政，負扆據圖。及還臣列，北面躬如。元子封魯，少昊之墟。」朱熹《詩經集傳·魯頌四之四》傳曰：「魯，少昊之墟，在禹貢徐州蒙羽之野……今襲慶東平府、沂、密、海等州即其地也。」

〔註107〕 〔戰國〕韓非《韓非子》，《諸子百家叢書》縮印本，上海：上海古籍出版社，1989年，第24頁上。

轉折之地。宋人張君房輯《雲笈七籤》卷一百一十四《九天玄女傳》載：

> 九天玄女者，黃帝之師聖母元君弟子也。……帝起有熊之墟，
> 自號黃帝。……在位二十一年，而蚩尤肆孽。……帝欲徵之，博求
> 賢能，以為己助。……戰蚩尤於涿鹿。帝師不勝，蚩尤作大霧三日，
> 內外皆迷。……帝用憂憤，齋於太山之下。王母遣使，披玄狐之裘，
> 以符授帝……帝遂復率諸侯再戰。……遂滅蚩尤於絕轡之野、中冀
> 之鄉，……大定四方。〔註108〕

其中九天玄女於泰山下授黃帝天書之說，更早見於《黃帝問玄女兵法》《龍魚河圖》《黃帝出軍訣》《黃帝內傳》《集仙錄》等書，可見由來之久，傳播之廣，受關注之眾。

其三，黃帝置玉女為泰山碧霞元君。自宋代以來，碧霞元君漸漸成為泰山最重要的神祇，並行遍全國，走向世界，其信仰至今方興未艾。但是，有關此神的由來說法不一〔註109〕。而以隋初李諤《瑤池記》「黃帝所遣玉女說」最早也最為完整，且與泰山關係最密：

> 黃帝嘗建岱嶽觀，遣女七，雲冠羽衣，焚修以近西崑真人。玉
> 女蓋七女之一，其修而得道者。〔註110〕

按漢晉時泰山極頂故有池，名玉女池，旁為玉女石像，至五代即已毀圮。宋真宗封禪重修，更名為「昭真祠」，號為「聖帝之女」，封「天仙玉女碧霞元君」，名號沿用至今。民間則稱「泰山老奶奶」或「泰山娘娘」。

其四，一說黃帝上封泰山而乘龍升仙。雖然有《史記‧五帝本紀》載「黃帝崩，葬橋山」，《封禪書》、《孝武本紀》以及《漢書‧武帝本紀》等均有說「黃帝採首山銅，鑄鼎於荊山下……有龍垂鬍髯下迎黃帝」升仙之事，但在東漢泰山太守應劭《風俗通義‧正失篇》「封泰山禪梁父」中，還是有被「俗說」引作《封禪書》之異說云：

> 《封禪書》曰：「黃帝升封泰山，於是有龍垂鬍髯下迎黃帝；黃

---

〔註108〕〔宋〕張君房輯；蔣力生等校注《雲笈七籤》卷一百一十四《九天玄女傳》，
　　　　北京：華夏出版社，1996年，第721～722頁。

〔註109〕參見高誨《玉女考略》、王之綱《玉女傳》，〔明〕查嗣隆編著、馬銘初、嚴澄
　　　　非校注《岱史》，青島：青島海洋大學出版社，1992年，第149～150頁、第
　　　　153～154頁。

〔註110〕〔明〕查志隆編著，馬銘初、嚴澄非校注《岱史校注》（卷九《靈宇紀》載王
　　　　之綱《玉女傳》引），青島：青島海洋大學出版社，1992年，第153頁。

　　帝上騎，群臣後宮從者七十餘人，小臣獨不得上，乃悉持龍髯，拔

　　墮黃帝之弓。小臣百姓仰望黃帝，不能復，乃抱其弓而號，故世因

　　曰烏號弓。〔註111〕

此則與《史記》、《漢書》所載不同之處，是把黃帝升仙與其封禪泰山聯在了
一起。所以雖然以其託於《史記·封禪書》是明顯的謬誤，但應劭是漢末著
名學者，獻帝時曾為泰山太守多年，也應該有所根據，至少為因當地「俗說」
如此而記。由此可以認為，至晚東漢以降黃帝乘龍升仙之地有了「泰山」說
的版本。

　　上古有關黃帝的神話傳說流傳至今的並不是很多，卻在泰山一處就集中
有四則，且事關重大，是令人矚目的現象。這不排除有某種歷史的影子，但主
要還應該是泰山距黃帝生地曲阜之近和它「位於天地之正中」的特殊位置，更
適配於黃帝作為「含樞紐之神」即中國神統之綱領的地位使然。其效果就是加
強了黃帝為千古神統之總管的地位。

## 四、歷代政統之共祖

　　《管子·法法》云：「黃帝、唐虞，帝之隆也，資有天下，制在一人。」
以黃帝為集天下之政權於己身即「中華一統」的第一人。《史記·三代世表》
後載「褚先生」答「張夫子」問曰：

　　　「天命難言，非聖人莫能見。舜、禹、契、后稷皆黃帝子孫也。

　　黃帝策天命而治天下，德澤深後世，故其子孫皆復立為天子，是天

　　之報有德也。人不知，以為汜從布衣匹夫起耳。夫布衣匹夫，安能

　　無故而起王天下乎？其有天命然。」「黃帝後世何王天下之久遠

　　邪？」曰：「《傳》云：天下之君王為萬夫之黔首請贖民之命者帝，

　　有福萬世。黃帝是也。」〔註112〕

上引「張夫子」之感慨問「黃帝後世何王天下之久遠邪」，應即蘊含有以黃帝
為超越「舜、禹、契、后稷」而為「五帝三代」政統之祖脈的認定。

　　「五帝三代」尚矣，但秦漢及其後世歷朝也往往自承或由史家認定黃帝為
其政統之始祖。這集中體現於雖然歷代王朝在其一家有一家之族統之上，都建

---

〔註111〕　〔漢〕應劭著，王利器校注《風俗通義校注》，北京：中華書局，1981年，
　　　　　　第65頁。

〔註112〕　〔西漢〕司馬遷《史記》卷十三《三代世表》，北京：中華書局縮印本，1998
　　　　　　年，第192頁下。

立有一國有一國之政統，但是縱觀秦漢及其以下，這些無不自詡為「天子」的皇帝們，除了共同以自己是「天命」的繼承者之外，也還大都奉黃帝為得姓之始祖，進而推尊為本朝政統之祖。從而黃帝因其為華夏族統之核心地位，又兼有超越歷代王朝政統之中華政統共祖之身份，為歷代帝統之統，即中華「大一統」之象徵。茲列諸史及其他相關文獻記載並略考辨如下：

《史記·秦本紀》：「秦之先，帝顓頊之苗裔。」《正義》曰：「黃帝之孫，號高陽氏。」〔註113〕

《漢書·高帝紀》：「高祖，沛豐邑中陽里人也，姓劉氏。」師古曰：「本出劉累，而范氏在秦者又為劉，因以為姓。」〔註114〕劉累，堯之後裔，亦「黃帝子孫」。

《漢書·元后列傳》：「孝元皇后，王莽姑也。莽自謂黃帝之後。」〔註115〕

《史記·匈奴列傳》：「匈奴，其先祖夏后氏之苗裔也，曰淳維。」〔註116〕按夏后氏即大禹，黃帝後裔。

《三國志·魏書·武帝紀》：「太祖武皇帝，沛國譙人也，姓曹，諱操，字孟德，漢相國參之後。太祖一名吉利，小字阿瞞。王沈《魏書》曰：『其先出於黃帝。』」〔註117〕

《三國志·蜀書·先主傳》：「先主姓劉，諱備，字玄德，涿郡涿縣人，漢景帝子中山靖王勝之後也。」〔註118〕乃漢高祖劉邦之後，亦「黃帝子孫」。

《三國志·吳書·孫破虜討逆傳》：「孫堅，字文臺，吳郡富春人，蓋孫武之後也。」〔註119〕據《百家姓考略》，孫武係出陳姓。陳姓，黃帝姬姓之

〔註113〕〔西漢〕司馬遷《史記》卷五《秦本紀》，北京：中華書局縮印本，1998年，第81頁上。

〔註114〕〔東漢〕班固《漢書》（一）卷一《高帝紀》，北京：中華書局標點本，1962年，第1頁。

〔註115〕〔東漢〕班固《漢書》（十二）卷九十八《元后傳》，北京：中華書局標點本，1962年，第4013頁。

〔註116〕〔西漢〕司馬遷《史記》卷一百十《匈奴列傳》，北京：中華書局縮印本，1998年，第1029頁上。

〔註117〕〔西晉〕陳壽《三國志·魏書·武帝紀》，北京：中華書局標點本，1959年，第1頁。

〔註118〕〔西晉〕陳壽《三國志·蜀書·先主傳》，北京：中華書局標點本，1959年，第871頁。

〔註119〕〔西晉〕陳壽《三國志·吳書·孫破虜討逆傳》，北京：中華書局標點本，1959年，第1093頁。

後。〔註120〕

《晉書‧高祖宣帝紀》:「宣皇帝,諱懿,字仲達,河內溫縣孝敬里人,姓司馬氏。其先出自帝高陽之子重黎,為夏官祝融。」〔註121〕帝高陽即顓頊,昌意之子,黃帝之孫。

《宋書‧武帝紀》:「高祖武皇帝諱裕,字德輿,小名寄奴,彭城縣綏里人,漢高帝弟楚元王交之後也。」〔註122〕即漢高祖劉邦的旁系後裔,亦「黃帝子孫」。

《南齊書‧高帝紀》:「太祖高皇帝諱道成,字紹伯,姓蕭氏,小諱鬥將,漢相國蕭何二十四世孫也。」〔註123〕而據《百家姓考略》,蕭何、蕭道成一系出蘭陵郡(今山東棗莊市蘭陵縣),為商末微子之支孫,亦黃帝之後。〔註124〕

《梁書‧武帝紀》:「高祖武皇帝諱衍,字叔達,小字練兒。南蘭陵中都里人。漢相國何之後也。」〔註125〕同南齊帝,亦黃帝之後。

《陳書‧高祖紀》:「高祖武皇帝諱霸先,字興國,小字法生。吳興長城下若里人。漢太丘長陳寔之後也,世居潁川。」〔註126〕而據《百家姓考略》,陳寔為潁川陳姓,乃虞舜之後。虞舜出黃帝,故陳霸先為黃帝之後。〔註127〕

《北齊書‧高祖神武皇帝紀》:「齊高祖神武皇帝,姓高名歡,字賀六渾,渤海蓨人也。」〔註128〕據《百家姓考略》,渤海高姓出姜姓。姜姓乃炎帝之後,

〔註120〕〔宋〕無名氏編《百家姓》,〔清〕王相考,《原版蒙學叢書》影印本,海口:三環出版社,1991年,第2頁。

〔註121〕〔唐〕房玄齡等撰《晉書》卷一《高祖宣帝紀》,北京:中華書局標點本,1974年,第1頁。

〔註122〕〔梁〕沈約撰《宋書》卷一《武帝紀》,北京:中華書局標點本,1974年,第1頁。

〔註123〕〔梁〕蕭子顯撰《南齊書》卷一《高帝紀》,北京:中華書局標點本,1972年,第1頁。

〔註124〕〔宋〕無名氏編《百家姓》,〔清〕王相考,《原版蒙學叢書》影印本,海口:三環出版社,1991年,第23頁。

〔註125〕〔唐〕姚思廉撰《梁書‧武帝紀》,北京:中華書局標點本,1973年,第1頁。

〔註126〕〔唐〕姚思廉撰《陳書‧高祖紀》,北京:中華書局標點本,1972年,第1頁。

〔註127〕〔宋〕無名氏編《百家姓》,〔清〕王相考,《原版蒙學叢書》影印本,海口:三環出版社,1991年,第5頁。

〔註128〕〔唐〕李百藥撰《北齊書》卷一《高祖神武皇帝紀》,北京:中華書局標點本,1972年,第1頁。

屬「炎黃子孫」。〔註129〕

　　《魏書・帝紀・序紀》敘北魏托跋氏之由來云：「昔黃帝有子二十五人，或內列諸華，或外分荒服；昌意少子，受封北土，國有大鮮卑山，因以為號。其後，世為君長，……積六十七世，至成皇帝諱毛立，聰明武略，遠近所推，統國三十六，大姓九十九，威振北方，莫不率服。」〔註130〕故《魏書・禮志》又載：「群臣奏以國家繼黃帝之後，宜為土德。」〔註131〕而《資治通鑒》卷一百三十七《齊紀・永明十年》則曰：「魏之得姓，出於軒轅。」〔註132〕軒轅，即黃帝。

　　《周書・文帝紀》：「太祖文皇帝姓宇文氏，諱泰，字黑獺，代武川人也。其先出自炎帝神農氏，為黃帝所滅，子孫遁居朔野。」〔註133〕亦「炎黃子孫」。

　　《隋書・高祖文皇帝紀》：」高祖文皇帝姓楊氏，諱堅，弘農郡華陰人也。」漢太尉楊震之後。〔註134〕據《百家姓考略》，弘農楊氏係出姬姓，黃帝之後。〔註135〕

　　《舊唐書・高祖本紀》：「高祖神堯大聖大光孝皇帝姓李氏，諱淵。其先隴西狄道人。涼武昭王暠七代孫也。」〔註136〕據《百家姓考略》，隴西李氏，係出理氏，皋陶之後。〔註137〕按《史記・秦本紀》：「秦之先，帝顓頊之苗裔，孫曰女修。女修織，玄鳥隕卵，女修吞之，生子大業。」《正義》曰：「《列女傳》云：『陶子生五歲而佐禹。』曹大家注云：『陶子者，皋陶之子伯益也。』

〔註129〕〔宋〕無名氏編《百家姓》，〔清〕王相考，《原版蒙學叢書》影印本，海口：三環出版社，1991年，第33頁。

〔註130〕〔北齊〕魏收撰《魏書》卷一《序紀》，北京：中華書局標點本，1974年，第1頁。

〔註131〕〔北齊〕魏收撰《魏書》卷一百八《禮志》，北京：中華書局標點本，1974年，第2734頁。

〔註132〕〔北宋〕司馬光著《資治通鑒》（九），北京：中華書局，2011年，4318頁。

〔註133〕〔唐〕令狐德棻等撰《周書・文帝紀》，北京：中華書局標點本，1971年，第1頁。

〔註134〕〔唐〕魏徵等撰《隋書》卷一《高祖文皇帝紀》，北京：中華書局標點本，1973年，第1頁。

〔註135〕〔宋〕無名氏編《百家姓》，〔清〕王相考，《原版蒙學叢書》影印本，海口：三環出版社，1991年，第6頁。

〔註136〕〔後晉〕劉昫等撰《舊唐書》卷一《高祖本紀》，北京：中華書局標點本，1975年，第1頁。

〔註137〕〔宋〕無名氏編《百家姓》，〔清〕王相考，《原版蒙學叢書》影印本，海口：三環出版社，1991年，第3頁。

按此即知大業是皋陶。」〔註138〕亦「帝顓頊之苗裔」，黃帝之後。

《舊五代史‧梁書‧太祖本紀》：「太祖……姓朱氏，諱晃，本名溫。宋州碭山人。其先舜司徒虎之後。」〔註139〕據袁義達主編《中國姓氏‧三百大姓：群體遺傳與人口分布（上）》：「周成王封商紂王之庶出之兄微子啟於宋，以奉商祀。至戰國後期公元前286年，齊國滅宋，居於江蘇碭山的宋微子之裔公子朱的後代以先祖名為姓。」〔註140〕微子作為殷商帝族之裔出黃帝，故梁太祖亦黃帝之後。

《舊五代史‧唐書‧武皇本紀》：「太祖武皇帝，諱克用，本姓朱耶氏，其先隴右金城人也。」〔註141〕隴右即隴西，據上考隴西李姓為黃帝之後。

《舊五代史‧晉書‧高祖本紀》：「高祖……姓石，諱敬瑭，太原人也。本衛大夫碏、漢丞相奮之後。」〔註142〕而據《百家姓考略》，衛大夫碏係出姬姓，黃帝後裔。〔註143〕

《舊五代史‧漢書‧高祖本紀》：「高祖……姓劉氏，諱暠，本名知遠，及即位改今諱。其先本沙陀部人也。四代祖諱湍，帝有天下，追尊為明元皇帝，廟號文祖，陵曰懿陵。」輯錄者案：「《五代要會》：湍為東漢顯宗第八子，淮陽王昞之後。」可見劉知遠紹漢為黃帝之後。〔註144〕

《舊五代史‧周書‧太祖本紀》：「太祖……姓郭氏，諱威，字文仲。邢州堯山人也。或云本常氏之子，幼隨母適郭氏，故冒其姓焉。」輯錄者案：「《五代會要：周虢叔之後。」周虢叔為黃帝後裔，郭威亦黃帝之後。〔註145〕

---

〔註138〕〔西漢〕司馬遷《史記》卷五《秦本紀》，北京：中華書局縮印本，1998年，第81頁上。

〔註139〕〔宋〕薛居正等撰《舊五代史》卷一《梁書一‧太祖紀》，北京：中華書局標點本，1976年，第1頁。

〔註140〕袁義達主編《中國姓氏‧三百大姓：群體遺傳與人口分布（上）》，華東師範大學出版社，2007年，第49頁。

〔註141〕〔宋〕薛居正等撰《舊五代史》卷二十五《唐書‧武皇紀上》，北京：中華書局標點本，1976年，第331頁。

〔註142〕〔宋〕薛居正等撰《舊五代史》卷七十五《晉書‧高祖紀》，北京：中華書局標點本，1976年，第977頁。

〔註143〕〔宋〕無名氏編《百家姓》，〔清〕王相考，《原版蒙學叢書》影印本，海口：三環出版社，1991年，第5頁。

〔註144〕〔宋〕薛居正等撰《舊五代史》卷九十九《漢書‧高祖紀》，北京：中華書局標點本，1976年，第1321頁。

〔註145〕〔宋〕薛居正等撰《舊五代史》卷一百一十《周書‧太祖紀》，北京：中華書局標點本，1976年，第1447頁。

《宋史·太祖本紀》:「太祖……諱匡胤,姓趙氏,涿郡人也。」〔註 146〕
《宋史·禮志》載「(真宗)帝於大中祥符五年十月,語輔臣曰:『朕夢先降神人傳玉皇之命云:「先令汝祖趙某授汝天書,令再見汝,如唐朝恭奉玄元皇帝。」翌日,復夢……天尊至,……命朕前,曰:「吾人皇九人中一人也,是趙之始祖,再降,乃軒轅皇帝」』」云云。於是真宗遂以黃帝為趙姓始祖,詔改兗州曲阜縣為仙源縣,遷縣城至壽丘之西,建景靈宮以祀黃帝。〔註 147〕

《遼史·世表》云:「庖羲氏降,炎帝氏、黃帝氏子孫眾多,王畿之封建有限,王政之布濩無穷,故君四方者,多二帝子孫,而自服土中者本同出也。考之宇文周之《書》,遼本炎帝之後,而耶律儼稱遼為軒轅後。儼《志》晚出,盍從周《書》。蓋炎帝之裔曰葛烏菟者,世雄朔陲,後為冒頓可汗所襲,保鮮卑山以居,號鮮卑氏。既而慕容燕破之,析其部曰宇文,曰庫莫奚,曰契丹。契丹之名,昉見於此。」〔註 148〕明楊慎《升菴詩話》卷十:「慕容氏自云軒轅之後。」〔註 149〕據此,則遼國帝族亦黃帝或炎黃後裔。

《金史·本紀第一·世紀》:「金之先,出靺鞨氏。靺鞨本號勿吉。勿吉,吉肅慎地也。」〔註 150〕肅慎為東北夷。《漢書·武帝紀》「海外肅慎」引晉灼曰:「《東夷傳》:今挹婁地是也,在夫餘之東北千餘里大海之濱。」師古曰:「《周書序》云:『成王既伐東夷,肅慎來賀。』即謂此。」〔註 151〕與炎、黃二帝為異族。

《元史·太祖本紀》:「太祖……諱鐵木真,姓奇渥溫氏,蒙古部人。」〔註 152〕黃國榮《蒙古族音樂的傳承與發展》一書綜述認為:「在蒙古民族的

〔註 146〕〔元〕脫脫等撰《宋史》卷一《太祖本紀》,北京:中華書局標點本,1977 年,第 1 頁。

〔註 147〕〔元〕脫脫等撰《宋史》卷一百四《禮志》,北京:中華書局標點本,1977 年,第 2541 頁。

〔註 148〕〔元〕脫脫等撰《遼史·世表》,北京:中華書局標點本,1974 年,第 949～950 頁。

〔註 149〕〔明〕楊慎《升菴詩話》,丁福保輯《歷代詩話續編》(中),北京:中華書局,1983 年,第 835 頁。

〔註 150〕〔元〕脫脫撰《金史·本紀第一·世紀》,北京:中華書局標點本,1975 年,第 1 頁。

〔註 151〕〔東漢〕班固《漢書》(一)卷六《武帝紀》,北京:中華書局標點本,1962 年,第 161 頁。

〔註 152〕〔明〕宋濂等撰《元史》卷一《太祖本紀》,北京:中華書局標點本,1978 年,第 1 頁。

真正族源問題上，多數學者都認為蒙古族出自東胡。」〔註153〕而據「《晉書·載記第八》載：『慕容廆，昌黎棘城（今遼寧義縣）鮮卑人也。其先有熊氏之苗裔，世居北夷，邑於紫蒙之野，號曰東胡。』『有熊氏』指黃帝，『有熊氏之苗裔』就是黃帝後人的意思。」〔註154〕

《新元史·本紀·序紀》：「蒙古之先，出於突厥。本為忙豁侖，譯音之變為蒙兀兒，又為蒙古。」〔註155〕《北史·突厥列傳》：「突厥者，其先居西海之右，獨為部落，蓋匈奴之別種也。」〔註156〕而《史記·匈奴列傳》云：「匈奴，其先祖夏后氏之苗裔也，曰淳維。」〔註157〕按夏后氏即大禹，黃帝後裔。故元人楊維楨的《正統辯》以元王朝當奉兩宋為正統，清乾隆皇帝亦表讚賞。〔註158〕

《明史·太祖本紀》：「太祖……諱元璋，字國瑞，姓朱氏。先世家沛，徙句容，再徙泗州。父世珍，始徙濠州之鍾離。」〔註159〕《百家姓考略》：「朱，角音。沛郡，顓頊之後。」〔註160〕因知朱元璋家族亦出黃帝之後。

《清史稿·太祖本紀》：「太祖……高皇帝，姓愛新覺羅氏，諱努爾哈齊。其先蓋金遺部。」〔註161〕於炎、黃為異族。

以上考辨表明，二十四史所載諸朝，除金與清代這兩個女真族裔的王朝與炎、黃為不同民族之外，其他二十二朝帝君，無論其為漢族或少數民族，均為「黃帝子孫」。也就是說中國歷史上包括匈奴、鮮卑、契丹、蒙古等民族建立的政權在內的絕大多數朝代之「政統」，均因其統治者族姓出「黃帝」或「炎

---

〔註153〕黃國榮《蒙古族音樂的傳承與發展》，呼和浩特：內蒙古科學技術出版社，2014 年，第 1 頁。

〔註154〕慕喜安主編《慕容、慕、容氏族譜》，蘭州：甘肅文化出版社，2013 年，第 2 頁。

〔註155〕何紹忞著《新元史·本紀·序紀》，北京：中國書店出版社，1988 年，第 15 頁。

〔註156〕〔唐〕李延壽撰《北史·突厥列傳》，北京：中華書局標點本，1974 年，第 3285 頁。

〔註157〕〔漢〕司馬遷撰《史記》卷一百十《匈奴列傳》，北京：中華書局縮印本，1998 年，第 1029 頁上。

〔註158〕趙爾巽等撰《清史稿·禮志三·歷代帝王陵廟》，北京：中華書局標點本，1977 年，第 2528 頁。

〔註159〕張廷玉等撰《明史·太祖本紀》，北京：中華書局標點本，1974 年，第 1 頁。

〔註160〕〔宋〕無名氏編《百家姓》，〔清〕王相考，《原版蒙學叢書》影印本，海口：三環出版社，1991 年，第 6 頁。

〔註161〕趙爾巽等撰《清史稿·太祖本紀》，北京：中華書局標點本，1977 年，第 1 頁。

黃」之統而實質是黃帝為始祖的真正的「大一統」。這個「大一統」以單個的
王朝之「政統」為基或節點，似斷而實連，都是在「黃帝」或「炎黃」同一家
族之內部轉移和延續，至今有史三千年或文明五千年來永續不斷，方興未艾，
是人類歷史上一個優異的社會現象。

這裡要特別說一下金代和清代。這兩個朝代雖間隔有元、明，但先後都出
自女真族，而與匈奴、鮮卑、蒙古等族不同，與中原漢族所屬「黃帝子孫」或
「炎黃子孫」沒有「族統」上的聯繫，似在以黃帝為「政統」之始祖的「大一
統」之外了，其實不然。這是因為與「族統」的基於血緣有異，「政統」是或
可以是政治歸屬上的認可，即其因於其各種歷史或現實的理由，自認為接續了
某前代政權的統系，從而後人不能不視其為該統系為中國「大一統」在該時代
合法的代表。在此意義上，金國當年只是偏立於北中國部分地區之王朝，可以
不論〔註162〕。但是，「其先蓋金遺部」〔註163〕，入關後全面統治中國近三百
年的清朝，雖在固守其滿洲族性上堅持不渝，但在「政統」接續的考量上，卻
自入關之始就用漢人降官范文程計，以「義師為爾（按指漢族吏民）復君父仇」
〔註164〕為號召，進一步自封為明朝當然的繼統者。後來康熙帝更挖空心思，
設法從地脈的關係上主動拉近其滿族與漢族的關係，作《泰山龍脈論》（一名
《泰山山脈自長白山來》）云：

> 古今論九州山脈，但言華山為虎，泰山為龍。地理家亦僅云泰
> 山特起東方，張左右翼為障，未根究泰山之龍於何處發脈。朕細考
> 形勢，深究地絡，遣人航海測量，知泰山實發龍於長白山也。長白
> 綿亙烏喇之南，……西南行八百餘里，結而為泰山，彎崇盤屈，為

---

〔註162〕〔元〕脫脫等撰《金史‧張行信傳》（北京：中華書局標點本，1975年，2366
～2367頁。）載哀宗朝曾議金當為黃帝之後事，遭否決：「四年二月，為太
子少保，兼前職。時尚書省奏：『遼東宣撫副使完顏海奴言，參議官王澮嘗言，
本朝紹高辛，黃帝之後也。昔漢祖陶唐，唐祖老子，皆為立廟。我朝迄今百
年，不為黃帝立廟，無乃愧於漢、唐乎。』……詔問有司，行信奏曰：『按《始
祖實錄》止稱自高麗而來，未聞出於高辛。今所據欲立黃帝廟，黃帝高辛之
祖，借曰紹之，當為木德，今乃言火德，亦何謂也。況國初太祖有訓，因完
顏部多尚白，又取金之不變，乃以大金為國號，未嘗議及德運。近章宗廟始
集百僚議之，而以繼亡宋火行之絕，定為土德，以告宗廟而詔天下焉。顧澮
所言特狂妄者耳。』上是之。」

〔註163〕趙爾巽等撰《清史稿‧太祖本紀》，北京：中華書局標點本，1977年，第1頁。

〔註164〕趙爾巽等撰《清史稿‧范文程傳》，北京：中華書局標點本，1977年，第9352
頁。

五嶽首。此論雖古人所未及，而形理有確然可據者。」〔註165〕

此論確出於他曾親至泰山與遼東「細考形勢，深究地絡」，並且「遣人航海測量」，察覓山脈走向。故所述長白及其支脈的地理形勢，都較為準確。然而，作為一代雄主，其意卻不在研究地理科學，而是因滿洲族以長白山為祖脈，漢族以泰山為「龍脈」，出此論即以借泰山「龍脈」出長白山之說，推行其所謂「滿漢一視」、強化滿洲族入主並統治中原的合法性和社會基礎。〔註166〕這個做法的政治性目的與其贊同楊維楨《正統辯》以元朝繼兩宋為正統一致，是明眼人一望可知的，但當時滿漢百官——尤其是漢族官僚士人都積極擁護。如文淵閣大學士李光地在召對之後，撰寫《上諭泰山脈絡恭紀》對康熙之說崇揚備至曰：「倘非皇上灼知而發明之，則遺經之指，千載夢夢也。」〔註167〕連當時漢族著名詩人袁枚也在《隨園詩話》中說：「章槐墅觀察云：『泰山從古迄今，皆言自中幹發脈，聖祖遣人從長白山，蹤至旅順山口，龍脈入海，從諸島直接登州，起福山而達泰山，鑿鑿可據。』余雖未至旅順福山，然山左往來，不惟岱宗位震而兌，即觀汶、泗二水源流，亦皆自東而西，則泰山不從中幹發脈，又一確證也。因紀以詩云：『兩條汶泗朝西去，一座泰山渡海來；笑殺古今談地脈，分明夢中未曾猜。』」〔註168〕這在袁枚或不無「隨」風順勢的動機，但也表明康熙帝借長白山——泰山一脈相接維護中華「大一統」的用心，在漢族士人中得到了一定程度的響應。

清朝自覺接續以「黃帝」為始祖之中華「大一統」是一貫之國策。顯著的表現，一是康熙六十一（1722）詔令歷代帝王「凡為天下主，除亡國暨無道被弒，悉當廟祀」〔註169〕，自伏犧、神農、黃帝、少昊、顓頊、帝嚳、唐堯、虞舜、夏禹以下增至總計 164 位帝王〔註170〕；二是自宋以來漢人學者就眾說

---

〔註165〕〔清〕金棨編《泰山志》，劉興順點校，泰山出版社，2005 年，第 6 頁。

〔註166〕參考周郢《從泰山龍脈之爭看滿漢文化的衝突與融合》，《泰山與中國文化》，濟南：山東友誼出版社，2010 年，第 76～85 頁。

〔註167〕轉引自周郢《從泰山龍脈之爭看滿漢文化的衝突與融合》，《泰山與中國文化》，濟南：山東友誼出版社，2010 年，第 81～82 頁。

〔註168〕〔清〕袁枚《隨園詩話》，王英志校點《隨園全集》（第三冊），南京：江蘇古籍出版社，1993 年，第 506 頁。

〔註169〕趙爾巽等撰《清史稿·禮志三·歷代帝王陵廟》，北京：中華書局標點本，1977 年，第 2526 頁。

〔註170〕趙爾巽等撰《清史稿·禮志三·歷代帝王陵廟》，北京：中華書局標點本，1977 年，第 2526～2527 頁。

紛紜的三國蜀、魏和宋與遼、金孰為正統之爭，乾隆四十九（1784）年有諭廷
臣曰：

> 曩時皇祖敕議增祀，聖訓至公，而陳議者未能曲體，乃列遼、
> 金二朝，而遺東西晉、元魏、前後五代。謂南北朝偏安，則遼、金
> 亦未奄有中夏。即兩晉諸代，因篡而斥，不知三國正統，本在昭
> 烈。……昔楊維楨著《正統辨》，謂正統在宋，不在遼、金、元，其
> 說甚當。〔註171〕（《清史稿·禮志三·歷代帝王陵廟》）

由此可見，清朝自其立國之始，就逐漸並日益強烈和堅定地認同以「黃帝
子孫」的漢族政權為代表的中國「大一統」。清王朝統治者的這種政治歸屬意
識與文化策略，不僅使其作為當時的「異族」政權為中國「大一統」做出了貢
獻，而且也使其自身最終成為這一偉大歷史傳統的新階段而永垂史冊。

## 五、「成命百物」之造主

黃帝是或被認為是我國上古多數重要制度、器物與藝術行為的主要或主
使發明、創造者即「始祖」。我國上古社會的進步體現於制度、器物與藝術的
創造，往往被歸結於某個偉大人物的功勞，如有巢氏築屋於樹、燧人氏發明用
火、伏犧氏畫八卦、神農氏嘗百草、后稷教民稼穡等等，可說不僅是凡有名號
的上古聖君均有所創制，而且正是因其創制的普惠於世，才得傳其有上古聖君
之名號。雖然推想來他們作為某一創制的「始祖」，未必即其本人最早嘗試和
最終完成，而肯定有不少屬於如今所謂「贏家通吃」的成分，但也可以肯定的
是，這些能被稱為「始祖」之人物對於相應的創制而言，很可能是起到了重要
甚至決定性的作用，從而其至後世才能有該創制「始祖」的地位，成為文化傳
統上維繫中國「大一統」的一個支系或方面。黃帝也是這些「始祖」中的一位，
而且從各種記載來看，他作為中國上古制度、器物與藝術主要或主使的創造
者，是空前絕後之貢獻最大者。這也增強了這一形象對中國「大一統」的維繫
之力。這方面的資料不難見到，研究頗多，故不詳考，僅據諸書記載，並參考
諸家研究成果，凡有說推黃帝為主要或主使之「始祖」之創造均為之綜合，粗
為分類表列如下：

---

〔註171〕趙爾巽等撰《清史稿·禮志三·歷代帝王陵廟》，北京：中華書局標點本，1977
年，第 2528 頁。

| 序號 | 創　　制 | 文獻根據 |
|---|---|---|
| 1 | 習用干戈（建軍） | 《史記・五帝本紀》：「軒轅之時，神農氏世衰，諸侯相侵伐，暴虐百姓，而神農氏弗能征。軒轅乃習用干戈，以征不享。」[索隱]曰：「謂用干戈以征諸侯之不朝。」〔註172〕 |
| | | 《韓非子・揚權》：「黃帝有言曰：『上下一日百戰。』」〔註173〕 |
| 2 | 治五氣 | 《管子・輕重》：「管子對曰：『戧人以來，未有不以輕重為天下也。……至於黃帝之王，謹逃其爪牙，不利其器，燒山林，破增藪，焚沛澤，逐禽獸，實以益人，然後天下可得而牧也。』」〔註174〕 |
| 3 | 藝五種 | |
| 4 | 訓獸為兵 | 《大戴禮記・五帝德》：「（黃帝）治五氣，設五量，撫萬民，度四方；教熊羆貔豹虎，以與赤帝戰於版泉之野，三戰然後得行其志。」〔註175〕 |
| | | 《呂氏春秋・審時》：「黃帝曰：『四時之不正也，正五穀而已矣。』」〔註176〕 |
| | | 《史記・五帝本紀》：「炎帝欲侵陵諸侯，諸侯咸歸軒轅。軒轅乃修德振兵，治五氣，藝五種，教熊羆貔狄貙虎，以與炎帝戰於阪泉之野。」「時播百穀草木」，「淳化鳥獸蟲蛾」。〔註177〕 |
| 5 | 戰法 | 《太平御覽》十五引《黃帝玄女戰法》：「黃帝與蚩尤九戰九不勝。黃帝歸於太山，三日三夜，霧冥。有一婦人，人首鳥形，黃帝稽首再拜伏不敢起，婦人曰：『吾玄女也，子欲何問？』黃帝曰：『小子欲萬戰萬勝。』遂得戰法焉。」〔註178〕 |
| 6 | 建政 | 《史記・五帝本紀》：「諸侯咸尊軒轅為天子，代神農氏，是為黃帝。天下有不順者，黃帝從而征之，平者去之。」〔註179〕 |
| | | 《晉書・地理志》：「昔黃帝旁行天下，方制萬里，得百里之國萬區， |

〔註172〕〔西漢〕司馬遷《史記》卷一《五帝本紀》，北京：中華書局縮印本，1998年，第23頁下。

〔註173〕〔戰國〕韓非《韓非子》，《諸子百家叢書》縮印本，上海：上海古籍出版社，1989年，第19頁下。

〔註174〕梁運華校點《管子》，《新世紀萬有文庫》本，瀋陽：遼寧教育出版社，1997年，第212～213頁。

〔註175〕黃懷信主撰，孔德立、周海生參撰《大戴禮記匯校集注》，西安：三秦出版社，2005年，第728～729頁。

〔註176〕〔戰國〕呂不韋《呂氏春秋》，《諸子百家叢書》縮印本，上海：上海古籍出版社，1989年，第229頁下。

〔註177〕〔西漢〕司馬遷《史記》卷一《五帝本紀》，北京：中華書局標點本，1998年，第24頁上。

〔註178〕〔宋〕李昉編《太平御覽》卷十五引《黃帝玄女戰法》，北京：中華書局，1985年，第78頁。

〔註179〕〔西漢〕司馬遷《史記》卷一《五帝本紀》，北京：中華書局標點本，1998年，第24頁上。

| 7 | 開闢道路 | 則《周易》所謂『首出庶物，萬國咸寧』者也。」〔註180〕 |
|---|---|---|
| 7 | 開闢道路 | 《史記・五帝本紀》：「披山通道。」〔索隱〕曰：披，音如字，謂披山林草木而行，以通道也。〔註181〕 |
| 8 | 巡狩 | 《史記・五帝本紀》：「（黃帝）未嘗寧居。東至於海，登丸山，西至於空桐，登雞頭。南至於江，登熊、湘。北逐葷粥，合符釜山，而邑於涿鹿之阿。遷徙往來無常處，以師兵為營衛。」〔註182〕 |
| 9 | 會盟 | |
| 10 | 營寨 | |
| 11 | 建都 | |
| 12 | 畫野分土 | ［南朝梁］陶藻《職官要錄》：「以風後配上臺。……以為相，翼佐帝德以治民，裁割萬方，畫野分土，得小大之國萬區，而神靈之封，隱於其中。」〔註183〕 |
| 13 | 作井田 | ［清］王夫之《讀四書大全說》卷八《孟子・滕文公上》：「乃夏用貢法，而井田則始自黃帝。」「想來黃帝作井田。」〔註184〕 |
| 14 | 設官 | 《周易・繫辭下》：「黃帝堯舜……百官以治，萬民以察，蓋取諸夬。」〔註185〕<br>《管子・五行》：「昔者黃帝得蚩尤而明於天道，得大常而察於地利，得奢龍而辨於東方，得祝融而辨於南方，得大封而辨於西方，得后土而辨於北方，黃帝得六相而天地治，神明至。蚩尤明乎天道，故使為當時。大常察乎地利，故使為廩者。奢龍辨乎東方，故使為土師。祝融辨乎南方，故使為司徒，大封辨於西方，故使為司馬。后土辨乎北方，故使為李，是故春者土師也，夏者司徒也，秋者司馬也，冬者李也。」〔註186〕<br>《史記・五帝本紀》：「（黃帝）官名皆以雲命，為雲師。」「舉風後、力牧、常先、大鴻。」〔註187〕 |

〔註180〕〔唐〕房玄齡等撰《晉書》卷十四《地理志》，北京：中華書局標點本，1974年，第409頁。

〔註181〕〔西漢〕司馬遷《史記》卷一《五帝本紀》，北京：中華書局標點本，1998年，第24頁上。

〔註182〕〔西漢〕司馬遷《史記》卷一《五帝本紀》，北京：中華書局標點本，1998年，第24頁下。

〔註183〕〔南朝梁〕陶藻《職官要錄》，轉引自劉學典主編《黃帝故里志》，鄭州：中州古籍出版社，2007年，第240頁。

〔註184〕〔清〕王夫之著《讀四書大全說》，北京：中華書局，1975年，第577～578頁。

〔註185〕〔魏〕王弼、〔晉〕韓康伯注，〔唐〕孔穎達疏《周易正義》，《十三經注疏》縮印本，北京：中華書局，1980年，上冊，第87頁上、中。

〔註186〕梁運華校點《管子》，《新世紀萬有文庫》本，瀋陽：遼寧教育出版社，1997年，第127頁。

〔註187〕〔西漢〕司馬遷《史記》卷一《五帝本紀》，北京：中華書局縮印本，1998年，第24頁下～第25頁上。

| | | |
|---|---|---|
| | | 《史記·曆書》：「蓋黃帝考定星曆，建立五行，起消息，正閏餘，於是有天地神祇物類之官，是謂五官。各司其序，不相亂也。」〔註188〕 |
| 15 | 立法 | 《管子·任法》：「黃帝之治天下也，其民不引而來，不推而往，不使而成，不禁而止。故黃帝之治也，置法而不變，使民安其法者也，所謂仁義禮樂者皆出於法，此先聖之所以一民者也。」〔註189〕 |
| 16 | 設監 | 《呂氏春秋·本味》：「士有孤而自恃，人主有奮而好獨者，則名號必廢熄，社稷必危殆。故黃帝立四面，堯、舜得伯陽、續耳然後成，凡賢人之德有以知之也。」〔註190〕<br>《史記·五帝本紀》：「官名皆以雲命，為雲師。置左右大監，監於萬國。」〔註191〕 |
| 17 | 興祭祀 | 《史記·五帝本紀》：「萬國和，而鬼神山川封禪與為多焉。」[索隱]曰：「……言萬國和同，而鬼神山川封禪祭祀之事，自古以來帝皇之中，推許黃帝以為多。多猶大也。」〔註192〕<br>《史記·孝武本紀》載公玉帶曰：「黃帝時雖封泰山，然風后、封巨、岐伯令黃帝封東泰山，禪凡山，合符，然後不死焉。」〔註193〕 |
| 18 | 封禪 | |
| 19 | 造明堂 | 《史記·封禪書》：「上（漢武帝）欲治明堂奉高旁，未曉其制度。濟南人公玉帶上黃帝時明堂圖。……於是上令奉高作明堂汶上，如帶圖。」〔註194〕 |
| 20 | 立明臺之議 | 《管子·桓公問》：「黃帝立明臺之議者，上觀於賢也。」〔註195〕 |
| 21 | 五行 | 《管子·五行》：「昔黃帝以其緩急，作五聲，以政五鐘。……五聲既調，然後作立五行，以正天時。五官以正人位，人與天調，然後 |
| 22 | 曆法 | |

〔註188〕〔西漢〕司馬遷《史記》卷卷二十六《曆書》，北京：中華書局縮印本，1998年，第435頁上。
〔註189〕梁運華校點《管子》，《新世紀萬有文庫》本，瀋陽：遼寧教育出版社，1997年，第132頁。
〔註190〕〔戰國〕呂不韋《呂氏春秋》，《諸子百家叢書》縮印本，上海：上海古籍出版社，1989年，第102頁下。
〔註191〕〔西漢〕司馬遷《史記》卷一《五帝本紀》，北京：中華書局縮印本，1998年，第24頁下。
〔註192〕〔西漢〕司馬遷《史記》卷一《五帝本紀》，北京：中華書局縮印本，1998年，第24頁下。
〔註193〕〔西漢〕司馬遷《史記》卷十二《孝武本紀》，北京：中華書局縮印本，1998年，第186頁下。
〔註194〕〔西漢〕司馬遷《史記》卷二十八《封禪書》，北京：中華書局縮印本，1998年，第480頁下。
〔註195〕梁運華校點《管子》，《新世紀萬有文庫》本，瀋陽：遼寧教育出版社，1997年，第157頁。

| | 星占 | 天地之美生。」〔註196〕 |
|---|---|---|
| 23 | 律呂<br>樂器（鐘、磬） | 《史記‧五帝本紀》：「（黃帝）獲寶鼎，迎日推策。」[正義]曰：「筴，音策。迎，逆也。黃帝受神筴，大撓造甲子，容成造曆是也。」〔註197〕 |
| 24 | 算數 | 《史記‧曆書》：「蓋黃帝考定星曆。建立五行，起消息，正閏餘。」[索隱]曰：《系本》及《律曆志》：黃帝使羲和占日，常儀占月，臾區占星氣，伶倫造律呂，大撓作甲子，隸首作算數，容成綜此六術而著《調曆》也。」〔註198〕 |
| | | 《呂氏春秋‧古樂》：「昔黃帝令伶倫作為律。」〔註199〕 |
| | | 《世本八種》：「黃帝使伶倫作磬。（《廣韻》）澍按《御覽》引磬字作聲。《通禮義纂》：帝使伶倫造磬。」〔註200〕 |
| 25 | 星官之書 | 《後漢書‧郡國志一》注引《帝王世記》曰：「及黃帝受命，……乃推分星次，以定律度。」〔註201〕 |
| | | 《後漢書‧天文志上》序云：「軒轅始受《河圖斗苞授》，規日月星辰之象，故星官之書自黃帝始。」〔註202〕 |
| 26 | 尚勤 | 《史記‧五帝本紀》：「勞勤心力耳目。」〔註203〕 |
| 27 | 節用 | 《史記‧五帝本紀》：「節用水火材物。」[正義]曰：「……言黃帝教民，江湖、陂澤、山林、原隰，皆收採禁捕以時，用之有節。令得其利也。」〔註204〕 |
| 28 | 教民 | 《孔子集語‧寓言》：「老聃曰：……黃帝之治天下，使民心一，民有其親死不哭而民不非也。」〔註205〕 |

〔註196〕梁運華校點《管子》，《新世紀萬有文庫》本，瀋陽：遼寧教育出版社，1997年，第 127 頁。

〔註197〕〔西漢〕司馬遷《史記》卷一《五帝本紀》，北京：中華書局縮印本，1998 年，第 24 頁下～25 頁上。

〔註198〕〔西漢〕司馬遷《史記》卷二十六《曆書》，北京：中華書局縮印本，1998 年，第 435 頁上、下。

〔註199〕〔戰國〕呂不韋《呂氏春秋》，《諸子百家叢書》縮印本，上海：上海古籍出版社，1989 年，第 43 頁下。

〔註200〕〔漢〕宋衷注；〔清〕秦嘉謨等輯《世本八種‧張澍稡集補注本》，北京：中華書局，1957 年，第 13 頁。

〔註201〕〔宋〕范曄撰《後漢書》（一二），北京：中華書局標點本，1965 年，第 3385頁。

〔註202〕〔宋〕范曄撰《後漢書》（一一），北京：中華書局標點本，1965 年，第 3214頁。

〔註203〕〔西漢〕司馬遷《史記》卷一《五帝本紀》，北京：中華書局縮印本，1998 年，第 25 頁上。

〔註204〕〔西漢〕司馬遷《史記》卷一《五帝本紀》，北京：中華書局縮印本，1998 年，第 25 頁上。

〔註205〕薛安勤注譯《孔子集語譯注》，長春：吉林文史出版社，1996 年，第 805 頁。

| 29 | 開物 | 《史記‧五帝本紀》:「勞勤心力耳目,節用水火材物。」「旁羅日月、星辰、水波、土石、金玉」。[索隱]曰:「……言帝德旁羅日月、星辰、水波,及至土石、金玉。謂日月揚光,海水不波,山不藏珍,皆是帝德廣被也。」〔註206〕 |
|---|---|---|
| 30 | 鐵礦官營 | 《管子‧地數》:「黃帝問於伯高曰:『吾欲陶天下而以為一家,為之有道乎?……伯高對曰:『上有丹沙者下有黃金,上有慈石者下有銅金,上有陵石者下有鉛錫赤銅,上有赭者下有鐵,此山之見榮者也。苟山之見其榮者,君謹封而祭之,距封十里而為一壇。是則使乘者下行,行者趨。若犯令者罪死不赦。然則與折取之遠矣。』」〔註207〕 |
| 31 | 戒奢 | 《呂氏春秋‧去私》:「黃帝言曰:『聲禁重,色禁重,衣禁重,香禁重,味禁重,室禁重。』」〔註208〕 |
| 32 | 生火熟食 | 《管子‧輕重戊》:「黃帝作,鑽鐩生火,以熟葷臊,民食之無茲胃之病,而天下化之。」〔註209〕 |
| 33 | 養蠶 | 《史記‧五帝本紀》:「嫘祖為黃帝正妃。」按:嫘,他種文獻中或作傫,或作雷。〔註210〕 |
| | | 《路史‧後紀五》云:「黃帝元妃西陵氏曰傫祖,以其始蠶,故又祀先蠶。」〔註211〕 |
| 34 | 舟車 | 《周易‧繫辭下》:「黃帝堯舜……刳木為舟。剡木為楫。舟楫之利。以濟不通。致遠以利天下,蓋取諸渙。」〔註212〕 |
| | | 《漢書‧地理志》:「昔在黃帝,作舟車以濟不通,旁行天下。」〔註213〕 |
| | | 《後漢書‧郡國志一》注引《帝王世紀》曰:「及黃帝受命,始作舟車,以濟不通。」〔註214〕 |

〔註206〕 〔西漢〕司馬遷《史記》卷一《五帝本紀》,北京:中華書局縮印本,1998年,第25頁上。
〔註207〕 梁運華校點《管子》,《新世紀萬有文庫》本,瀋陽:遼寧教育出版社,1997年,第210～211頁。
〔註208〕 〔戰國〕呂不韋《呂氏春秋》,《諸子百家叢書》縮印本,上海:上海古籍出版社,1989年,第16頁上。
〔註209〕 梁運華校點《管子》,《新世紀萬有文庫》本,瀋陽:遼寧教育出版社,1997年,第235頁。
〔註210〕 〔西漢〕司馬遷《史記》卷一《五帝本紀》,北京:中華書局縮印本,1998年,第25頁下。
〔註211〕 轉引自〔明〕徐光啟《農政全書》,北京:中華書局,1956年,第692頁。
〔註212〕 〔魏〕王弼、〔晉〕韓康伯注,〔唐〕孔穎達疏《周易正義》,《十三經注疏》縮印本,北京:中華書局,1980年,上冊,第87頁上。
〔註213〕 〔東漢〕班固《漢書》(六)卷二十八《地理志(上)》,北京:中華書局標點本,1962年,第1523頁。
〔註214〕 〔宋〕范曄撰《後漢書》,北京:中華書局標點本,1965年,第3385頁。

| 35 | 鑄鼎 | 《史記·封禪書》:「黃帝採首山銅,鑄鼎於荆山下。」〔註215〕 |
|---|---|---|
| 36 | 蹴鞠 | 《後漢書·梁統列傳》附《玄孫冀傳》「蹴鞠」注引劉向《別錄》曰:「蹴鞠者,傳言黃帝所作,或曰起戰國之時。蹋鞠,兵勢也,所以練武士,知有材也。」〔註216〕 |
| 37 | 衣裳 | 《周易·繫辭下》:「黃帝堯舜垂衣裳而天下治,蓋取諸乾坤。」〔註217〕<br>《大戴禮記·五帝德》:「黃帝黼黻衣,大帶黼裳,乘龍辰雲,以順天地之紀,幽明之故,死生之說,存亡之難。」〔註218〕 |
| 38 | 服牛乘馬 | 《周易·繫辭下》:「黃帝、堯、舜⋯⋯服牛乘馬,引重致遠,以利天下,蓋取諸隨。」〔註219〕 |
| 39 | 重門擊柝 | 《周易·繫辭下》:「黃帝、堯、舜⋯⋯重門擊柝,以待暴客,蓋取諸豫。」〔註220〕 |
| 40 | 臼杵 | 《周易·繫辭下》:「黃帝、堯、舜⋯⋯斷木為杵,掘地為臼,臼杵之利,萬民以濟,蓋取諸小過。」〔註221〕 |
| 41 | 弧矢 | 《周易·繫辭下》:「黃帝、堯、舜⋯⋯弦木為弧,剡木為矢,弧矢之利,以威天下,蓋取諸睽。」〔註222〕<br>《史記·封禪書》:黃帝於荆山鑄鼎成,乘龍上仙,「余小臣不得上,乃悉持龍髯,龍髯拔,墮,墮黃帝之弓。⋯⋯其弓曰烏號』。」〔註223〕<br>《韓詩外傳》載弓工之妻曰「此弓者,太山之南,烏號之柘。」〔註224〕 |

〔註215〕〔西漢〕司馬遷《史記》卷二十八《封禪書》,北京:中華書局縮印本,1998年,第478頁上。

〔註216〕〔宋〕范曄撰《後漢書》(五),北京:中華書局標點本,1965年,第1178頁。

〔註217〕〔魏〕王弼、〔晉〕韓康伯注,〔唐〕孔穎達疏《周易正義》,《十三經注疏》縮印本,北京:中華書局,1980年,上冊,第87頁上。

〔註218〕黃懷信主撰,孔德立、周海生參撰《大戴禮記匯校集注》,西安:三秦出版社,2005年,第731～732頁。

〔註219〕《〔魏〕王弼、〔晉〕韓康伯注,〔唐〕孔穎達疏《周易正義》,《十三經注疏》縮印本,北京:中華書局,1980年,上冊,第第87頁上。

〔註220〕〔魏〕王弼、〔晉〕韓康伯注,〔唐〕孔穎達疏《周易正義》,《十三經注疏》縮印本,北京:中華書局,1980年,上冊,第87頁上。

〔註221〕〔魏〕王弼、〔晉〕韓康伯注,〔唐〕孔穎達疏《周易正義》,《十三經注疏》縮印本,北京:中華書局,1980年,上冊,第87頁上。

〔註222〕〔魏〕王弼、〔晉〕韓康伯注,〔唐〕孔穎達疏《周易正義》,《十三經注疏》縮印本,北京:中華書局,1980年,上冊,第87頁上。

〔註223〕〔西漢〕司馬遷《史記》卷二十八《封禪書》,北京:中華書局縮印本,1998年,第478頁上。

〔註224〕賴炎元注釋《韓詩外傳今注今譯》,臺北:臺灣商務印書館,1979年,第354頁。

| 42 | 宮室 | 《周易・繫辭下》：「黃帝、堯、舜……上古穴居而野處。後世聖人易之以宮室，上棟下宇，以待風雨……」〔註225〕 |
|---|---|---|
| 43 | 棺槨 | 《周易・繫辭下》：「黃帝、堯、舜……古之葬者，厚衣之以薪，葬之中野，不封不樹。喪期無數。後世聖人易之以棺槨……」〔註226〕<br>《後漢書・趙諮列傳》：「棺槨之造，自黃帝始。」注引劉向曰：「棺槨之作，自黃帝始。」〔註227〕案《禮記》曰「殷人棺槨」，蓋至殷而加飾。 |
| 44 | 華蓋 | 《史記・天官書》〔正義〕曰：「崔豹《古今注》云：『黃帝與蚩尤戰於涿鹿之野，常有五色雲氣，金枝玉葉，止於帝上，有花蔕之象，故因作華蓋也。』」〔註229〕 |
| 45 | 結繩而治 | 《周易・繫辭下》：「黃帝、堯、舜……上古結繩而治。後世聖人易之以書契。」〔註229〕 |
| 46 | 巾機之法 | 《後漢書・朱暉列傳》附孫穆《諫梁冀書》注：「黃帝作巾機之法，孔甲有盤盂之誡。」〔註230〕 |
| 47 | 《河圖》《洛書》 | 《宋書・符瑞志上》：「（黃帝）遊於洛水之上，見大魚，殺五牲以醮之，天乃甚雨，七日七夜，魚流於海，得《圖》、《書》焉。《龍圖》出河，《龜書》出洛，赤文篆字，以授軒轅。軒轅接萬神於明庭，今寒門谷口是也。」〔註231〕 |
| 48 | 衡器 | 《魏書・廣平王洛侯附匡建扶傳》載《權銘》云：「黃帝始祖，德布於虞；虞帝始祖，德布於新。」〔註232〕 |
| 49 | 醫學（醫理、醫藥、針炙、養生等） | 《黃帝內經・靈樞譯解・九針十二原第一》：「黃帝問於岐伯曰：余子萬民，養百姓而收其租稅；余哀其不給而屬有疾病。余欲勿使被毒藥，無用砭石，欲以微針通其經脈，調其血氣，營其逆順出入之會。令可傳於後世，必明為之法，令終而不滅，久而不絕，易用難 |

〔註225〕〔魏〕王弼、〔晉〕韓康伯注，〔唐〕孔穎達疏《周易正義》，《十三經注疏》縮印本，北京：中華書局，1980 年，上冊，第 87 頁上。

〔註226〕〔魏〕王弼、〔晉〕韓康伯注，〔唐〕孔穎達疏《周易正義》，《十三經注疏》縮印本，北京：中華書局，1980 年，上冊，第 87 頁上、中。

〔註227〕〔宋〕范曄撰《後漢書》（五），北京：中華書局標點本，1965 年，第 1314 頁。

〔註228〕〔西漢〕司馬遷《史記》卷二十七《天官書》，北京：中華書局縮印本，1998 年，第 458 頁上。

〔註229〕〔魏〕王弼、〔晉〕韓康伯注，〔唐〕孔穎達疏《周易正義》，《十三經注疏》縮印本，北京：中華書局，1980 年，上冊，第 1911 頁中。

〔註230〕〔宋〕范曄撰《後漢書》，北京：中華書局標點本，1965 年，第 1469 頁。

〔註231〕〔梁〕沈約《宋書》卷二十七《符瑞志上》，北京：中華書局標點本，1974 年，第 760～761 頁。

〔註232〕〔北齊〕魏收撰《魏書・廣平王洛侯附匡建扶傳》，北京：中華書局標點本，1974 年，第 455 頁。

| | 忘，為之經紀，異其章，別其表裏，為之終始。令各有形，先立針經。願聞其情。」〔註233〕<br>〔唐〕王冰《黃帝內經序》:「(《黃帝內經》) 稽其言有徵，驗之事不忒，誠可謂至道之宗，奉生之始矣。」〔註234〕 |
|---|---|

以上表列諸書所載黃帝或黃帝主使制度、器物與藝術上的各項發明創造，或搜羅未備，但大體已足證明《國語·魯語上》曰「黃帝能成命百物，以明民共財」〔註235〕之說，是早在《史記》書首黃帝之先，就已經是社會上和史官的一種論定，甚至是戰國秦漢域內之共識。所以，司馬遷《史記》書首黃帝，固然是個人的卓識，但根本上還是承襲了前代久已奉黃帝為華夏政統之始的認識。故後世新、舊《唐書·禮儀志》有「贊曰:自古受命之君，非有德不王。自夏后氏以來始傳以世，而有賢有不肖，故其為世，數亦或短或長。論者乃謂周自后稷至於文、武，積功累仁，其來也遠，故其為世尤長。然考於《世本》，夏、商、周皆出於黃帝。」而近今學者丁山著《中國古代宗教與神話考》更是高度評價說:「黃帝簡直成了中國一切文物的創造者，——自天空的安排直至人類的衣履，都是黃帝命令他的官吏分別製作的。這樣，黃帝不就等於創世紀的所謂耶和華上帝了嗎?因此，我才明白魯語所謂『成命百物』，就是創造文物，『明民共財』，當然就是原始共產社會的寫實。」〔註236〕

## 六、百家道統之根本

《孟子》載孟子曰:「夫道，若大路然。」〔註237〕其延伸在人類精神層面有指天理、學術等義。然而「道」之具體內涵，自古言人人殊，乃至春秋戰國有所謂「諸子」。諸子之興，雖然確如《漢書·藝文志》所說「諸子十家，其可觀者九家而已。皆起於王道既微，諸侯力政，時君世主，好惡殊方，是以九家之術蜂出並作」〔註238〕，有時代環境等社會的原因，但論其思想的統緒，

---

〔註233〕楊永傑、龔樹全主編《黃帝內經》，北京:線裝書局，2009年，第225頁。
〔註234〕楊永傑、龔樹全主編《黃帝內經·重廣補注黃帝內經素問序》，北京:線裝書局，2009年，第1頁。
〔註235〕《國語》卷四《魯語上·展禽論祀爰居》，《國語》《戰國策》合訂本，長沙:嶽麓書社，1988年，第39～40頁。
〔註236〕丁山《中國古代宗教與神話考》，上海:上海書店出版社，2011年，第445～446頁。
〔註237〕〔東漢〕趙岐注，〔宋〕孫奭疏《孟子注疏》，《十三經注疏》縮印本，北京:中華書局，1980年，下冊，第2756頁上。
〔註238〕〔東漢〕班固《漢書》(六)卷二十八《藝文志》，北京:中華書局標點本，1962年，第1746頁。

卻並非「六經之支與流裔」〔註239〕。那是班固因武帝以來「罷黜百家，表章六經」〔註240〕之政的需要而生拉硬扯的說法。從中國早期思想史看，諸子包括儒家共同的文化淵源在黃帝。

人類思想與學術的產生與發展雖然植根於實踐的經驗，但是上升到理論並形成文獻必然是有閒、有需又有能力之階級思考總結的產物。在這個意義上，《漢書・藝文志》論「九流十家」皆出王官說為無可置疑之事。但是，如儒家出於司徒之官（掌戶籍和授田），道家出於史官（掌記錄史事和保管檔案），名家出於禮官（掌儀節），墨家出於清廟之守（掌守宗廟）等等，雖因於積累，但根本還在其職責有可能形成某家學術的積累，從而設官定職實為後世學術產生的基礎。換言之，諸子出於王官，實是出於「王」之設官分守。而「王」之設官分守又一定基於諸官職事特點的考量，從而「王官」之設為學術之始。這在《漢書・藝文志》之「九流十家」所出固然為周官，但就上表所列，周官之設乃溯源於黃帝。從而學在官府的終極是學在帝王，所謂「維昔黃帝，法天則地，四聖遵序……厥美帝功，萬世載之」〔註241〕。四聖，徐廣曰：「顓頊，帝嚳，堯，舜。」是知黃帝作為「五帝」之首，同時是中國上古政教合一的第一人，而華夏萬世道統之總源即所謂「黃帝之道」。

「黃帝之道」較早見於《莊子・至樂》稱「堯、舜、黃帝之道」〔註242〕，三者並稱；後至《漢書・藝文志》陰陽家類載「《黃帝泰素》二十篇。六國時韓諸公子所作」，師古注曰：『劉向《別錄》云或言韓諸公孫之所作也。言陰陽五行，以為黃帝之道也，故曰《泰素》。』」〔註243〕始為專稱。但是，其初並無被賦予華夏學術兼綜並包、乘一總萬之統的高位，甚至在漢武帝以後因《史記・太史公自序》論「六家要指」及《漢書・藝文志》「諸子出於王官」說未能進一步溯源「黃帝之道」而在學術史上顯得隱晦了，但也並未完全埋沒，深入考察仍可見有偶而的揭示和不時的顯示。除以上表列「黃帝簡直成了中國一

---

〔註239〕　〔東漢〕班固《漢書》（六）卷二十八《藝文志》，北京：中華書局標點本，1962 年，第 1746 頁。

〔註240〕　〔東漢〕班固《漢書》（一）卷六《武帝紀》，北京：中華書局標點本，1962 年，第 212 頁。

〔註241〕　〔西漢〕司馬遷《史記》卷一百三十《太史公自序》，北京：中華書局縮印本，1998 年，第 1181 頁下。

〔註242〕　曹礎基《莊子淺注》，北京：中華書局，1982 年，第 264 頁。

〔註243〕　〔東漢〕班固《漢書》（六）卷三十《藝文志》，北京：中華書局標點本，1962 年，第 1734 頁。

切文物的創造者」之記載所體現的事實，已足表明先秦以來之儒、墨、名、法、道德、陰陽等「諸子百家」，其各自的端緒都可溯源至黃帝的言語行事，從而「諸子百家」之道實於「黃帝之道」為「各執一端」之外，今學者劉全志《先秦話語中黃帝身份的衍生及相關文獻形成》一文也認為：「黃帝言辭源於『先王之書』，它們使黃帝成為『先王之道』的代表；戰國時期，⋯⋯黃帝完全成為諸子學派的代言人。」〔註244〕茲不復論。而但說華夏后世「三教」，除佛教為外來漢化者當作別論之外，本土所傳儒、道兩家：道家——道教託始老子，更標榜「黃帝」，因有「黃老之學」，從而「黃帝之道」乃自古道家——道教自託之思想學術淵源，而「黃老之學」乃「黃帝之道」之一脈，此誠學界共識，已不必說。從而只要釐清儒家與「黃帝之道」的關係，則黃帝是否中國道統之總源的問題也就可以有答案了。

首先，按賈誼《新書‧修正語上》載：

> 黃帝曰：「道若川谷之水，其出無已，其行無止。故服人而不為仇，分人而不譖者，其惟道矣。故播之於天下，而不忘者，其惟道矣。是以道高比於天，道明比於日，道安比於山。故言之者見謂智，學之者見謂賢，守之者見謂信，樂之者見謂仁，行之者見謂聖人。故惟道不可竊也，不可以虛為也。」故黃帝職道義，經天地，紀人倫，序萬物，以信與仁為天下先。然後濟東海，入江內，取綠圖，西濟積石，涉流沙，登於崑崙，於是還歸中國，以平天下，天下太平，唯躬道而已。〔註245〕

可見至少桓譚等漢初學者的認識中，黃帝本人就曾提出並深入討論「道」即「黃帝之道」的問題，「黃帝之道」不是憑空杜撰出來，而是中國上古思想萌芽的標誌。

其次，儒家道統追本「黃帝之道」。漢晉以降學者論儒家堯、舜、文、武、周公、孔孟之道多溯源黃帝，如賈誼《新書‧修正語上》又載：

> 帝顓頊曰：「至道不可過也。至義不可易也。是故以後者復跡也。故上緣黃帝之道而行之，學黃帝之道而賞之，加而弗損，天下亦平

---

〔註244〕劉全志《先秦話語中黃帝身份的衍生及相關文獻形成》，《中國社會科學》2015年，第11期。

〔註245〕〔漢〕賈誼著；王洲明注評《新書‧修政語上》，南京：鳳凰出版社，2011年，第115頁。

也。」〔註246〕

又載：

> 帝嚳曰：「緣道者之辭，而與為道已。緣巧者之事，而學為巧已。
> 行仁者之操，而與為仁已。故節仁之器以修其躬，而身專其美矣。故
> 上緣黃帝之道而明之，學顓頊之道而行之，而天下亦平也。」〔註247〕

《大戴禮記·虞戴德》載：

> 公曰：「昔有虞戴德何以？深慮何及？高舉安取？」子曰：「君
> 以聞之，唯丘無以更也；君之聞如未成也，黃帝慕脩之。」〔註248〕

又載：

> 公曰：「善哉！我則問政，子事教我！」子曰：「君問已參黃帝
> 之制，制之大禮也。」〔註249〕

如此等等，足證在孔子或孔子以前古之作者看來，「黃帝之道」才是顓頊、帝嚳以下堯、舜、文、武、周公、孔子一系儒家所標榜道統的本源。

第三，先秦儒典習稱「黃帝之道」為「黃帝、顓頊之道」或「神農、黃帝之政」。見《大戴禮記·武王踐祚》載：

> 武王踐祚三日，召士大夫而問焉，曰：「惡有藏之約、行之行，
> 萬世可以為子孫常者乎？」諸大夫對曰：「未得聞也！」然後召師尚
> 父而問焉，曰：「昔黃帝、顓頊之道存乎？意亦忽不可得見與？」師
> 尚父曰：「在丹書，王欲聞之，則齋矣！」王齋三日，端冕，師尚父
> （亦端冕）奉書而入……王聞書之言，惕若恐懼，退而為戒書，……
> 銘焉。〔註250〕

即著名的「黃帝六銘」。又或稱「神農、黃帝之政」，如《呂氏春秋》雖內容駁雜，但其《上德》篇頗採儒說曰：

〔註246〕〔漢〕賈誼著；王洲明注評《新書·修政語上》，南京：鳳凰出版社，2011年，第115頁。

〔註247〕〔漢〕賈誼著；王洲明注評《新書·修政語上》，南京：鳳凰出版社，2011年，第116頁。

〔註248〕黃懷信主撰，孔德立、周海生參撰《大戴禮記匯校集注》，西安：三秦出版社，2005年，第1026～1027頁。

〔註249〕黃懷信主撰，孔德立、周海生參撰《大戴禮記匯校集注》，西安：三秦出版社，2005年，第1051頁。

〔註250〕黃懷信主撰，孔德立、周海生參撰《大戴禮記匯校集注》，西安：三秦出版社，2005年，第639～651頁。

> 為天下及國，莫如以德，莫如行義。以德以義，不賞而民勸，不罰而邪止，此神農、黃帝之政也。〔註251〕

雖然誠如《淮南子·脩務訓》所說「世俗之人，多尊古而賤今，故為道者必託之於神農、黃帝而後能入說」〔註252〕，但也由此可見，先秦儒家至少認可堯、舜、文、武、周公、孔孟之道上接「昔黃帝、顓頊之道」，為「黃帝之道」一脈相傳。至於《禮記·中庸》稱「仲尼祖述堯舜，憲章文武」，而不言「黃帝」，則一面是堯舜、文武均黃帝之後，稱「堯舜」、「文武」義中即已有黃帝在；另一方面誠如《大戴禮記·五帝德》載孔子答宰我之問所說，只是由於「禹、湯、文、武、成王、周公，可勝觀也！夫黃帝尚矣，女何以為？先生難言之」〔註253〕，其為後學者言，舉近而捨遠，避難而就易而已。

第四，漢晉以降學者以儒學源本黃帝，而儒學概念亦多見於有關黃帝的文獻。前者如《隋書·經籍志》：

> 儒者，所以助人君明教化者也。聖人之教，非家至而戶說，故有儒者宣而明之。其大抵本於仁義及五常之道，黃帝、堯、舜、禹、湯、文、武，咸由此則。〔註254〕

雖然未特別強調，但以「黃帝」打頭列儒家道統，清楚表明《隋志》作者以儒學源本黃帝的定見。後者如上舉諸書所稱引漢前「黃帝之道」所語及「德」、「仁」、「義」、「敬」等，均孔、孟等先儒所提倡，後儒所承衍，顯示儒學為「黃帝之道」一脈相傳的特點。這一特點甚至為道家所認可，如《莊子·在宥》載老聃曰：「昔者黃帝始以仁義攖人之心，堯、舜於是乎股無胈，脛無毛，以養天下之形。」〔註255〕

第五，「孔孟之道」與「黃老之學」同源而異派，並出於「黃帝之道」。多種史蹟表明古人以「黃老之學」與「孔孟之道」密不可分。如「黃老之學」祖述黃

---

〔註251〕〔戰國〕呂不韋《呂氏春秋》，《諸子百家叢書》縮印本，上海：上海古籍出版社，1989年，第167頁下。

〔註252〕〔西漢〕劉安《淮南子》，《諸子百家叢書》縮印本，上海：上海古籍出版社，1989年，第215頁下。

〔註253〕黃懷信主撰，孔德立、周海生參撰《大戴禮記匯校集注》，西安：三秦出版社，2005年，第723頁。

〔註254〕〔唐〕魏徵等撰《隋書》卷三十四《經籍志》，北京：中華書局標點本，1973年，第999頁。

〔註255〕曹礎基《莊子淺注》，北京：中華書局，1982年，第147頁。

帝，而《史記・孔子世家》載孔子「適周問禮，蓋見老子」〔註256〕，《老子韓非列傳》載孔子讚歎「吾今日見老子，其猶龍邪」〔註257〕等，亦不能僅僅看作軼事趣聞，而應是表明在傳說與記載者看來孔子與老子惺惺相惜，而儒學與道家一致百慮、殊途同歸。不僅此也，而且《周易・繫辭傳》載「子曰：『天下何思何慮。天下同歸而殊塗，一致而百慮……』」〔註258〕《禮記・中庸》說：「萬物並育而不相害，道並行而不相悖。」〔註259〕《莊子・天下篇》中也說：「聖有所生，王有所成，皆原於一。」〔註260〕由此提出「內聖外王之道」。所以，《漢書・司馬遷列傳》贊所非議《史記》「論大道則先黃老而後六經」〔註261〕，並非太史公有意貶低「六經」儒學，而是對「黃老」與「六經」並祖「黃帝之道」，但立說時間有先後次序事實的尊重，不表示對「黃老」與「六經」價值的抑揚。

　　總之，雖然儒、道異途，但是儒家之學不是作為「黃老之學」對立面出現的，而乃各取「黃帝之道」之一端發展而來，為一枝兩花、同源異派。故宋翔鳳釋《老子》「夫禮者，忠信之薄，而亂之首」曰：「老子著書以明黃帝自然之治，即《禮運篇》所謂『大道之行』，故先道德而後仁義。孔子定《六經》，明禹、湯、文、武、周公之道，即《禮運》所謂『大道既隱，天下為家』，故中明仁義禮知，以救斯世。故黃、老之學與孔子之傳，相為表裏者也。……老子言禮，故孔子問禮。」〔註262〕而近世學者多以儒、道互補為華夏文化一大根本特色認識的更深厚背景，則是「黃帝之道」為中國道統總源的歷史真諦。推而廣論之，中華道統根本於黃帝，堯舜禹湯文武周公繼之，所謂「人心惟危，道心惟微，惟精惟一，允執厥中」〔註263〕者，黃帝為千古第一人。

〔註256〕〔西漢〕司馬遷《史記》卷四十七《孔子世家》，北京：中華書局縮印本，1998年，第658頁上。

〔註257〕〔西漢〕司馬遷《史記》卷六十三《老子韓非列傳》，北京：中華書局縮印本，1998年，第749頁下。

〔註258〕〔魏〕王弼、〔晉〕韓康伯注，〔唐〕孔穎達疏《周易正義》，《十三經注疏》縮印本，北京：中華書局，1980年，上冊，第87頁中。

〔註259〕〔漢〕鄭玄注、〔唐〕孔穎達疏《禮記正義》，《十三經注疏》縮印本，北京：中華書局，1980年，下冊，第1634頁下。

〔註260〕曹礎基《莊子淺注》，北京：中華書局，1982年，第492頁。

〔註261〕〔東漢〕班固《漢書》（九）卷六十二《司馬遷傳》，北京：中華書局標點本，1962年，第2738頁。

〔註262〕朱謙之《老子校釋》，北京：中華書局，1984年，第152～153頁。

〔註263〕〔唐〕孔穎達《尚書正義》，《十三經注疏》縮印本，北京：中華書局，1980年，上冊，第136頁上。

至春秋戰國，學失王官之養，說者謀道以謀食，「不幸不見天地之純，古人之大體，道術將為天下裂」〔註264〕，乃漸有「諸子百家」，若不相謀，但根本都不離黃帝。唯其如此，中華五千年文明，三千年古史，雖然亦如他民族「人心不同，各如其面」〔註265〕，歷史上每時每事都不免議論紛歧，各執一端，甚或勢同水火，但中華帝國畢竟和而不同，鬥而不破，分而能合，未至於如歐洲古代多有宗教戰爭並因教分邦異治者，皆因「諸子百家」以及後世文化上雙峰並峙的儒、道二氏，均依託或可溯源至「黃帝之道」；或說正是由於有「黃帝之道」如無形之手的維繫，才確保了中華文明五千年逐漸形成和持續了「大一統」之局。故梁啟超曰：「中國種族不一，而其學術思想之源泉，則皆自黃帝子孫（自注：下文省稱黃族……）來也。」〔註266〕微黃帝，吾其得為「中國」人乎！

## 七、結語

綜上所述論，作為古傳為「三皇」之殿、「五帝」之首，最稱中華民族「人文始祖」的黃帝，其首創「大一統」觀念並最早實踐，功在當時，利在後世，遂（主要是在秦漢及以前）被增飾放大，乃至移花就木，幾乎無美不歸，在族統、神統、政統、物統、道統等諸人文主要方面，成唯一提綱挈領、發凡起例、開物成務、率先垂範、作始成統之偉大人物形象。其後「普天之下，莫非王土；率土之濱，莫非王臣」〔註267〕，而無論「王」、「臣」，皆自認為「黃帝子孫」。從而黃帝形象成為中華民族共同的圖騰與信仰，根本上支持了「中華民族為一極複雜而極鞏固之民族」〔註268〕之中國「大一統」永遠的象徵。影響至近今，乃有「中華民族」觀念〔註269〕和「現今中華民族自始本非一族，實由多數民

〔註264〕曹礎基《莊子淺注》，北京：中華書局，1982 年，第 494 頁。

〔註265〕〔戰國〕左丘明傳，〔漢〕杜預注，〔唐〕孔穎達疏《春秋左傳正義·襄公三十一年》：「人心之不同，如其面焉。吾豈敢謂子面如吾面乎？」《十三經注疏》縮印本，北京：中華書局，1980 年，下冊，第 2006 頁下。

〔註266〕梁啟超《論中國學術思想變遷之大勢》，《飲冰室合集》第 1 冊，《飲冰室文集》之七，北京：中華書局，1989 年，第 4 頁。

〔註267〕〔東漢〕鄭玄箋，〔唐〕孔穎達疏《毛詩正義·小雅·北山》，《十三經注疏》縮印本，北京：中華書局，1980 年，上冊，第 463 頁中。

〔註268〕梁啟超《中國歷史上民族之研究》，《飲冰室合集》第 8 冊，《飲冰室專集》之四十二，北京：中華書局，1989 年，第 31 頁。

〔註269〕梁啟超《論中國學術思想變遷之大勢》，《飲冰室合集》第 1 冊，《飲冰室文集》之七，北京：中華書局，1989 年，第 21 頁。

族混合而成」〔註270〕，「中國」為地域概念，「中華」為文化概念，「中華民族」為「文化族名」〔註271〕等認識的形成，推動經辛亥革命創立的新政體命名「中華民國」，宣言「國家之本，在於人民。合漢、滿、蒙、回、藏諸地為一國，即合漢、滿、蒙、回、藏諸族為一人。是曰民族統一」〔註272〕。至今經百年沉澱，「中華民族」已成為十三億中國各族人民的共識，更有「血濃於水」——「華夏一家親」等感情的表達，標誌中國和「中華民族」之「大一統」已經進入新的歷史階段。所以，中國歷代帝王「家天下」的「大一統」雖然隨著近世「反封建」的革命已成為歷史的陳跡，但中華五千年綿延的民族融和、國家統一的「大一統」觀念卻經由鳳凰涅槃的新生早已深入人心，永續發展。站在中國和中華民族「大一統」的新起點回望歷史，追根溯源都來自於黃帝「吾欲陶天下而以為一家」的思想與實踐。正是這位「人文始祖」如「神」一樣的存在，使海內外華夏民族子孫有共稱「黃帝子孫」的文化血緣紐帶，無時不有、無遠弗屆地起到維繫並促進華夏族群共存共榮、共治共享的偉大理想與實踐，尤其是在中國本土「大一統」社會的形成與發展。總之，中國自古歷史與文學共同塑造形成的黃帝形象是中華民族精神的一筆寶貴財富，值得我們永遠珍視，深入研究，大力發揚，以維護祖國的永續統一，推動社會發展，造福華夏，也造福天下後世。

原載《文史哲》2019 年第 3 期

---

〔註270〕梁啟超《歷史上中國民族之觀察》，《飲冰室合集》第 8 冊，《飲冰室專集》之四十一，北京：中華書局，1989 年，第 4 頁。

〔註271〕楊度《金鐵主義說》，見《楊度集》，長沙：湖南人民出版社，1986 年，第 374 頁。

〔註272〕孫中山《臨時大總統宣言書》，見劉晴波主編《孫中山全集》第 2 卷，北京：中華書局，1962 年，第 2 頁。

# 黃帝、曲阜、泰山故事對華夏「大一統」的影響──兼論「一切歷史都是形象史」

　　拙文《黃帝形象對中國「大一統」歷史的貢獻》中認為，中華民族自有神話傳說以來，由史籍與文學共同塑造形成的黃帝形象作為中華「人文始祖」，其首創「大一統」觀念並最早之全面實踐，功在當時，利在百世。其影響一面是「民到於今受其賜」（《論語・憲問》），另一面也使其個體形象遂成為華夏多元統一國族的超級圖騰和共同信仰，中華「大一統」恒久不變和生生不已的偉大象徵，至今是維繫世界華人族誼、維護祖國永續統一的強大精神力量。在拙文論述的過程中，曾順便說及「黃帝封禪泰山乘龍上仙之說固然為無稽之談，但正是這無稽之談引起並最後促成了漢武帝封禪泰山，宣示其王朝『大一統』的歷史壯舉。進而可見討論黃帝封禪泰山上仙的文學性故事，其實是研究秦、漢『大一統』歷史的重要題目之一」〔註1〕，如今則進一步認為，這一討論還能夠證明「一切歷史都是當代史」「一切歷史都是思想史」說法的本質，實又可以統一概括為「一切歷史都是形象史」。因續論如下。

## 一、華夏三代之前以「泰岱為中」

　　泰山為「五嶽獨尊」的原因，一在其位置，二在其形態。以位置論，秦漢以下最為流行的說法，當以漢獻帝時曾任泰山太守的應劭《風俗通義・山澤》中所說：

---

〔註1〕杜貴晨《黃帝形象對中國「大一統」歷史的貢獻》，《文史哲》2019年第3期。

東方泰山，詩云：「泰山巖巖，魯邦所瞻。」尊曰岱宗。岱者，長也。萬物之始，陰陽交代，云觸石而出，膚寸而合，不崇朝而遍雨天下，其惟泰山乎！故為五嶽之長。〔註2〕

大意即泰山之尊由於其位在東方，是一陽來復、晝夜交替之所。此說自有其可信的一面，但也不無可疑，即如以方位論尊卑，那麼除如上引接下所說「四嶽皆同王」之外，「中央曰嵩高，嵩者，高也，詩云：『嵩高惟嶽，峻極於天』」（《風俗通義‧山澤》），豈不因居「天下之中」而更有「獨尊」資格嗎？

因此，應劭以泰山為「五嶽之長」說雖必有更早前人的根據，並在其著書當時已成為世人較為普遍的共識，但此一共識的認知基礎，當是應劭作為朝廷命官，站在國之「中」的立場說話，以泰山在國之「東方」云云的牽強附會的解釋，是就中國秦漢政治中心西移至咸陽──長安──洛陽以後形勢的變通說法，乃所謂「一切歷史都是當代史」〔註3〕認知表現，而非泰山為「五嶽之長」說產生真相的歷史考察與揭示。

對泰山為「五嶽獨尊」歷史真相的真正考察與揭示始於近代。有關論述頗多，而以呂思勉《先秦史》所說最為明確：

吾國古代，自稱其地為齊州，濟水蓋亦以此得名。《漢書‧郊祀志》曰：「三代之居，皆在河洛之間，故嵩高為中嶽，而四嶽各如其方。」以嵩高為中，乃吾族西遷後事，其初實以泰岱為中。故《釋地》又云：「中有岱嶽。」《禮運》謂「因名山而升中於天。」〔註4〕

齊州即以「泰岱為中」的大泰山地區。何新《諸神的起源》引呂說並闡釋曰：

呂說極確。「泰岱」也就是泰山……古崑崙山，實即泰山。〔註5〕

又說：

從古地理學的觀點看……由黃河、海河、灤河等河流的泥沙堆積而成……呈三角狀的大沖積平原上，地勢均極為平坦。只有這個三角地域的中部略偏東北的地區，矗立著一座高山，這就是古稱中嶽，也被看做位於天地之正中的泰山──上古中國人心目中的崑

〔註2〕〔漢〕應劭著，王利器校注《風俗通義校注》，北京：中華書局，1981年，第447頁。

〔註3〕〔英〕R.G柯林武德《歷史的觀念》，何兆武、張文傑譯，北京：中國社會科學出版社，1986年，《譯序》第16頁。

〔註4〕呂思勉《先秦史》，北京：北京理工大學出版社，2018年，第31頁。

〔註5〕何新《諸神的起源》，北京：三聯書社，1986年，第84頁。

崞山。〔註6〕

上引呂、何二先生說的根據是東漢班固《漢書·郊祀志》。班固（32～92）比應劭（153～196）早百餘年，其說「三代之居」諸語更是襲自《史記》，所以呂、何二先生說根據更古、更權威可信。

這也就是說，「三代」即夏、商、周之前，無論黃帝、堯、舜、禹等後來進入古史系統的先聖先民們，都主要居住活動在「以泰岱為中」的這片地方，從而才有以泰山「位於天地之正中」的觀念。著名學者王獻唐先生也說：「泰山一帶，為中華原始民族之策源地。」並認為「黃族祭嶽先（按指首先）岱，或以為泰山在東，東為四方之首。為義若然，應以中嶽稱尊。知其本義不在此也。」〔註7〕

「泰岱為中」即泰山「位於天地之正中」的觀念歷久不替。即使晚至孔、孟繼踵而起的春秋戰國時代，政治文化中心西遷已數百年之後，而孟子仍說：「孔子登東山而小魯，登太山而小天下。」〔註8〕其語中實仍有以太山為「位於天地之正中」之意。

《尚書·大禹謨》曰：「允執厥中。」《大戴禮記·五帝德》載孔子曰：「（帝嚳）執中而獲天下。」從而「泰岱為中」也就在「絕地天通」（《尚書·呂刑》）的歷史條件下賦予了泰山以獨優為人、天溝通之憑藉的地位，從而帝王封禪雖涉五嶽，但唯「泰山封禪」漸成獨擅勝場並貫其始終。

## 二、黃帝為「大一統」之祖

中國歷代諸史或言「華夏一統」「中華一統」「四海一統」「天下一統」等，雖措詞有異，但「一統」即渾一其所欲至之域的意義實同。而「一統」之說，文獻可見最早當本於《尚書·武成》言「大統」〔註9〕、《春秋公羊傳·隱公元年》稱《春秋》書「王正月」為體文王「大一統」〔註10〕之說。但黃帝作為上古歷史傳說中「三皇」之殿、「五帝」之首，是最早實現「王天下」之大目標

---

〔註6〕 何新《諸神的起源》，北京：三聯書社，1986年，第92頁。

〔註7〕 王獻唐《炎黃氏族文化考》，濟南：齊魯書社，1985年，第537頁。

〔註8〕 楊伯峻譯注《孟子譯注》，北京：中華書局，1960年，第310頁。

〔註9〕 〔唐〕孔穎達《尚書正義》，《十三經注疏》縮印本，北京：中華書局，1980年，上冊，第184頁下。

〔註10〕 〔漢〕公羊壽傳，何休等解疏《春秋公羊傳注疏》，《十三經注疏》縮印本，北京：中華書局，1980年，下冊，第2184頁下。

的第一人，也是中華「大一統」的實際創意者與創始人。成書至晚在戰國前後的《管子‧地數》載：

> 黃帝問於伯高曰：「吾欲陶天下而以為一家，為之有道乎？」伯高對曰：「請刈其莞而樹之，吾謹逃其蚤牙，則天下可陶而為一家。」黃帝曰：『若此言可得聞乎？』伯高對曰……〔註11〕

雖然上引所記未必即史實，但是至晚戰國時就有此一問對記黃帝「欲陶天下而以為一家」之意，並問計於伯高是一個事實；其所謂「陶天下而以為一家」，即後世帝王所求之「華夏一統」「中華一統」「天下一統」，乃宋以後《三字經》所稱「夏傳子，家天下」，和世俗「打天下，坐天下」之「家天下」之說的黃帝式表達，而「家天下」又不過是後世「大一統」之俗稱。所以，黃帝作為《史記》所推尊「五帝」之首，同時是或可以被認為是中國古代「家天下」——「大一統」觀念的創意者。

黃帝又是中華「大一統」之最早實踐者。其具體情形雖無可詳考，也一定與後世「打天下，坐天下」的形式有所不同，但古籍尤其《史記‧五帝本紀》所載黃帝敗炎帝、誅蚩尤，「萬戰萬勝」的過程，和設官、推曆、治民等經世的努力與成就，即其「陶天下而以為一家」的種種實踐，也無疑地證明黃帝又當之無愧為中國「大一統」實際奠基之第一人。

黃帝創意「大一統」及其「大一統」的偉大實踐影響深遠，以致後世在數千年王朝「一治一亂」的輪迴中一直延續了至少地理環境、政治框架大體統一、文化豐富多彩又大體一貫的中國歷史。而一次又一次地改朝換代，無非中國歷史假以英雄爭霸之「打天下」形式，不斷刷新重鑄黃帝「陶天下而以為一家」的「大一統」局面而已。此又非「三皇五帝」中他者形象之所有，故《管子‧法法》有云：「黃帝、唐、虞，帝之隆也，資有天下，制在一人。」〔註12〕唯黃帝能一身而為千古帝王「家天下」之領袖與典範。

## 三、黃帝、曲阜、泰山相關故事

漢初及其以前「百家言黃帝」〔註13〕，故事流傳至今雖然已經不多，但從中可見黃帝故事乃以有關曲阜、泰山者為多，並略成系統。

---

〔註11〕梁運華校點《管子》，瀋陽：遼寧教育出版社，1997年，第210～211頁。
〔註12〕梁運華校點《管子》，瀋陽：遼寧教育出版社，1997年，第55頁。
〔註13〕〔西漢〕司馬遷《史記》，北京：中華書局縮印本，1998年，第34頁下。

## (一)「黃帝生於曲阜」

至今黃帝故里雖似已定於一尊了，但文獻記載多異，論者持說不一的久遠傳統並沒有真正改變。故我們仍要重提的是，按《史記·五帝本紀》開篇「黃帝者」句下：

> 徐廣曰：號有熊。……以其本是有熊國君之子故也。都軒轅之丘，因以為名，又以為號。又……〔正義〕曰《輿地志》云：「涿鹿本名彭城，黃帝初都，遷有熊也。」按：黃帝有熊國君……母曰附寶，之祁野，見大電繞北斗樞星，感而懷孕，二十四月而生黃帝於壽丘。壽丘在魯東門之北，今在兗州曲阜縣東北六里。生日角龍顏，有景雲之瑞，以土德王，故曰黃帝。封泰山，禪亭亭，在牟陰。〔註14〕

這些傳記注疏明確以「生黃帝於壽丘。壽丘在魯東門之北，今在兗州曲阜縣東北六里」。所以雖然接下「少典之子」句下釋語又引：

> 譙周曰：「有熊國君少典之子也。」皇甫謐曰：「有熊，今河南新鄭是也。」〔索隱〕曰：少典者諸侯國號，非人名也。又按《國語》云：「少典娶有蟜氏女，而生炎帝。」然則炎帝亦少典之子。炎、黃二帝雖則承《帝王世紀》，中間凡隔八帝，五百餘年。若以少典是其父名，豈黃帝經五百餘年而始代炎帝後為天子乎？何其年之長也！又按《秦本紀》云：「顓頊氏之裔孫曰女修，吞玄鳥之卵而生大業，大業娶少典氏而生柏翳。」明少典是國號非人名也。黃帝即少典氏後代之子孫。賈逵亦以《左傳》「高陽氏有才子八人」，亦謂其後代子孫而稱為子是也。

這些話雖舉出了黃帝是「少典之子」為「有熊，今河南新鄭是也」之說，卻作出了「明少典是國號非人名也。黃帝即少典氏後代之子孫」的否定的結論，並進而於「姓公孫，名曰軒轅」句下〔索隱〕又引皇甫謐《帝王世紀》云：

> 黃帝生於壽丘，長於姬水，因以為姓。居軒轅之丘，因以為名，又以為號。」是本姓公孫，長居姬水，因改姓姬。〔註15〕

這裡可不論上引「長於姬水」云云如何，而單說皇甫氏亦以「黃帝生於壽丘」的「壽丘」，當然也就是前引《輿地志》所指「魯東門之北，今在兗州曲阜縣東北六里」的壽丘了。這也就是說，上引《史記》本文及各家傳記注疏之

---

〔註14〕〔西漢〕司馬遷《史記》，北京：中華書局縮印本，1998年，第1頁上。
〔註15〕〔西漢〕司馬遷《史記》，北京：中華書局縮印本，1998年，第1頁上。

言的共同指向，都是「黃帝生於壽丘」即曲阜，並無異辭。

讀者周知，司馬遷《史記・五帝本紀》乃據於田野調查的「長老之言」，「擇其言尤雅者」而成，故班固「謂之實錄」，歷代奉為良史，從而其「黃帝生於壽丘」即曲阜說也為歷代官方所信認。乃至有癡迷如宋真宗者。《宋史・禮志七》「吉禮七」載：

> 帝於大中祥符五年十月，語輔臣曰：「朕夢……天尊就坐……命朕前，曰：『吾人皇九人中一人也，是趙之始祖，再降，乃軒轅皇帝，凡世所知少典之子，非也。母感電夢天人，生於壽丘。』〔註16〕

因此於是年（1012）詔改曲阜縣名為仙源縣，遷縣城至壽丘之西（即今曲阜市舊縣村），並建景靈宮以奉祀黃帝。遺址今存有景靈宮碑。

我們知道，《詩經・魯頌・閟宮》云：「泰山巖巖，魯邦所詹。」詹通瞻，即望。這兩句詩的意思是說泰山高峻，為魯國所瞻仰。從而魯人實以泰山為「國山」，為身家性命寄託之所。故孔子一旦自知不久於人世，乃歎而歌曰：「泰山壞乎！樑柱摧乎！哲人萎乎！」〔註17〕意中即有自身與泰山一體的認同，有「狐死首丘」之意。

由此可見，宋真宗雖癡迷道教，以黃帝為趙姓始祖也似有意攀附之嫌，但是其說黃帝「凡世所知少典之子，非也……生於壽丘」不僅顯然是自上引《五帝本紀》考證的結論，而且這一結論即使對於原始的歷史真實性而言已無可考究，但從司馬遷至宋真宗當世說，確實具有文獻可證的可信性。從而宋真宗在壽丘即曲阜有關黃帝的興作，在《詩經》《論語》的記載之後，進一步加強了上古黃帝、曲阜、孔子與泰山的聯繫。

近年有學者提出曲阜──泰山為齊魯文化主軸之說，誠為卓見，但若加以「黃帝生於壽丘」的因素作綜合考量，則不能不更進一步認識到，曲阜──泰山其實是整個上古華夏文化的主軸。

## （二）黃帝於岱頂「升仙」

至於黃帝之死亦即其所謂「升仙」，雖然有《史記・五帝本紀》載「黃帝崩，葬橋山」，《封禪書》《孝武本紀》並載「黃帝採首山銅，鑄鼎於荊山下。鼎既成，有龍垂鬍髯下迎黃帝」升仙的記事，似乎與他方無關的，但是，除

---

〔註16〕〔元〕脫脫等撰《宋史》卷一百四《禮志》，北京：中華書局標點本，1977 年，第 2541 頁。
〔註17〕〔西漢〕司馬遷《史記》，北京：中華書局縮印本，1998 年，第 667 頁下。

自古「荊山」頗多之外，仍有黃帝自泰山封禪升仙之說。此說載在東漢應劭《風俗通義・正失篇》「封泰山禪梁父」條，雖謂之「俗說」，但是仍引為《封禪書》載：

> 黃帝升封泰山，於是有龍垂鬍髯下迎黃帝；黃帝上騎，群臣後宮從者七十餘人，小臣獨不得上，乃悉持龍髯，拔墮黃帝之弓。小臣百姓仰望黃帝，不能復，乃抱其弓而號，故世因曰烏號弓。孝武皇帝時，齊人公孫卿言：「漢之聖者，在高祖之孫；今曆正值黃帝之日，聖主亦當上封，則能神仙矣。」[註18]

應劭在漢獻帝時曾為泰山太守，此條當為其在泰安聽聞之「俗說」。從而可以認為，至晚東漢晚期就已經有了與《史記・五帝本紀》載「黃帝崩，葬橋山」相反對的黃帝於「泰山」乘龍升仙而去的異說，是黃帝「狐死首丘」的另一版本，並因其與泰山封禪密切相關而更具神話生成傳播的歷史合理性。

## （三）黃帝於泰山戰蚩尤、受天書

九天玄女授黃帝天書之說，見於《黃帝問玄女兵法》《龍魚河圖》《黃帝出軍訣》《黃帝內傳》《集仙錄》等書，宋人張君房輯《雲笈七籤》卷一百一十四《九天玄女傳》所載最詳，略曰：

> 九天玄女者，黃帝之師聖母元君弟子也。……帝起有熊之墟，自號黃帝。……在位二十一年，而蚩尤肆孽。……帝欲徵之，博求賢能，以為己助。……戰蚩尤於涿鹿。帝師不勝，蚩尤作大霧三日，內外皆迷。……帝用憂憤，齋於太山之下。王母遣使，披玄狐之裘，以符授帝曰：「精思告天，必有太上之應。」居數日，大霧，冥冥晝晦。玄女降焉，乘丹鳳，御景雲，服九色彩翠之衣，集於帝前。帝再拜受命……玄女即授帝六甲、六壬兵信之符，《靈寶五符》策使鬼神之書，製襖、通靈五明之印……帝遂復率諸侯再戰……遂滅蚩尤於絕轡之野……乃鑄鼎立九州，置九行九德之臣，以觀天地，祠萬靈，無法設教。然後採首山之銅，鑄鼎於荊山之下，黃龍下迎，帝乘龍昇天。皆由玄女之所授符策圖局也。[註19]

---

〔註18〕〔漢〕應劭著，王利器校注《風俗通義校注》，北京：中華書局，1981年，第65頁。

〔註19〕〔宋〕張君房輯《雲笈七籤》，濟南：齊魯書社，1988年，第641頁。

## （四）「唯黃帝得上泰山封」

按《史記・五帝本紀》載黃帝戰勝為天子以後：

> 天下有不順者，黃帝從而征之，平者去之。披山通道，未嘗寧
> 居。東至於海，登丸山，及岱宗。〔註20〕

又按《史記・封禪書》載：「（黃帝）封泰山，禪亭亭。」〔註21〕又載：「濟南人公玉帶上黃帝時明堂圖。」又引齊人公孫卿曰：「封禪七十二王，唯黃帝得上太山封。」〔註22〕

由此可見，黃帝是上古帝王封禪泰山第一個作明堂於泰山之下和唯一登頂泰山的人。故曹植《驅車篇》中有云：

> 封者七十帝，軒皇元獨靈。餐霞漱沆瀣，毛羽被身形。發舉蹈
> 虛廓，徑庭升窈冥。同壽東父年，曠代永長生。〔註23〕

## （五）黃帝於泰山「會諸侯」「合鬼神」

《史記・封禪書》載：「黃帝時萬諸侯，而神靈之封居七千。」應劭注曰：「黃帝時諸侯會封禪者七千人。」〔註24〕

又《韓非子・十過》載：「黃帝合鬼神於泰山，象駕車而六蛟龍，畢方並轄，蚩尤居前，風伯進掃，雨師灑道，虎狼前，鬼神在後，騰蛇伏地，鳳皇覆上，大合鬼神，作為清角。」〔註25〕

上引說「合鬼神於泰山」實與黃帝「封泰山」說暗相關聯，是後世帝王泰山封禪「朝會諸侯」的變相。

這裡「會諸侯」「合鬼神」「封泰山」行為的實質即「天人合一」。「天人合一」是「大一統」的靈魂。

## （六）黃帝置泰山玉女

自宋代以來，碧霞元君漸漸成為是泰山最重要的神祇，並行遍全國，走向世界，其信仰至今方興未艾。但是，有關此神的由來說法不一，如有「玉

〔註20〕〔西漢〕司馬遷《史記》，北京：中華書局縮印本，1998 年，第 24 頁上、下。
〔註21〕〔西漢〕司馬遷《史記》，北京：中華書局縮印本，1998 年，第 468 頁下。
〔註22〕〔西漢〕司馬遷《史記》，北京：中華書局縮印本，1998 年，第 181 頁下。
〔註23〕〔宋〕郭茂倩《樂府詩集》（第三冊），北京：中華書局，1979 年，第 929 頁。
〔註24〕〔西漢〕司馬遷《史記》，北京：中華書局縮印本，1998 年，第 477 頁下～478 頁上。
〔註25〕〔戰國〕韓非《韓非子》，上海：上海古籍出版社，1989 年縮印本，第 24 頁上。

帝之妹說」「華山玉女說」「青蓮老母說」「東嶽帝女說」「坤道成女說」等等，
而以「黃帝所遣玉女說」最為完整，且與泰山更密切相關。見隋朝李諤《瑤
池記》載：

> 黃帝嘗建岱嶽觀，遣女七，雲冠羽衣，焚修以近西崑真人。玉
> 女蓋七女之一，其修而得道者。〔註26〕

後世玉女屢封至「天仙玉女碧霞元君」，名號沿用至今。民間則稱「泰山
老奶奶」或「泰山娘娘」。

以上五事，單獨或交叉表明黃帝與泰山相關方面，一關乎黃帝生死，二關
乎黃帝之「打天下」，三關乎黃帝之「得天下」之成功，四關乎黃帝之「陶天
下為一家」即「治天下」，五關乎黃帝之報答泰山以為泰山安置「玉女」為主
神。這就是說，黃帝以泰山為一生之基本和依託，泰山因黃帝而得大展其溝通
天人之用，並因此創立了以玉女——碧霞元君為代表的泰山神統。

## 四、黃帝、曲阜、泰山與華夏「大一統」

綜合以上黃帝相關泰山故事，所最集中的表明是黃帝生、死及其一生主要
事業的成功都在泰山。這些故事的共同效應有以下幾點：

一是實現了華夏以「泰岱為中」與黃帝為「人文始祖」的整合，從而黃帝
與泰山聯為一體，以黃帝為人間之泰（太）山、泰山是大山中之黃帝「強強聯
合」的形象，成為自黃帝「陶天下為一家」發軔的華夏「大一統」的共同象徵。

作為華夏人、山合一之「大一統」的象徵，在黃帝形象的一面，是使其
生死事業之始終形成以曲阜——泰山為主軸的更加合乎儒家的聖王理想，這
比較一旦排除黃帝相關泰山故事，黃帝便為一莫名其妙地居無定所、行不由
徑的「流寇」模樣，更接近「真命天子」的理想；在泰山則主要是豐富和加
強了其為神山和因「泰岱為中」猶後世所謂「國山」的地位。由此二者「天
人合一」，相得益彰，以故事與形象的感召力成為促進加強華夏「大一統」的
保障。

這裡不能不著重強調黃帝首登「泰山封禪」對後世封禪和中國「大一統」
的意義。按《管子‧封禪》載管仲曰：

> 古者封泰山禪梁父者七十有二家，而夷吾所記者十有二焉。昔無
> 懷氏，封泰山，禪云云。虙羲封泰山，禪云云。神農封泰山，禪云

〔註26〕〔明〕查志隆《岱史》，青島：青島大學出版社，1992年，第153頁。

云。炎帝封泰山，禪云云。黃帝封泰山，禪亭亭。顓頊封泰山，禪
云云。帝嚳封泰山，禪云云。堯封泰山，禪云云。舜封泰山，禪云
云。禹封泰山，禪會稽。湯封泰山，禪云云。周成王封泰山，禪社
首。皆受命然後得封禪。〔註27〕

但如《白虎通義·封禪》曰：

> 王者易姓而起，必升封泰山何？報告之義也。始受命之時，改
> 制應天，天下太平功成，封禪以告太平也。所以必於泰山何？萬物
> 之始，交代之處也。必於其上何？因高告高，順其類也。故升封者，
> 增高也。下禪梁甫之基，廣厚也。皆刻石紀號者，著己之功跡以自
> 效也。天以高為尊，地以厚為德，故增泰山之高以報天，附梁甫之
> 基以報地，明天之命，功成事就，有益於天地，若高者加高，厚者
> 加厚矣。〔註28〕

可知泰山封禪是一國建立以後最大禮儀。雖諸記載表明泰山封禪不起於黃帝。
但至《史記·孝武本紀》載「封禪七十二王，唯黃帝得上泰山封」〔註29〕，故
在漢代人的認知中，黃帝並且只有黃帝才是封禪泰山完美的典型。而封禪泰山
對一代王朝的意義又無比重大。《後漢書·祭祀志·封禪》注引袁宏曰：

> 崇其壇場，則謂之封；明其代興，則謂之禪。然則封禪者，王
> 者開務之大禮也。〔註30〕

這就是說，泰山封禪實是新朝天子向上帝申請權力合法性的認證，宣示
其統治天下合法性和天子一人之威權，以及祈禱永遠執政、國泰民安的告天
儀式。

所以，漢興於高祖、惠帝、高后、文、景五代皇帝（后）都由於各種原因
未能封禪泰山的情況下，漢武帝繼位之初，就有「搢紳之屬皆望天子封禪改正
度也」〔註31〕

但是，其初漢武帝因忙於邊事等也並未十分留意，直到元封元（110）年
有齊方士公孫卿拿黃帝上封泰山成仙說事，才使漢武帝泰山封禪之念勃然而

---

〔註27〕梁運華校點《管子》，瀋陽：遼寧教育出版社，1997年，第142頁。

〔註28〕〔清〕陳立撰，吳則虞點校《白虎通疏證》，北京：中華書局，1994年，第278
頁。

〔註29〕〔西漢〕司馬遷《史記》，北京：中華書局縮印本，1998年，第181頁下。

〔註30〕〔宋〕范曄撰《後漢書》，北京：中華書局標點本，1965年，第3171頁。

〔註31〕〔西漢〕司馬遷《史記》，北京：中華書局縮印本，1998年，第474頁下。

興，曰：「嗟乎！吾誠得如黃帝，吾視去妻子如脫躧耳！」〔註32〕先後九至泰山，七次封禪〔註33〕，也確實有宣示、維護、加強漢王朝「大一統」政治的作用。

由此可見漢武帝封禪泰山，公開的名義是漢朝受命改制、功成告天，內在的動機卻是其個人「欲求神仙，以扶方者言黃帝由封禪而後仙，於是欲封禪」〔註34〕。這就是說，漢武帝最終決定封禪泰山和屢次封禪的關鍵，首先還不是王朝的利益，而是他相信並期待自己能有如黃帝泰山封禪機會乘龍升仙。

這雖然是漢武帝甚至置妻子兒女、江山社稷都棄之不顧的極端自私自利的行為，但當時既未以示人，從而「泰山封禪」體現的仍然是報成功於上帝，祈禱國泰民安的正義訴求。這就對漢朝統治的合法性與「大一統」起到了穩固與加強的作用。進而啟發推動了後漢光武、唐高宗、玄宗以至宋真宗等多代帝王延續泰山封禪的傳統，對我國中古政治產生重大而深遠的影響。

從鞏固皇權角度說，這一影響即使到今天也無可厚非。但是漢武帝因效法黃帝於泰山升仙而始封禪的內情，卻充分說明黃帝與泰山故事對「泰山封禪」進而中國「大一統」的關鍵促進作用，其意義大矣！

## 五、餘論：一切歷史都是形象史

以上「黃帝相關泰山故事」基本上屬於神話，其中黃帝雖然被公認為「人文始祖」了，但其基本人文屬性實為一文學藝術形象。對此，拙文《黃帝形象對中國「大一統」歷史的貢獻》中特別指出：

> 本文題稱「黃帝形象」（以下或簡稱「黃帝」），一是為了區別於歷史與人類學家所一向關注卻迄今未能確考的自然人或純歷史人物的黃帝，二是認為在中國歷史上真正起了實際作用的黃帝，既是極大可能為一大部落領袖的歷史人物的黃帝，更是以可能的自然人和純歷史人物黃帝為「基因」的在口傳與文本中塑造出來的帶有神話藝術性徵的「黃帝形象」，乃至不排除其只是「皇天上帝」的別名。換言之，本文主要不是關於歷史人物黃帝的研究，而是關於歷史上

〔註32〕〔西漢〕司馬遷《史記》，北京：中華書局縮印本，1998 年，第 478 頁上。
〔註33〕漢武帝至泰山和泰山封禪的次數諸家說法不一，此為本作者考證之數。可參見《杜貴晨文集》第十一卷之《泰安市徂徠山汶河景區傳統文化景觀建設論證報告》中「漢武帝泰山封禪祭祀年表」，新北市：花木蘭文化出版社，2019 年。
〔註34〕〔宋〕范曄撰《後漢書》，北京：中華書局標點本，1965 年，第 3163 頁。

史籍、傳說與文學交互影響醞釀塑造的黃帝形象反作用於歷史的研究。

又說：

> 「黃帝形象」本身是文學的或至少是帶有文學性的，但論這一形象對中國「大一統」歷史所起的作用，卻是真有歷史具體性的。從而本文雖係從文學出發的討論，但最終是跨在歷史與文學的邊緣對黃帝形象促成與維繫中國「大一統」真相的歷史學追求。

還早就具體說到本文所重點討論的：

> 黃帝封禪泰山乘龍上仙之說固然為無稽之談，但正是這無稽之談引起並最後促成了漢武帝封禪泰山，宣示其王朝「大一統」的歷史壯舉。由此可見討論黃帝封禪泰山上仙的文學性故事，其實是研究秦、漢「大一統」歷史的重要題目之一。

這些論述集中為一句話就是：一切歷史都是形象史。這一概括具體到本文所討論「黃帝相關曲阜、泰山故事」，就是故事中未知有幾多真實、幾多虛構的「黃帝形象」，對歷代王朝「天人合一」之盛舉「泰山封禪」，進而「大一統」的實現與維護起到重大關鍵性推動作用！這一現象使我們對學界俗說「文、史不分家」和「歷史」的本質有了新的認識：

其一，歷史之客觀上的不能完全復原和「傳聞異辭」需要史學家不能不帶有主觀傾向性的選擇甚至「筆補造化」，從而「歷史」永遠只是後世史家所書寫的別爾嘉耶夫所謂「歷史的東西」〔註35〕。

其二，這種「歷史的東西」包含兩個本質的特點：一是其必被有具體身份與立場的史家的思想與感情所支配，在這個意義上「一切歷史都是當代史」〔註36〕；二是文獻所蘊含並被書寫者所認識和貫穿於史學文本中的思想，在這個意義上「一切歷史都是思想史」。

其三，這種「歷史的東西」的兩個本質特點，統一於史家書寫的文本與讀

---

〔註35〕 俄羅斯歷史學家別爾嘉耶夫在所著《歷史的意義》中認為：歷史學家不可能直接面對歷史，而只能是面對「歷史的東西」，「一切真正的歷史的東西都具有個別的和具體的特點。卡爾列利說，無土地的約翰來到這個世界上的那一天，對歷史學家是個最具體最個別化的日子，歷史就是這麼回事」（〔俄〕別爾嘉耶夫《歷史的意義》，張雅平譯，上海：學林出版社，2002 年，第 10 頁。）

〔註36〕 〔英〕柯林武德《歷史的觀念》，何兆武、張文傑譯，北京：中國社會科學出版社，1986 年，《譯序》第 16 頁。

者（直接與間接）的接受進而對歷史發生作用。促成文本與讀者間接受和對歷史發生作用即創造歷史之直接媒介，是或主要是讀者從文本得到的印象、認識與感受，——此三者統一於「形象」。故曰：「一切歷史都是形象史」。

　　本文所論「黃帝相關泰山故事」即神話而蘊含歷史真實及其作成者思想感情的「形象」集成，其作為「歷史」對創造歷史所起的作用，從漢武帝決計泰山封禪之言曰「嗟乎！吾誠得如黃帝，吾視去妻子如脫躧耳」一語灼然可見！

　　這裡毫無疑問，漢武帝泰山封禪之舉雖在朝廷醞釀已久，有過許多現實與理論上的考量並也確實都起了一定作用，但畢竟都未能使武帝下最後的決心，最後起了「臨門一腳」作用的正是公孫卿所述黃帝形象及其升仙畫面的感召。這也就是說，直接促成漢武帝泰山封禪的，不是他從群臣陸續得到的有關泰山封禪如何緊迫與必要的「思想」，而是公孫卿所傳述黃帝自荊山乘龍升仙故事的鮮活形象！

　　從「封禪七十二王，唯黃帝得上泰山封」，到漢武帝泰山封禪的歷史，經由公孫卿輩的傳承，表明雖然離不開史學文獻的記載，但是漢武帝創造其泰山封禪的當代史，卻不是照本宣科，而是因黃帝封禪泰山升仙故事而聞雞起舞，從而此一節歷史的發生，豈非「一切歷史都是形象史」！〔註37〕由此就可以更好地理解馬克思在《路易・波拿巴的霧月十八日》一書中所說：

　　　　人們自己創造自己的歷史，但是他們並不是隨心所欲地創
　　造……一切已死的先輩們的傳統，像夢魘一樣糾纏著活人的頭腦。

〔註37〕這一認識可通過與別爾嘉耶夫在所著《歷史的意義》中的論述對照得到進一步的理解。他說：「歷史作為一種最大的精神現實，並非是我們獲得的經驗，純粹實際的物質。以此種面目出現的歷史並不存在，也無從認識。歷史通過歷史的回憶被認識，歷史回憶是某種精神上的能動性，是對『歷史的東西』所抱的確定的精神態度，是內在的，從精神上洗舊翻新和充滿創造精神的東西。只有在歷史回憶這一洗舊翻新的和充滿創造精神的過程中，歷史的內在聯繫和靈魂才變得明瞭起來。這對於認識人類精神是可信的，對於認識歷史精神也是可信的，因為人的未經回憶聯繫為某種統一物的個性，不可能把人類精神作為某種現實來認識。但是，歷史回憶作為認識『歷史的東西』之方法，是與歷史傳說不可分割地聯在一起的，除此也就不存在歷史回憶。抽象地利用歷史文獻永遠不能認識『歷史的東西』，後者不接納前者。除對上述歷史回憶進行研究以外（這種研究自然是十分重要和必要的），研究與歷史回憶相關的歷史傳說的繼承性亦十分需要。惟有……通過歷史回憶，通過內心的傳說，通過其內心個體精神命運歸向歷史命運的行為，尋求著偉大歷史世界中的真實現實。」（〔俄〕別爾嘉耶夫《歷史的意義》，張雅平譯，上海：學林出版社，2002年，第14～15頁。）

　　當人們好像只是在忙於改造自己和周圍的事物並創造前所未聞的事物時，恰好在這種革命危機時代，他們戰戰兢兢地請出亡靈來給他們以幫助，借用它們的名字，戰鬥口號和衣服，以便穿著這種久受崇敬的服裝，用這種借來的語言，演出世界歷史的新場面。〔註38〕

　　這是筆者從《黃帝形象對中國「大一統」歷史的貢獻》至本文「黃帝相關曲阜、泰山故事」研究的最大收穫。

　　這一收穫的進一步啟示是傳統所謂「文史不分家」，應不僅指治文史的學習方法，更是研究中二者的相互配合，是你中有我、我中有你和互相成全、相得益彰。本文「一切歷史都是形象史」的結論，即從這種配合的實踐中來，儘管其是非得失還需要更多學術實踐的證明。

---

〔註38〕馬克思《路易‧波拿巴的霧月十八日》，《馬克思恩格斯選集》第一卷，北京：
　　　　人民出版社，1972 年，第 603 頁。

# 泰山的「神山」形象與世界未來──
## 從《詩經・魯頌・閟宮》說起

  《詩經・魯頌・閟宮》毛序云:「頌僖公能復周公之宇也。」詩第六章云:「泰山岩岩,魯邦所詹。奄有龜蒙,遂荒大東。至于海邦,淮夷來同。莫不率從,魯侯之功。」魯僖公是春秋時期魯國第十八任君主,公元前659~前627年在位33年。上引詩本章說泰山為魯國之鎮。又《韓詩外傳》載「齊景公曰:『美哉國乎,鬱鬱泰山。』」齊景公(?~前490年),春秋齊國國君,在位58年,與孔子(前551~前479年)同時而約為晚一輩人。這兩處是有記載中孔子以前最早把泰山與一「邦」一「國」聯繫起來頌揚備至的文字。後者尤其明顯包含了泰山為「國山」之義,而下通於近世某些學者的提倡。

  但是泰山何以能為「國山」?提倡者的初衷或不過是受到歷代封禪、祭祀泰山之「國禮」的啟發。但是,泰山所以自古被天子帝王封禪、祭祀,並不僅在於她峻美奇特「東天一柱」的特點,而更在於其自古就是華夏最具代表性的「神山」。

  這個道理在於泰山雖因封禪、祭祀而地位愈尊,愈顯得神聖,但首先是因其被認為神聖而才得享有歷代封禪、祭祀之國禮。若非泰山自古被認定為負載了華夏信仰的「神山」,又何以能有歷代享受封禪祭祀之最高國禮的待遇?所以,與其推崇泰山為「國山」而又長期以來未得舉國上下一致的響應,還不如實事求是揭蔽光大泰山的「神山」本相,抓住了根本,因「神山」而為「國山」,來得更加自然,也更適合於「全球化時代」弘揚名山文化,使泰山進一步走向世界的需要。因擬此題,以論泰山之「神山」形象與世界未來如下。

## 一、人類命運與共同信仰

　　古今中外，對「神」和對一切人或物的崇拜都可歸之為一定的信仰。現實生活中，雖理論上人可以沒有信仰，但實際上沒有不是自覺或不自覺地遵循某種信仰而生活。因為可以認為，有信仰是為信仰，但不承認有信仰本身，其實也是一種信仰。

　　例如，1954 年 3 月 24 日，愛因斯坦在給一位工人的回信中說：「你所讀到的關於我信教的說法當然是一個謊言，一個被系統地重複著的謊言。我不相信人格化的上帝，我也從來不否認而是清楚地表達了這一點。如果在我的內心有什麼能被稱之為宗教的話，那就是對我們的科學所能夠揭示的這個世界的結構的無限的敬仰。」〔註1〕愛因斯坦這就是說，他不是一個有神論者，沒有宗教家對人格神的信仰，他只是敬仰「科學」。但他的敬仰「科學」是否就是一種「信仰」呢？我手邊有一本《中外格言精華辭典》，隨手翻到同樣是愛因斯坦的一段話說：「科學是無止境的，它是一個永恆之迷。」〔註2〕

　　雖然筆者也願意相信愛氏這一論斷是「科學」的認識，但是他既然認為「科學是……一個永恆之迷」，豈不也就是把「科學」當作了一種信仰了？因為正是愛氏的德國同胞哲學家沃爾特・考夫曼（Walter Kaufmann）曾這樣定義「信仰」說：「一種強烈的信念，通常表現為對缺乏足夠證據的、不能說服每一個理性人的事物的固執信任。」〔註3〕那麼愛氏既然說科學是一個「迷」，他對「科學」的信任豈不也就是「缺乏足夠證據」的一種「固執信任」即「信仰」了嗎？因此，可以仿照作家蔣子龍在一篇文章中所寫：「沒有道理就是最大的道理。」〔註4〕我們也可以說：愛因斯坦的沒有「信仰」就是最大的信仰。

　　因此，儘管愛氏聲明自己並不信神，但是當今讀書界還是把他未必說過的「科學的盡頭是神學」的話，說成是他說的。這應該不僅僅是宗教家或好事者假借他的大名以傳播或說明神學，而是這句話確實可以與上述愛氏對科學之信念順接無礙。因為「永恆之迷」與「神」的存在，豈非五十步與百步之別！

---

〔註1〕轉引自李子遲著《多情愛因斯坦》，北京：京華出版社，2009 年，第 184 頁。

〔註2〕吳健生等主編《中外格言精華辭典》，北京：中國國際廣播出版社，1991 年，第 19 頁。

〔註3〕轉引自楊興林《加強實踐視角的中國特色社會主義理論研究》，《新視野》2017 年第 3 期。

〔註4〕蔣子龍《回憶五臺山車禍》，《福建文學》2003 年第 2 期。

　　所以，人類是思想的動物，人生有極限，人的思想也必有極限，而思想的極限就是信仰。有信仰從而有社會，「人心不同，各如其面」，不同的信仰造就不同的群體和不同的民族，進而形成不同的政黨、社會、國家、聯盟、陣營……以致矛盾重重，吵吵嚷嚷，甚至兵戎相見，戰火連綿。人類的歷史證明，未來社會無論走向東西方各種宗教所共同憧憬而又各不相同的「天堂」「極樂世界」，或東方儒家所理想的「大同」，以及今天各種對未來社會美好的描繪與承諾，說到底都不過是基於某種信仰的追求。

　　這也就是說，思想支配行動，人類社會行動的一致──矛盾多方的妥協乃至一時或理想中最終得到適當的解決──必然都要通過信仰的彼此理解與接近，求同存異，取長補短，借鑒融合，美美與共，以達到理想中人類信仰的最終的統一，如中國儒家所謂「大同」。這似乎遙不可及，但人類自直立行走，天天向上，從未放棄過「天堂」或「大同」的夢想。因為毫無疑問，如果人類不能在信仰上求同存異，彼此寬容和相互借鑒，理解接近，人類社會將不可能和諧發展，世界也將不可能永享太平。

　　人類信仰的核心是價值觀，人類社會共同的信仰最終必須也只能建立在共同的價值觀之上。因此，一如「仁愛」不僅是中國儒家的價值觀，「民主」「自由」等所謂「普世價值」，也不應該只是西方世界的專利，而應該是由地球人共同定義共享話語權的概念。中國人受排斥久了，應該有自己的主張，發出自己的聲音，但是站起來的中國人不必也不應該有自外於人、凡事必另樹一幟的心理，包括不必輕言放棄，而是積極參與對「普世價值」觀念的定義與建構，都是中國人義不容辭的責任。

　　至今人類社會進入 21 世紀，我們高興地迎來「大國外交」致力於構建「人類命運共同體」的時代。這是一個偉大的構想，崇高的使命，宏偉的願景。這一願景的「人類……共同」性質，決定了其終極之義和實踐之道，都需要經過全人類信仰即核心價值觀上的增進交流，加深理解，相互接近乃至不斷加強的融和，以思想引導行動，才有可能真正向「人類命運共同體」邁進。

　　因此，從邏輯上說，構建「人類命運共同體」的偉大戰略，必然包括了致力於不斷減少並最終消除人類社會各種信仰與觀念上的重大差異、矛盾與對立，求同存異，共存共榮，融合創新，逐步昇華出全人類共同的信仰與價值觀，以利於未來的發展。

　　《周易・繫辭上》中說：「二人同心，其利斷金。同心之言，其臭如蘭。」

這個道理對於全人類也是一樣的。這也就是說，人類共同的信仰和價值觀是「人類命運共同體」的根本，為了「人類命運共同體」美好願景的實現，中國必須提出人類共同信仰和價值觀的討論與建設，以主動出擊，爭取中國人應該有的人類共同信仰與價值觀理論的話語權和定義權。

這是本文以下具體討論泰山為「神山」形象的基礎。也就是說，儘管泰山為「神山」形象的認定只是一個歷史的事實，但揭蔽這一事實的意義並不僅是為了豐富我們的「國學」，更是與建設「人類命運共同體」的偉大使命有密切的正向關聯，所以要好像是繞了一個大圈子遠遠道來。

## 二、世界「神山」有泰山

人類最早無不以萬物有靈，從而人生天地間，最突出的感覺是天地為大，遂以天地為人生最原始最大的信仰。而蒼天之下，迄今人類所唯一能夠生存的地球上，居住生活的環境又是所謂「三山六水一分田」，所以古往今來，國內外各地域民族雖皆知「擇高處立，就平處坐，向寬處行」為趨避之妙道，但為生計所迫，卻又不能不首先是「靠山吃山，靠水吃水」，從而由天地崇拜又衍生出山水崇拜，世界各地，神山聖水，所在多有。

以自古至今各國之「神山」論，若不論影響之大小久暫，則就所能知者並進一步推測，可說有一種文明，有一種宗教，有一個民族，有一個國家，就有一座或多座「神山」。但是若以影響巨大深遠而舉世聞名者論，則中外大多數人的共識中，大約以下幾座為最。先說外國的：

一是聖殿山。聖殿山位於耶路撒冷老城，原名摩利亞山，又名錫安山。其雖然被稱作「山」，實際只是一座並不高大的小丘。但是，由於各種複雜的歷史原因，這座山被猶太教、伊斯蘭教和基督教各都尊為本教的聖地即事實上的「神山」，並堅執其所有權互不相讓，從而引發過各種大小宗教矛盾與鬥爭。聖殿山今在以色列管轄中，但其在世界宗教中的地位至今未能很好解決。因此發生的矛盾往往牽動中東乃至世界局勢的變動，影響重大，從而也應了我國那句老話，所謂「山不在高，有仙則名」，聖殿山不高，卻是世界範圍內的一大「神山」。

二是奧林匹斯山。又譯奧林波斯山、奧林帕斯山。奧林匹斯山位於歐洲東南部巴爾幹半島南端希臘國的北部，愛琴海塞爾邁灣北岸，海拔 2917 米，是希臘最高的山。但是，這座山之有名，也不是因為它的高大與壯美，而是由於

與她的高大壯美相關，希臘神話說她是以天神宙斯為首的眾神聚居的地方，有許多愛恨情仇的故事，即著名的希臘神話。希臘神話隨同航海貿易和連綿不斷的戰爭不脛而走，由希臘而歐洲而向全世界傳播，使奧林匹斯山成為希臘乃至歐洲著名的「神山」。近世更孕育出現代奧林匹克運動會的誕生，使這座「神山」的形象更加深入人心。

三是富士山。富士山在日本，是一座跨越在靜岡縣（富士宮市、裾野市、富士市、御殿場市、駿東郡小山町）與山梨縣（富士吉田市、南都留郡鳴沢村）之間的活火山。標高 3776.24 米，是日本的最高峰。在日本有許多關於富士山的神話，從而自古被譽為靈峰而受其舉國上下之崇拜，歲時祭祀，成為日本國家民族的象徵，同時是世界範圍內廣為人知的「神山」。

以上歐洲、中東和亞洲日本的三大神山有一個共同的特點，就是代表或象徵了一種宗教、一個民族或一個國家的共同信仰。這種信仰是由其各自的歷史、風俗和性格等久慣形成的，如山一般堅固、穩定、久遠並永遠。從而成為該宗教、民族或國家各自獨立於世界人類群體之林的象徵之一。

後說中國的。這樣的「神山」在中國，如今媒體上流行最為人稱道的是岡底斯山脈的主峰岡仁波齊山，又稱須彌山。海拔 6638 米（一說海拔 6714 米）。岡底斯的藏語意為眾山之主，又被稱作「世界之軸」。作為岡底斯山脈的主峰，岡仁波齊即須彌山既在印度教、藏傳佛教、中國西藏雍仲本教以及古耆那教來說是公認的神山和世界的中心，也是世界範圍內公認的神山，有「神山之王」的美譽。中國人略通佛教者均耳熟能詳，當然也是普通中國人都能夠認可的佛教「神山」。

但是，對於我國來說，佛教雖然早已中國化，並且早自漢唐以降中國就逐漸成為了世界佛教的中心，但在華夏五千年歷史上，佛教畢竟外來後起，在尊重須彌山為中國「神山」的同時，還應當考慮偌大中國，五千年文明，還有沒有可以代表中國本土宗教、文化的「神山」呢？

答案是肯定的，就是我國號稱「五嶽獨尊」的泰山。比較我國藏南須彌山的存在，位置於華夏文明中心區齊魯腹地的泰山，才是中國最大最古最具代表性的「神山」。甚至就其影響的巨量外溢性而言，泰山實堪稱「東方神山」。

但是，近代以來，隨著崇尚科學，破除迷信，泰山的自然美和歷史、文學之人文美的一面更多被發現和推崇，其歷史悠久的宗教方面的「神山」屬性卻被嚴重忽略甚至排斥了。一個明顯的標誌是陝西有祭祀黃帝陵，曲阜有祭孔，

均聲勢浩大，堪稱國家祭典，但是泰安只有登山節，卻沒有與黃帝、孔子同等規格的祭典。

這裡客觀的原因，恐怕有泰山雖為中國儒家、道教等多宗教所尊之山，但今天學者從四書五經得到的主要認知，是泰山主要與孔子一體，為儒家文化的象徵。而儒家已有祭孔，又雖偶被稱為「儒教」，但多數人以為似是而非，從而與孔子形象總體上並未成為真正的神祇一樣，在古代中國多數朝代為儒學立國的歷史上，雖然能夠發展出泰山稱「國山」的認知，卻從來沒有學者揭蔽泰山為「神山」的實質與真相，甚至近世乃有意無意地模糊遮蔽了，是很令人不解並感到遺憾的。

為此，筆者認為，如果由於日本作為有世界影響的經濟文化大國，而不在意日本富士山的影響還主要侷限於其國內的話，那麼與如上可以並列的代表了猶太教、伊斯蘭教和基督教，希臘神話，日本淺間信仰和佛教的四大神山相比，無論如何，中國泰山也可以並且應該納入上述世界「神山」之列，而與彼四大「神山」並立於世界「神山」之林。

## 三、泰山的「神山」屬性

在我華夏五千年歷史上，以較為清晰的商周以下地域版圖論，雖然泰山既不是華夏之域最高的山，也不是地理上最為居中的高峰──這從其作為「五嶽之首」，卻高（1545米）不過西嶽華山（2154.9米）、北嶽恒山（2016.1米），又偏在東方號稱「東嶽」的位置，就可以知道了。但是，泰山卻超越其他四嶽而能「獨尊」為華夏第一「神山」，則何以故？

這個問題偶有學者探討，如何新在《諸神的起源》一書中認為：

> 從二十世紀以來的考古發掘看，位於中國東部以泰山曲阜為中心的泰沂山區，乃是華夏古文明最重要、最集中的起源地之一……這一地域，卻正是古傳說中黃帝族起源的主要區域，也是在中國上古史上迸發出奪目光彩的殷商王朝崛起的重要根據地。

> 許多材料表明，崇拜太陽的黃帝族不僅起源於泰山地區，而且把泰山看作他們本族的神山、天山──崑崙山。因此，他們也把這座大山看作祖先世所居的聖山。由此遂產生了對中國文化影響至為深遠的一種「木高千丈，葉落歸根」的觀念。無論在怎樣的流離遷徙中死去，先民們也仍然懷有這樣的心願──把骸骨歸葬於泰山

下，使千秋萬載後，魂魄歸返於故園。

……所以在中國文化中，泰山具有不同於任何其他山的神聖意義。它被看作天地之中，歷代帝王登基者都要到此朝拜、封禪，而封禪祭天就稱作「升中」。至今泰山頂上有南天門和玉皇殿。而登泰山者向來有觀東海日出之俗。根據我們的考證，這種習俗實際上可以一直追溯到起源於黃帝時代的日神和泰山崇拜上。其由來真可謂尚矣！除此之外，泰山在古代又一直是一座死神之山，是中國人魂所歸的故國家山……中國上古史中的有虞、陶唐、夏、商、周之祖，竟無一不葬於泰山者。

歸納以上所論諸點，……我們當可確鑿無疑地論定，古崑崙山其地望與今日西北的祁連、崑崙二山毫無關係。實際上，它就是華夏民族一直目為神聖之山的泰山。〔註5〕

這是迄今為止關於泰山為「神山」的最深刻、最具代表性的認識，沒有之一，故本文貪婪而繁引之。當然也因為何新這一有關華夏上古文明的重要發現，一直沒有受到學界應有的重視，理當鼓吹而弘揚之。

但以全面論，何新的認識還可以補充的是泰山之得為「神山」，絕非華夏文明初啟一個階段文化演進的結果，而是經過了包括後世五千年一貫更加長期的過程，除何新先生論及者外，其間另有許多促成的重大因素應予重視和分析。

首先，有存世可見各種文獻記載的神話傳說中，歷代天子帝王封禪、祭祀泰山不斷加強了泰山為「神山」的地位與影響。按封禪，一曰「封」，一曰「禪」。「封」為祭天，「禪」為祭地，乃一代王朝肇興和強盛告拜天地的最高儀式。其意義若通俗而言，猶今之結婚領證、買車掛牌，是新興王朝向上蒼禱告求取「合法」性祈求保佑的儀式。雖然毫無疑問，其實質「神道設教」，是彼時最大的宗教與政治騙局，但在中國自上古即逐漸形成的「天人合一」文化傳統下，泰山封禪與祭祀對於一代王朝收拾人心、凝聚上下、震懾不軌，鞏固統治，卻不啻因虛求實，歪打正著，故能綿延數千年而後才廢。《管子・封禪第五十》載：

桓公既霸，會諸侯於葵丘，而欲封禪。管仲曰：「古者封泰山禪梁父者七十二家，而夷吾所記者十有二焉。昔無懷氏，封泰山。禪

---

〔註5〕何新《諸神的起源》，北京：三聯書店，1986 年，第 99～102 頁。

> 云云，虙羲封泰山，禪云云。神農封泰山，禪云云。炎帝封泰山，禪云云。黃帝封泰山，禪亭亭。顓頊封泰山，禪云云。帝嚳封泰山，禪云云。堯封泰山，禪云云。舜封泰山，禪云云。禹封泰山，禪會稽。湯封泰山，禪云云。周成王封泰山，禪社首。皆受命然後得封禪。」

此節為《史記‧封禪書》引用之，並追論曰：

> 自古受命帝王，曷嘗不封禪？蓋有無其應而用事者矣，未有睹符瑞見而不臻乎泰山者也。雖受命而功不至，至梁父矣而德不洽，洽矣而日有不暇給，是以即事用希。

但是，即使如此，在周成王之後，司馬遷之前，也還先後有秦始皇、漢武帝封禪泰山。漢武帝甚至九至泰山，七次封禪。漢武之後，雖仍舊「即事用希」，但先後也還有漢光武帝、唐高宗（武則天）、唐玄宗和宋真宗規模盛大的泰山封禪。這些崇拜泰山神的政治盛舉，固然因泰山為「神山」而起，但反過來也強化了泰山的「神山」屬性和地位。

即使宋代以後泰山封禪未再實行，清乾隆朝以後泰山祭祀廢止，至今更幾乎很少人承認泰山首先是一座「神山」了，但如果不是泰山有歷史上形成的「神山」品格的支撐，則不僅歷史上千里巡狩的封禪、祭祀不會發生，恐怕連孔子也未必多次光顧或登臨。「山不在高，有仙則名」，導致泰山歷代封禪、祭祀不絕，至今在能為世界自然遺產的同時又是世界文化遺產的根本原因，就是她的「神」性。

其次，泰山是華夏人文的核心象徵。應當說，黃帝傳說與泰山神的聯袂使二者各自的神聖地位相得益彰。黃帝自古被奉為華夏「人文始祖」，其生地葬所，雖說法不一，但從近世祭黃帝陵看似乎已定於一尊，暫已不大可能展開新的討論和作出改變，茲不具論。但是，也應該知道的是，如上引何新論「黃帝時代的日神和泰山崇拜」所意味黃帝與泰山的關係，《史記‧五帝本紀》司馬貞索隱引皇甫謐云「黃帝生於壽丘」〔註6〕，必非無稽之言，至少應該與他說受到同樣的重視，而兩存之。至於何新又論黃帝以下「虞、陶唐、夏、商、周之祖，竟無一不葬於泰山者」，亦可備一說，應該引起重視，至少泰安人需要重視起來。又雖然《史記‧五帝本紀》有載「黃帝採首山銅，鑄鼎於荊山下。

---

〔註6〕司馬遷《史記‧五帝本紀》司馬貞索隱，北京：中華書局縮印本，1998年，第1頁。

鼎既成，有龍垂鬍髯下迎黃帝」仙去云云，但東漢曾為泰山太守的應劭作《風俗通義》，其《正失篇》引《封禪書》卻說「黃帝升封泰山，於是有龍垂鬍髯下迎黃帝；黃帝上騎」云云〔註7〕。對二者明顯的不合，筆者未見人道及，而曾分析認為：「因疑黃帝升仙故事源出《史記》之前，或有異說，或《史記》原本載發生於泰山，而後人改易。總之，其與泰山必有聯繫，可備為一說。」〔註8〕此說最大的價值是以「人文始祖」生地葬所均在泰山（壽丘在曲阜距泰山不遠），表明華夏「人文始祖」與泰山同在，並與「泰山地獄」說一致表明，泰山是華夏民族共同信仰之「神山」。

其三，泰山是上古神話傳說中眾神聚會之山。《史記·封禪書》載：「黃帝時萬諸侯，而神靈之封居七千。」應劭注曰：「黃帝時諸侯會封禪者七千人。」《韓非子·十過》載：「黃帝合鬼神於泰山之上，駕象車而六蛟龍，畢方並轄，蚩尤居前，風伯進掃，雨師灑道，虎狼前，鬼神在後，騰蛇伏地，鳳皇覆上，大合鬼神，作為清角。」此說「合鬼神於泰山」實與黃帝封禪說暗相關聯，是後世從帝王泰山封禪「朝會諸侯」反觀想像黃帝當年的變相，亦足證明黃帝與泰山的聯繫是上古文化一個重要內容，並因緣而生後世黃帝於泰山受九天玄女天書、置碧霞元君等七玉女於泰山之類傳說〔註9〕，林林總總，不必細述，但亦都助益泰山為神山之說。

其四，泰山主人生死，其下為地府，人死魂魄所歸。《博物志》載：「泰山一曰天孫，言為天帝孫也。主召人魂魄。東方萬物始成，知人生命之長短。」《文獻通考·四裔考》載：「中國人死者魂神歸岱山。」等等。因此，泰山作為「東天一柱」雄踞人間，既以其挺拔高峻為所謂通天之階，又因「泰山治鬼」之說其下為「泰山地獄」之所，堪稱溝通天、地、人三界和過去、現在、未來之津梁，其在古人心目中的神性不言而喻，後人可以不信，但不應該抹殺，也不應該掩蔽，而應該作為泰山文化的一個重要特點揭示出來。

其五，泰山神（又稱東嶽大帝）與碧霞元君（全稱東嶽泰山天仙玉女碧霞元君，又名泰山娘娘、泰山老奶奶、泰山老母、萬山奶奶等）的廟宇祭祀遍及海內外華人圈。所以明清以降，雖然泰山封禪至宋真宗為絕響，清乾隆後朝廷

〔註7〕 王利器《風俗通義校注》，北京：中華書局，1981年，第81頁。
〔註8〕《杜貴晨文集》第十一卷《齊魯人文景觀論證設計三種》（上），新北市：花木蘭文化事業有限公司，2019年，第87～88頁。
〔註9〕《杜貴晨文集》第十一卷《齊魯人文景觀論證設計三種》（上），新北市：花木蘭文化事業有限公司，2019年，第87～88頁。

遷官祭祀之禮亦行廢止，但自民間興起的對泰山神崇拜卻從未稍減，甚至與日俱增，使泰山為「神山」的信仰與崇拜更進一步普及到下層民眾，成為國內外華人文化圈眾望所歸之「神山」。

總之，中華人文歷史五千年，泰山是「人文始祖」生降死葬和事業所在的「神山」，是歷朝歷代國家民族信仰之「神山」，又是海內外千古民俗崇拜之「神山」。

儘管自明清以降泰山作為「神山」的影響日漸暗淡，乃至今似有所諱言而少見公開論及，但歷史的事實俱在，她是比世界各大「神山」更早，影響更為全面久遠的「神山」。其真相如此，本質不泯，其能維繫華夏一統的意義也在於此，正不必諱言，而應該光明正大地揭示並以新的形式予以發揚。

還應該看到，泰山作為「神山」，並且主要是作為「神山」，才有充分理由高居世界名山之林。為著與世界有更進一步的融和，創造人類共同的美好未來，現在是我們刷新認識，重提泰山是華夏「神山」的時候了。

## 四、「泰山神」話與世界未來

重提刷新泰山作為「神山」的真面，使其再放「神山」之光彩，應該做好三個方面的努力。

一是認識和認可泰山作為「神山」是「國泰民安」的象徵，而「國泰民安」是無論古今人類「普世價值」內涵的一個重要方面，當可與世界各國各民族共享。具體說「國泰民安」雖然是一句老話，但現在看來，歷代帝王封禪、祭祀之義根本在此。即使自秦皇、漢武封禪泰山私心又有乘龍升仙之想，宋真宗封禪泰山甚至詐稱得「天書」之旨而成天大的政治笑話，但無論如何，其公開的理由還是為了祈求「國泰民安」。所以，雖然古今有異，但億萬年來，神州大地還是這一片土地，華夏民族還是這一方百姓，從而無論誰何，嚮往和鼓吹「國泰民安」理想的一面總是美好的。而中國好，保一方平安，自然也是世界人民的利好。因此，「國泰民安」作為人類社會的理想，古今中外，概可共享，一世以至萬世，形成共識，必有助於世界未來的美好發展。

二是泰山作為民眾信仰之「神山」，是眾神聚會之山，至今有各家各類寺、廟、庵、觀和大量宗教場所遺址，是國內外華人世界民間信仰最為集中之地，是精神上溝通華人世界的永續的橋樑與紐帶。因此，充分利用泰山信仰的多元化內涵，可以設想以泰山多宗教祭祀場所為平臺，聯繫海外華人乃至世界各大

「神山」，促進中國「神」與世界「神」的交流，當能有利於推動當今和未來社會的融和與發展。

　　三是泰山「神山」作為神話之山，可以開展與世界「神山」故事的對話。神話在歐洲曾是希臘藝術的搖籃，泰山神話——小說等文學作品的增益，層出不窮，豐富多彩，而且多寓意美好，生動感人。如黃帝、王母、九天玄女、玉皇大帝、東嶽大帝、閻王、孔子，以及筆者所主張之「孫悟空是泰山猴」「泰山是花果山」等等，皆泰山所獨有或以泰山之所有為最的文化遺產。因此，講好、演好、大力弘揚這些「泰山神」話，既是一代代泰安人傳承泰山文化的責任，也是當今泰安文化旅遊獨闢蹊徑、「彎道超車」發展的新路。又從山東省以至國家的層面看，講好用好「泰山神」話，傳播泰山故事，是現在與未來團結海內外華人、儒家文化圈國家與人民乃至與世界各民族、國家溝通的重要途徑。再不要重複 2006 年發生本人論「泰山是花果山」「孫悟空是泰山猴」轟動世界〔註10〕，卻在泰安得不到積極響應，那種諱提泰山是「神山」的屬性，而作繭自縛的事情了。

　　四是泰山作為世界「神山」之一與世界諸神山的共性，可以促進加強泰安市與世界「神山」所在地城市的聯繫與交流，以共同的「神山」文化為紐帶，帶動推進與該地學者民眾的往來，擴大包括弘揚「神山」文化在內的城市和地域間全方位雙向的國際交流，以助益於相關地域經濟文化建設，造福人類，為「人類命運共同體」的建設添磚加瓦。

　　　　原載《泰山國際文化論壇（第一屆，2019，中國山東泰安）論文集》，
　　　　　　　　　　　　　　　　　　　　　　　　　《中國知網》收錄

---

〔註10〕　《杜貴晨：我仍認為花果山是泰山》，《山東商報》，2012 年 12 月 13 日。

# 周公「居東」「東征」與寧陽古國考證
## ——從李學勤先生釋小臣單觶銘「在成師」說起

　　「周公居東」和「周公東征」（或曰「成王東征」），是「武王伐紂」之後西周之初，也是周朝以至整個中國歷史上的大事。其對最終完成商周易代的作用，實不在其前「武王伐紂」之下。而對於自「武王伐紂」急劇推進的華夏文化的東擴和華、夷東西族群的融和，進而形成西周「大一統」局面來說更是關鍵環節。其重要性甚至可以這樣認為，沒有「周公居東」和「周公東征」特別是後者的成功，就不會有齊、魯在泰山南北的開基立國，不會有齊魯文化，尤其是孔孟為代表的儒學的形成與傳播，此後中國的歷史也將不是或推遲是西周以下的進程。因此，「周公居東」和「周公東征」之事體大，向來為先秦史學者所高度關注，不斷探討，有關論著頗多。但是，縱觀諸家論著，除宏觀考量和若干重大史實如平定武庚、「三監」之亂及「踐奄」〔註1〕等大略的辨正之外，殊少具體過程細節的考論，或有之而淺嘗輒止，語焉不詳。這一方面限於文獻有闕，另一方面也似乎有探討中窺深研幾、綜觀會通未達的原因，還需要進一步努力。

　　因此，雖然這一問題的研究不是本人專業重點所關，但因有幸得寧陽縣實業家、學者於正明先生贈書薦讀李學勤《讀〈繫年〉第三章及相關銘文劄記》（以下或簡稱李文）一文，至其據小臣單觶銘文釋周公東征「在成師」以「成」

---

〔註1〕《尚書正義》，十三經注疏本，北京：中華書局，1979年，第200～201頁。

在寧陽東北的考證〔註2〕，便對這一問題產生了深厚興趣。進而搜集資料，悉心考索，愈研愈深，乃覺上述李先生之考證，事體似小而實大。即其上關乎今寧陽之地在西周之初「周公東征」乃至「周公居東」的地位，而下及於今寧陽之地在西周「大一統」，尤其是對齊、魯立國和齊魯文化形成中曾起過的關鍵作用，以及合乎邏輯地極大影響了後世中國歷史發展的大勢。同時，這也是當今西周史學所缺之「細節」考證有意義的一個實踐。因擬為此文，以推本李說並試辨正，主要涉及以下問題：今寧陽為周公「居東」「東征」之商奄、周魯故地；小臣單觶銘「在成師」謂周公駐師今寧陽之故地；寧陽「周公臺」可證觶銘之「成」在寧陽；「周公東征」之「兵所」「繫易」「歸禾」在今寧陽之古成（郕）國；周公「居東」和「東征」文學與寧陽；以及寧陽古為「魯甸」，多聖賢後裔封國或來寓等。

## 一、今寧陽為周公「居東」「東征」之商奄、周魯故地

寧陽縣今屬山東泰安市，地在汶水之南，周遭接鄰曲阜、兗州、汶上、東平、肥城、泰安、新泰、泗水諸縣市，而與曲阜接壤地尤多。故縣志云「全境皆魯甸也。但春秋以前邑名未著，故以魯邑統之」〔註3〕。（見圖1）

圖1　《濟寧市地圖》局部

〔註2〕李學勤《讀〈繫年〉第三章及相關銘文劄記》，《夏商周文明研究》，北京：商務印書館，2017年，第261~263頁。

〔註3〕丁昭《明清寧陽縣志匯釋》，濟南：山東省地圖出版社，2003年，第37頁。

　　魯為西周初周公封國。其先在河南魯山，周公東征滅商奄之後，以成王命移封周公子伯禽據商奄之舊地為魯侯，封域必不狹於商奄之舊，故周初山東之魯，實當商代之奄境並有過之。故今寧陽地在殷商為奄國，在西周為魯邑，即縣志所謂「全境皆魯甸也」。這也就是說，寧陽在殷商全境皆奄甸也。這一方面可從商奄為大國，《詩·魯頌·閟宮》云：「奄有龜、蒙，遂荒大東，至于海邦。」是說其地向東至大海，則其向西豈有不包括近在三十餘華里的寧陽？另一方面寧陽有崦上之地，或即因「商奄」而得名。乾隆八年續修《寧陽縣志·方域》載：

　　　崦上，在縣北十里，亦傳為梁王點軍臺。今為玄帝廟臺。又龍魚泉北亦有崦上。」〔註4〕（見圖2）

圖2　《乾隆八年續修寧陽縣志》卷之一《崦上》

　　晚清邑人官至廣東巡撫，致仕後居鄉主修咸豐《寧陽縣志》的黃恩彤（1801～1883）作《汶陽說》一文說龍魚泉北之「崦上」曰：

〔註4〕寧陽縣檔案局《乾隆八年續修寧陽縣志》，北京：燕山出版社，2014年，第44頁。

余家舊居寧陽東北，汶水之南，閒嘗周覽里落，憑弔丘墟，尋池亭之故址，訪陵城之遺堞，而年代邈阻，岸谷變遷，已薶沒於荒榛叢棘中。惟家園適北二里許，有崦上村焉。背負汶流，沙堤環匝，龍魚諸泉東來注之，溶漮洄洑，勢若素帶。東西二阜，鵠立相望。西阜高丈餘，闊徑十餘丈，初之高闊蓋不止此，久犁為田，僅餘殘基耳。東阜高數丈，闊徑百餘丈，居民數十百家聚居巔頂，因地勢獨高，故以崦上名村。余不禁喟然歎曰：「此水也，殆即魯之曲池歟！此阜也，殆即漢之闞陵歟！捨此而欲於寧陽東北數十里內別求汶陽故城，安所得如此水若阜者以證之？」〔註5〕

此「崦上」今名黃庵村，又稱黃家奄。今屬寧陽縣蔣集鎮，其地在曲阜之北。「崦」即「奄」。《漢書‧藝文志》曰：「《禮古經》者，出於魯淹中。」蘇林注曰：「里名也。」「淹中」即「奄中」，與寧陽「崦上」應該都是因商奄得名，並因此加強了寧陽在西周前為商奄之地的推斷。若果然如此，則今寧陽之黃家奄就不僅舊為周魯之汶陽、漢之闞陵，而還可以追溯至商代，為一有三千餘年歷史的古老村莊了。（見圖3）

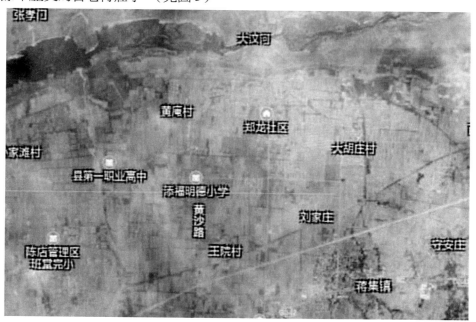

圖3　衛星地圖中的寧陽縣蔣集鎮黃庵村

〔註5〕丁昭《明清寧陽縣志匯釋》，濟南：山東省地圖出版社，2003年，第1066～1067頁。

　　今寧陽全境在曲阜之西北、北的方位，也就是說在商末周初「周公居東」和「周公東征」自西徂東的大方向上，與今兗州（濟寧市轄區）並為最接近商奄中心的曲阜之地。（見圖4）

圖4　譚其驤《中國歷史地圖集》中的商庵與成（郕）位置

　　而有關「周公居東」和「周公東征」之「東」，雖自漢以下議論紛紛，但近世學者意見已漸趨大同。黃懷信等《逸周書彙校集注》（修訂本）卷五《作雒解第四十八》引清陳逢衡（1778～1855）解《作雒》「建管叔於東，建蔡叔、霍叔於殷」之「東」云：

　　　　後又云「俾康叔宇於殷，俾中旄父宇於東」，又云「三叔及殷東，兩兩殷、東對舉，則東之為地，顯然另成一國，不得闌入殷內也。……東則……蓋即衛也。其不曰衛而曰東者，是時方命百弇以虎賁誓命伐衛，告以馘俘，勢尚不能合全衛而有之，但得衛之東偏，即以管叔居其地而監殷，此東之所由名也。《康誥》曰「肆汝小子封在茲東土。」《定四年·傳》「取於相土之東都，以供王之東蒐」，非其明證歟？……衛即東，東即周公居東之東。或謂東既為管叔所居，周公焉得出居於此？不知管叔既助武庚，勢當入殷者合謀，所謂管叔以殷畔也，故周公得以乘虛而坐鎮其地。吳慶恩曰「按東者魯、衛之間地名，在大河之東，秦漢之東郡也。《詩》云『我徂東山』，《書》云『周公居東』、《周書·作雒》云『建管叔於東』，又曰『三叔及殷、東、徐、奄及熊、盈以略』，又曰『俾中旄父宇於東，俾康叔宇於殷』，

《竹書紀年》『武庚以殷叛、文公埢即周公出居於東』：殷、東對舉，
則非朝歌可知。是時雒邑未建，則非東都可知。史稱衛遷於帝邱，
在東都濮陽縣。秦始皇拔衛東地置東郡，衛元君乃徙野王，則東為
東郡無疑矣，其地在今東昌、大名、曹州三府界內。」〔註6〕

其論雖主說「周公居東」，但以引吳慶恩舉《詩》「我徂東山」等例，可見
其心目中以「周公東征」之「東」亦即「周公居東」之「東」，皆即「東郡無
疑矣，其地在今東昌、大名、曹州三府界內」，卻未免拘泥後世秦、漢「東郡」
的轄域，也與東征平定「三叔及殷、東、徐、奄及熊、盈以略」涉及今河南、
山東與江蘇北部廣大地域的歷史情形嚴重不合。

後至現代著名史地學家顧頡剛（1893～1980）《「三監」人物及其疆地》一
文第三部分《管蔡（霍）傅相武庚的傳說》中又辨《逸周書・作雒》「建管叔
於東」之「東」認為：

又按這文說「建管叔於東」，以別於「建霍叔於殷」，殷是商人
的故都，即衛，而孔《注》說『『東』，謂衛」，分明是錯誤的。下文
又云「三（應作『二』）叔及殷、東、徐、奄及熊、盈以略（畔）」，
又云「俾中㫃父宇於東，俾康叔宇於殷」，可知這「東」字不是虛指
的方向，而是一個有實際疆域可稽的地名。李廣芸《炳燭編》（一）
云：「『東』為四方之一，舉一『東』字不可以為地名。然《尚書・
金縢》『周公居東』，……《豳風・東山》『我來自東』、『我東曰歸』，
《小雅・車攻》『駕言徂東』，凡此諸『東』字則直以為地名矣。蓋
當是俗語稱殷之東為『東』，而簡策文字因之。」稱殷的東方為「東」，
正如我國建都北京，因稱在北京東北的遼、吉、黑三省為「東北」，
在北京西北的甘、青、寧、新等省區為西北」，是一個廣大的地域名
詞。《詩・小雅・大東》「小東、大東，杼柚其空」，毛《傳》：「空，
盡也。」鄭《箋》：「小也，大也，謂賦斂之多少也。小亦於東，大亦
於東，言其政偏，失砥矢之道也。譚無他貨，維絲麻爾；今盡，杼
柚不作也。」按鄭說對於周王壓榨屬國的慘重，使得雖有織機而沒
有原料，直到停止生產的程度，其說自合詩意；但對於「小東、大
東」的解釋，未免望文生義。《詩・魯頌・閟宮》「乃命魯公，俾侯于

〔註6〕黃懷信《逸周書彙校集注》（修訂本），上海：上海古籍出版社，2007 年，第
512～513 頁。

東」，是說魯國封疆是東的一部分。同篇又說「奄有龜、蒙，遂荒大東，至于海邦」，是說魯國向東方拓地，直到海邊，為大東之地。鄭《箋》：「大東，極東；『海邦』，近海之國也。」這就比上面所引的《大東·箋》為適當。故知「小東」為近東地，「大東」為遠東地。通常所說的「東」，都指小東而言。這小東在今何地？吳慶恩說：「按『東』者，魯、衛之間地名，在大河之東，秦、漢之東郡也。」（陳逢衡《逸周書補注》十二引）這就一語破的。按秦、漢的東郡，北抵聊城，南至鄆城，東至長清，西至范縣，均在今山東省境內，正居於安陽的衛和曲阜的魯的中間，這就是所謂「小東」；或者周初的小東擴大到魯，所以成王說「俾侯于東」。從小東再往東去，直到黃海，就是所謂「大東」。按《史記·秦始皇本紀》：「三十五年，……立石東海上朐界中，以為秦東門。」朐即今江蘇連雲港市，是秦明以海邊為東界，為什麼要把離海還遠的山東西南部地方稱作東郡呢？這無非因為這塊地方在殷都之東，向來被殷人稱作「東」，周時又因襲了下來，始皇統一之後分天下為三十六郡時就沿用這個歷史上的舊名詞了。〔註7〕

按顧先生論合陳、吳之說並引鄭《箋》，雖也是進一步確認此「東」是秦、漢的東郡，但範圍更擴大到「正居於安陽的衛和曲阜的魯的中間，這就是所謂『小東』；或者周初的小東擴大到魯，所以成王說『俾侯于東』。從小東再往東去，直到黃海，就是所謂『大東』」了。因為若拘於「東」僅指「秦、漢的東郡，北抵聊城，南至鄆城，東至長清，西至范縣」的範圍，雖然也是「正居於安陽的衛和曲阜的魯的中間」，但周公平定「三叔及殷、東、徐、奄及熊、盈以略」中征「徐、奄及熊、盈」的部分，豈非就不屬「東征」之役了？所以顧說引入「小東」「大東」即「近東」「遠東」之說極有見地，正確說明了「周公居東」與「周公東征」之「東」雖指後世秦、漢東郡（主要為武庚與三叔之國）的範圍，但也包括了後世魯國至海的廣大地域，尤其魯為「小東」的推斷允為卓見，極有利於推考周公「居東」和「東征」所駐地的思考。而今山東之汶上、寧陽尤其是後者，東為商奄之都曲阜，而西接三監，正當周公自宗周「居東」或自成周「東征」必經之地，豈非周公「居東」和「東征」最方便和最有可能

---

〔註7〕顧頡剛《「三監」人物及其疆地》，《文史》第二十二輯，北京：中華書局，1984年，第6～7頁。

的駐地？換言之，今寧陽地當三監之東，為商奄之西甸，對於從商都朝歌至商奄的地理方位，尤其對於西周二次克商的東征來說，是「小東」中首當其衝的要地，從而必然是「周公居東」，尤其是「周公東征」駐軍之「兵所」。

## 二、單觶銘「在成師」之「成（郕）」在寧陽之區位

李文引《殷周金文集成》（6512）小臣單觶銘文作：「王後阪克商，在成師，周公錫小臣單貝十朋，用作寶。」（見圖5）

圖5　小臣單觶及銘文

其所稱「成」為地名。按王獻唐《炎黃氏族文化考》認為，「成」之本義是農田的計量單位，《左傳·哀公元年》：「有田一成。」杜注：「方十里為成。」因「成」為城，或旁阜作「郕」，以居其民，故《說文》：「城以盛民也。」《釋名》：「城，盛也。」從而成、城、郕、盛通。其影響就是商周至秦前多以成、郕、盛命名之地〔註8〕。孟世凱《甲骨學辭典》釋「成」有二義：一是商湯的稱謂，二是地名，舉「甲骨卜辭有『惟成田，湄日無災。王惟成麓，焚無災。弓弓焚成麓』等。實商湯稱「成湯」以及後世「成周」也應該是以地名「成」而稱之。這就是說，成在商周由土地的計量單位轉化為地名，卻有時是一類名，如「成湯」「成周」；有時為某個地方所專用，如《甲骨學辭典》釋「成」又說：「古文獻又作郕，周初武王封其弟叔武於此。《左傳·隱公五年》：『郕人侵衛，故衛師入郕。』杜預注『郕，國也。』在今山東寧陽縣東北部。」〔註9〕

---

〔註8〕王獻唐《炎黃氏族文化考》，濟南：齊魯書社，1985年，第304～308頁。
〔註9〕孟世凱《甲骨學辭典》，上海：上海人民出版社，2009年，第239頁。

這就是說，「成」作為地名，早在商朝就常被使用。周魯之作為商奄故地是否早有成邑已不可考，但從今見文獻可知至晚周武王封其弟叔武，「成」已為一諸侯國名。雖從 1975 年在陝西岐山縣董家村發現成伯孫父鬲，和同年陝西岐山縣發現了早周甲骨（37 號卜甲）刻有「成叔用」三字等考古成果看，叔武始封在成（或作戚）或在文、武之世，宗周畿內〔註10〕，至成王之世隨「周公東征」齊、魯等大國移封山東，才隨之把封國移到了寧陽。因此，寧陽之有郕國至晚也是周公東征的產物。今見文獻記載寧陽有「成」或「郕」雖晚至《春秋左傳》中才出現，但今寧陽境內有「成」或「郕」卻早在周公東征期間或稍後，甚至早在商代已經有了也未可知。因此，周公東征之前周人尚未據有今寧陽舊地時形成的各類文獻中所稱「成」即「郕」都非今之寧陽舊地，但周公東征據有今寧陽舊地過程中及其後來形成的各類文獻中所稱「成」或「郕」便是在今寧陽的了。因此可以認為，上引西周初期的青銅器小臣單觶銘文之「成」，應該就是指今寧陽之古「郕國」。

這個問題歷來爭議甚大，迄今主要有兩種觀點：一是郭沫若、楊向奎等先生共同認為此銘文「克商」是指武王以文王紀元九祀（武王二年）觀兵孟津後伐紂，郭以「成」指「成皋」（一名虎牢關），楊以「成」指「成周」即雒邑〔註11〕；至今學者雖多承認「克商」是指周公東征之二次滅商了，但多數學者仍然認為「成」指「成周」，如《360 百科·西周小臣單觶》條即謂：「該器的內底鑄有銘文四行二十二字，記載武王繼滅殷紂王後的又一次克商活動（二次克商，即三監叛亂）。成王、周公率師東征平滅武庚叛亂。器主『小臣單』是參與平叛的一名將領，參與了這次戰爭。大軍駐在成周的時候，周

<hr/>

〔註10〕 今陝西省境多次發現西周時期成國器物，如「成伯孫父鬲」「郱男鼎」「成周邦父壺」等以及甲骨文，足證成國初封在王畿境內。相關資料見岐山縣文化館等《陝西省岐山縣董家村西周銅器窖穴發掘簡報》，《文物》，1976 年第 5 期；珠葆《長安灃西馬王村出土「郱男」銅鼎》，《考古與文物》1984 年第 1 期；王桂枝《「成周邦父」壺蓋淺談》，《人文雜誌》1983 年第 4 期；《周原出土的甲骨文所見人名官名方國名淺釋》，《古文字研究》第一輯。徐錫臺《周原出土的甲骨文所見人名、官名、方國、地名淺釋》，《古文字研究》第一輯，中華書局，1979 年，第 184～202 頁。但諸家多因此考古資料以為成國至平王東遷以後才遷至山東恐誤。因為隨著周公東征節節成功，包括齊、魯等最大諸侯國都移封山東了，叔武之成國當然有很大可能是同時移封到了今山東寧陽。也就是說，故地在今寧陽的叔武之封國成（郕），是成王之世周公東征期間或稍後，自周王畿移封而來，非叔武始封之國。

〔註11〕 楊向奎《宗周社會與禮樂文明》，北京：人民出版社，1992 年，第 72～73 頁。

公為了獎勵他的軍功。賞他十串貝而製作此器。」；二即李文對小臣單觶銘文的釋讀說：

> 觶銘……云「王（成王）後阪克商」，與（清華）簡文「成王屎伐商邑」涵義相同。……其主詞『王』肯定是成王，而不是一些學者主張的是稱王的周公。當然，所謂成王伐商，成王本人不一定必得親臨前線，實地指揮作戰的應該是周公……伐商的實際主事者是周公，這由小臣單銘文也能夠看出來。觶銘講的「在成師」頒賞給單的，乃是周公。〔註12〕

又說：

> 這個地名成，在傳世古書中或作郕、盛，位置在今山東寧陽東北，也便是商邑以東，足見當時商邑已被攻克，周公正在率軍東進，成王本人在成是不可能的。〔註13〕

雖然上引李文意在考證小臣單觶銘文「王後阪克商」之意，說的是周成王東征打的是「王」即成王的旗號，但實際親臨前線主導戰事的卻是周公，故「錫小臣單貝十朋，用作寶」之事由周公頒行。換言之，李文認為小臣單觶銘所稱「克商」非武王伐紂，而是成王即周公東征。雖然此說在西周史研究中仍會有異見，但無論為成王是否親率的周公東征，如果「在成師」是說其大本營設在後來的「成周」即雒（今河南洛陽），那麼以當時的通訊聯絡條件，其運籌帷幄不僅距離「徐、奄及熊、盈」，而且距離「三監」之地，豈不是都嫌路程太遠，而鞭長莫及了嗎？所以，上引李文說「這個地名成，在傳世古書中或作郕、盛，位置在今山東寧陽東北，也便是商邑以東」云云，雖然也還缺乏堅強的證據，卻是更合情理一些。

按寧陽舊地在春秋及以前雖為魯甸，但其距商奄或魯都曲阜稍遠的地區侯國或城邑頗多，今見諸史冊的就有闡、成、讙、鑄、遂、剛等。其中「成」或作「郕」者，王獻唐《炎黃氏族文化考》揭示有二：

一是「又為魯邑，在今山東寧陽縣東北。《左傳·昭公七年》：『齊人來治杞田，季孫將以成與之。……晉人為齊取成。」而《春秋·桓公六年》：『公會

〔註12〕李學勤《讀〈繫年〉第三章及相關銘文箚記》，《夏商周文明研究》，北京：商務印書館，2017年，第261～263頁。

〔註13〕李學勤《讀〈繫年〉第三章及相關銘文箚記》，《夏商周文明研究》，北京：商務印書館，2017年，第261～263頁。

齊侯於郕。』亦即此地。殆以地名加邑也。」〔註14〕又即《史記‧田敬仲完世家》曰：「『宣公四十八年，取魯之郕。』〔正義〕曰：音城。《括地志》云：『故郕城在兗州泗水縣西北五十里。』《說文》云『郕，魯孟邑』是也。」魯孟邑即魯國孟孫氏采邑，李文所說「位置在今山東寧陽東北」，今山東省文物局於寧陽東北之東莊鄉該處立有「郕國遺址」文物碑。

二是「他曰成之作郕，為周、姬姓伯爵之國，武王封弟武叔於此。在今山東寧陽縣北，後漢為成縣，《春秋‧隱公五年》『衛師入郕』是也」〔註15〕。

雖然王先生說今山東寧陽縣北之「郕」為武王所封非是，而當係周公東征時以成王命所封，而有關此封國的具體位置亦說法頗多，但是相比之下，此郕在寧陽之北，確實是周師「踐奄」總部駐紮最近便的地方。至於其他或在河南、山東西部境內稱「成」或「郕」的所在，都距離「踐奄」前線百里以上，以西周初周人的作戰能力，不可能在百里之遙的地方指揮戰事，則可認為與周公東征無關，而亦不必置論。

### 三、「周公臺」證觶銘之「成」在寧陽之區位

據以上圖4譚其驤主編《中國歷史地圖集‧春秋‧齊魯》標注，此寧陽縣北之「郕」，在今山東省寧陽縣城東北或北不遠數里或一二十里某地，也就是上文所考今寧陽縣洸水之東北，剛之西南、寧（陽城）之西北之「郕」，應當就是小臣單觶銘所載「王後阪克商，在成師」云云的發生地。而不大可能是李文所稱「位置在今山東寧陽東北，也便是商邑以東」的「成」。理由如下：

一是地理位置適當。此「郕」在商奄之西略偏北方向，是周軍自今豫東、魯西平定「三監」後進伐商奄及淮徐夷必經之途；又距商奄之都城（曲阜城東）僅六十餘里，遠近適為當時戰爭條件下周公「踐奄」與商奄相持駐軍指揮之所。

二是據乾隆八（1743）年續修《寧陽縣志‧方域》載：

> 故盛鄉城即古郕國城。《春秋》「郕」，《公羊》俱作「盛」。《水經注》：「洸水西南流，經盛鄉城西。」京相璠曰：「岡〔剛〕縣西南有盛鄉城。」案：故郕城在今汶上縣西北。正在剛之西南、寧之西北。但今洸水出剛縣東南流西，距古郕國近八十里，東距古成邑近

---

〔註14〕王獻唐《炎黃氏族文化考》，濟南：齊魯書社，1985年，第306頁。
〔註15〕王獻唐《炎黃氏族文化考》，濟南：齊魯書社，1985年，第307頁。

百里，而云經盛鄉城西，此不可解也。古人紀地，類援其接壤附近者以證之。其後愈援愈遠，愈失其真，類如斯矣。〔註 16〕

這個記載案以修志者個人或時人之見，即「故郕城在今汶上縣西北。正在剛之西南、寧之西北。但今洸水出剛縣東南流西，距古郕國近八十里，東距古成邑近百里」，而以《水經注》云「經盛鄉城西，此不可解也」，乃「愈援愈遠」而「失其真」，而未能理解《水經注》云「洸水西南流，經盛鄉城西」，實與京相璠曰「岡縣西南有盛鄉城」互證，表明其所謂盛鄉城即古郕國位置，是在洸水之東北，岡〔剛〕縣之西南的寧陽境內，而與汶上無涉。「汶上縣西北」之「故郕城」或為郕之又址，距商奄遠在百餘里之遙，不可能成為「周公東征」坐鎮指揮之「兵所」。這也就是說，《水經注》之「郕」在洸水之東北，岡縣之西南，和寧（陽城）之西北某地，即今寧陽城關鎮之北、伏山鎮之南一帶。

三是與上述推斷相應，又據乾隆八（1743）年《寧陽縣志．古蹟》載：

東臺，在縣南里許。相傳周公居東，繫易於此，故又名周公臺。案：周公居東，先儒皆謂避居東都，惟《子貢詩傳》《申培詩說》言居魯，似居魯為近似矣。又案《通志》：東臺即梁王臺。誤。〔註 17〕

這一記載雖非言之鑿鑿，但其據故老（或文獻）相傳，並與申氏詩說「周公居東」相參稽，自然比無根據之否定的意見更具說服力和學術價值。所以清咸豐二年寧邑先賢黃恩彤總纂重修《寧陽縣志》因之：

東臺，在縣南里許。舊志云，相傳周公居東，繫易於此，故又名周公臺。案：周公居東，先儒皆謂避居東都，惟《申培詩說》以為居魯，以東臺證之，似居魯近似。〔註 18〕（見圖 6）

而時任寧陽知縣陳紀勳為《序》中亦因此曰：「寧山百里間，在昔沐周公之化，近孔子之居，彬彬鬱鬱，儒風茂美。」〔註 19〕可惜此條記載後至光緒間續修並陳序均遭刪除，故寧陽「沐周公之化」的歷史背景被長期遮蔽，不為世知。雖《子貢詩傳》《申培詩說》學者多以為偽書，但其論「周公居東」即居魯堪稱

〔註 16〕乾隆八年續修本《寧陽縣志》，寧陽縣檔案局整理，北京：燕山出版社，2013 年，第 42～43 頁。

〔註 17〕乾隆八年續修本《寧陽縣志》，寧陽縣檔案局整理，北京：燕山出版社，2013 年，第 44 頁。

〔註 18〕轉引自丁昭《周公臺》，《傳統文化》2017 年第 3 期。

〔註 19〕轉引自山東省寧陽縣地方史志編纂委員會編《寧陽縣志》，北京：中國書籍出版社，1994 年，第 897 頁。

一家之言，不當因其為偽書而並寧陽之周公臺記載輕忽之。幸而乾隆志猶存，新修縣志據以恢復此記載，是慎重和適當的做法。

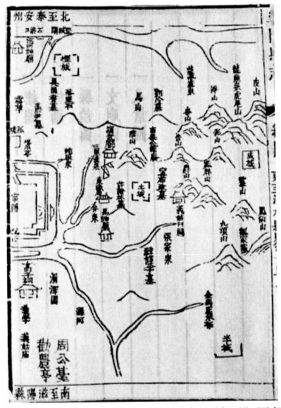

圖6　乾隆八年續修《寧陽縣志·總圖》局部

　　以上寧陽縣城關南里許之「周公臺」今存遺址，與洸水之東北，剛之西南、寧之西北之「郕」故地相去不遠。雖然周公臺之築必在此成（郕）國受封之前或同時，「在成師」也是鑄觶之前或同時就以其地為「成（郕）」，但如今可統而論之即今寧陽城關之「周公臺」與「成（郕）」二者臨近和同距商奄故地中心即今曲阜城東不過五六十里的事實可共同表明，周公東征「在成師」又可能是在今寧陽縣洸水之東北，剛之西南、寧（陽城）之西北之「郕」，而城南里許之周公臺則是周公居住「繫易」之所居。

　　當然，這裡仍很有必要考慮乾隆《寧陽縣志》載「周公臺」的歷史真實性。按據本作者有限查考，今存文獻中除《寧陽縣志》外，另載周公臺有二：

　　一是曲阜周公臺。顧祖禹《讀史方輿紀要》（三）卷三十二《山東三·兗州府·曲阜縣》:「書雲臺在城內東南故泮宮中，亦曰泮宮臺。……又季武子臺，

在今城東北二里。……其東南曰襄仲臺。又有周公臺。《水經注》云：在季武子臺西北二里。」〔註20〕《水經注》卷二十五《泗水》「西南過魯縣北」下注亦云：

> 周成王封姬旦於曲阜，曰魯。秦始皇二十三年，以為薛郡，漢高后元年，為魯國。阜上有季氏宅，宅有武子臺，今雖崩夷，猶高數丈。……《春秋》定公十二年，公山不狃帥費人攻魯，公入季氏之宮，登武子之臺也。臺之西北二里有周公臺，高五丈，周五十步，臺南四里許則孔廟，即夫子之故宅也。〔註21〕

二是洛陽周公臺。顧祖禹《讀史方輿紀要》（五）卷四十八《河南三·河南府》：「周公臺，在故洛陽縣治東，相傳周公所作。李密據金墉，築寢室於臺後。」〔註22〕

以上兩地周公臺，洛陽當因周公作洛城而有，曲阜周公臺當因曲阜係周公封地而建。可知周公臺與周公廟為祭祀不同，是擬周公在一地久居應用而築。史載武王克商，紂王自焚於鹿臺即是王者居臺的證明。由此可以推測，周公既「居東」即「居魯」，即「在成師」也就是寧陽，則今寧陽於周公時曾築臺而居，又見諸記載，今仍有遺跡，則必為無可疑之實事。而且此周公臺與在曲阜者或有不同，乃其初必為周公使人所築，遺留後世，遂成紀念，至近世存留時仍堪稱「周公居東」最具標誌性建築。

至於李文所稱之今東莊之「成」與譚圖所標之「郕」，一在「奄」之西，一在「奄」之北偏東，二地相距約百里，從而周公「在成師」如果不是兩地先後都曾駐紮，則必居其一，則今殊難論定，或當兩存其說，但統之曰周公東征「在成師」即在寧陽，寧陽是周公東征必經與駐軍之地，即以下引《史記》所稱「兵所」，是基本可信的。

## 四、「周公東征」在寧陽之「兵所」「繫易」與「歸禾」

上引乾隆八（1743）年《寧陽縣志·古蹟》載：「東臺，在縣南里許。相傳周公居東，繫易於此，故又名周公臺。」又因周公東征「在成師」即本部駐於寧陽可推定的另一歷史細節是成王饋周公嘉禾於「兵所」故事亦發生在寧

---

〔註20〕〔清〕顧祖禹《讀史方輿紀要》（五），北京：中華書局，2005年，第1516頁。
〔註21〕陳橋驛等《水經注全譯》，貴陽：貴州人民出版社，1996年，第884頁。
〔註22〕顧祖禹《讀史方輿紀要》（五），北京：中華書局，2005年，第2239頁。

陽。《尚書·微子之命》載：

　　　　唐叔得禾，異畝同穎，獻諸天子。王命唐叔，歸周公於東，作
　　《歸禾》。周公既得命禾，旅天子之命，作《嘉禾》。〔註23〕

《史記·周本紀》載：

　　　　成王少，周初定天下，周公恐諸侯畔周，公乃攝行政當國。管
　　叔、蔡叔群弟疑周公，與武庚作亂，畔周。周公奉成王命，伐誅武
　　庚、管叔，放蔡叔，以微子開代殷後，國於宋。頗收殷餘民，以封
　　武王少弟，封為衛康叔。晉唐叔得嘉穀，獻之成王，成王以歸周公
　　於兵所。周公受禾東土，魯天子之命。〔註24〕

《史記·魯周公世家》載：

　　　　管、蔡、武庚等果率淮夷而反。周公乃奉成王命，興師東伐，
　　作《大誥》。遂誅管叔，殺武庚，放蔡叔。收殷餘民，以封康叔於
　　衛，封微子於宋，以奉殷祀。寧淮夷東土，二年而畢定。諸侯咸服
　　宗周。天降祉福，唐叔得禾，異母同穎，獻之成王，成王命唐叔以
　　餽周公於兵所，作餽禾。周公既受命禾，嘉天子命，作嘉禾。東
　　土以集，周公歸報成王，乃為詩貽王，命之曰鴟鴞。王亦未敢訓周
　　公。」〔註25〕

　　今本《尚書·周書》雖僅存《歸禾》、《嘉禾》之目及《序》而缺正文，但
已足證上引各書所載周公東征在途，曾發生成王命唐叔餽周公嘉禾於東土「兵
所」，叔侄二人還分別為此作詩之事非虛。而故事的發生地在本文的邏輯上說
就自然與小臣單觶銘文所載「王後阪克商，在成師」聯繫起來思考，在沒有別
證他說之前，當下可能的結論就只有成王使唐叔餽禾與周公受禾的「兵所」即
「成」，均在今山東省寧陽縣洸水之東北，剛之西南、寧（陽城）之西北之「郕」。

　　當然，以本文上述不乏揣摩情勢之歷史還原性思考而論，也不能不注意到
周公東征三年，雖然隨著戰事進展變化，其指揮部即其本人的居處也會隨之遷
移，但是平定淮夷是他的兒子伯禽征進，周公完全可能以相當兵力留守盯住商
奄，待伯禽從東夷得勝回師圍而踐之。加以合理的考量周公既在「成」有如上
行賞小臣、命受嘉禾、築臺繫易等事當非一時發生，故其「在成師」必非經停

〔註23〕《尚書正義》，十三經注疏本，北京：中華書局，1979年，第200～201頁。
〔註24〕司馬遷《史記》，北京：中華書局，1998年，第66～67頁。
〔註25〕司馬遷《史記》，北京：中華書局，1998年，第520頁。

之一朝一夕，而不排除累月經年的可能。這也就是說周公東征於「踐奄」之或前或後，甚至整個「居魯」期間一直駐師於成運籌帷幄，決勝東征之役，也不是不可能的。

## 五、周公「居東」和「東征」文學與寧陽

《尚書・金縢》中周公自以「多材多藝，能事鬼神」〔註26〕，出將入相、制禮作樂之外，能文能詩，是上古獨立創作留下文學作品最多，對后氏影響最大的第一位大文學家。而周公「居東」和「東征」期間是他個人的創作和產生與其相關之文學作品的重要時期，當都與其駐師寧陽相關，故專述之。

（一）周公之作，有上引《尚書》載及《嘉禾》《鴟鴞》二詩。《毛詩正義・豳風・鴟鴞》：「鴟鴞，周公救亂也。成王未知周公之志，公乃為詩以遺王，名之曰鴟鴞焉。」〔註27〕又，《毛詩正義・豳風・七月》：「七月，陳王業也。周公遭變故，陳后稷先公風化之所由，致王業之艱難也。」〔註28〕《毛詩正義・豳風・東山》：「東山，周公東征也。周公東征，三年而歸。勞歸士，大夫美之，故作是詩也。一章言其完也。二章言其思也。三章言其室家之望女也。四章樂男女之得及時也。君子之於人，序其情而閔其勞，所以說也。說以使民，民忘其死，其唯東山乎。」〔註29〕

除上述諸詩之外，《尚書・周書》中《大誥》為周公決計東征號召諸侯之作；《康誥》是周公於東征途中徙康叔姬封於衛之作，又為之作《酒誥》《梓材》〔註30〕，均為因東征產生的政論文。

（二）頌美周公之作，有《豳風・破斧》，《毛詩序》曰：「破斧，美周公也。周大夫以惡四國焉。」其詩曰：

> 既破我斧，又缺我斨。周公東征，四國是皇。哀我人斯，亦孔
> 之將。既破我斧，又缺我錡。周公東征，四國是吪。哀我人斯，亦
> 孔之嘉。既破我斧，又缺我銶。周公東征，四國是遒。哀我人斯，
> 亦孔之休。〔註31〕

---

〔註26〕《尚書正義》，十三經注疏本，北京：中華書局，1979年，第196頁。
〔註27〕《毛詩正義》，十三經注疏本，北京：中華書局，1979年，第394頁。
〔註28〕《毛詩正義》，十三經注疏本，北京：中華書局，1979年，第388頁。
〔註29〕《毛詩正義》，十三經注疏本，北京：中華書局，1979年，第395頁。
〔註30〕司馬遷《史記》，北京：中華書局，1979年，第545頁。
〔註31〕《毛詩正義》，十三經注疏本，北京：中華書局，1979年，第398頁。

又，《豳風·伐柯》，《毛詩序》云：「伐柯，美周公也。周大夫刺朝廷之不知也。」〔註32〕《豳風·九罭》，《毛詩序》云：「九罭，美周公也。周大夫刺朝廷之不知也。」〔註33〕《豳風·狼跋》，《毛詩序》云：「狼跋，美周公也。周公攝政，遠則四國流言，近則王不知周。大夫美其不失其聖也。」〔註34〕諸篇或因東征，或與東征有關，皆頌美周公之作。

由此可見，周公東征不僅是武功上的大成，而且於文學有激發助長之功。其中如上所論證，《嘉禾》《鴟鴞》二篇必「在成師」時所作；而《東山》一篇為華夏千古征戍詩之祖，其所稱「東山」為何地，注家紛紛，但一經確定周公東征「在成師」之地屬寧陽，則很容易確認「東山」即使不是專指，也應首先是指寧陽東部諸山，那正是自寧陽西部望中泰沂山脈之西麓，周軍「踐奄」後東下取薄姑等的必經之地。（見圖7）

圖7　寧陽縣東莊鄉之東山

過此以往諸山非不可以稱「東山」，但概括言之，唯「在成師」之自寧陽望中之泰沂諸山才是全稱的「東山」，吾故以《詩經·東山》為東征將士「在成師」之作。

〔註32〕《毛詩正義》，十三經注疏本，北京：中華書局，1979年，第398頁。
〔註33〕《毛詩正義》，十三經注疏本，北京：中華書局，1979年，第399頁。
〔註34〕《毛詩正義》，十三經注疏本，北京：中華書局，1979年，第400頁。

## 六、寧陽多聖裔封國或來寓

今寧陽舊屬商奄、周魯之地，北濱汶水，東臨淄水、泗水，汶泗之間是上古農耕社會聚族繁衍、立國安邦的吉地，故可以考見的商周二代，這一地域頗多古封國。也許還由於周公東征後二次分封，寧陽為東征主要駐師之地的原因，這一次所封諸侯國中，包括移封如魯、成國等在內，地屬或部分屬於今寧陽者尤多。史衛東、仲俊濤《泰安市域先秦古邦國歷史地理考察》〔註35〕有該地古國列表如下：

### 表1　泰安市域主要古邦國概況

| 國　名 | 今地址 | 建國時間、始封君 | 滅於何國 | 爵位 | 依附勢力 |
|---|---|---|---|---|---|
| 宿國 | 東平東南二里無鹽城 | 周武王時期 | 春秋時滅於宋 | 男爵 | 魯國 |
| 須句國 | 東平縣東南之須句城 | 周代 | 公元前620年滅於魯 | 子爵 | 魯國 |
| 郕國 | 東平縣接山鄉郕城 | 前11世紀周封太公之支子於郕 | 前664年滅於齊 | （缺） | 齊國 |
| 肥國 | 肥城縣境 | （缺） | 晉 | 子爵 | 周室 |
| 鑄國 | 肥城縣東南 | 周武王時期封黃帝之後 | 春秋後期滅於齊國 | 侯爵 | 周室 |
| 遂國 | 寧陽縣西北的遂鄉 | 周武王封舜的後裔於遂 | 春秋時期滅於齊 | 子爵 | 魯國 |
| 遇國 | 曲阜與寧陽之間 | （待考證） | 齊國 | （缺） | 魯國 |
| 舒襲 | 寧陽縣 | （待考證） | 楚 | （缺） | （缺） |
| 菟裘國 | 泰安市東南 | 魯隱公 | （缺） | 公爵 | 魯國 |
| 讙國 | 寧陽縣北 | 五帝時 | （缺） | （缺） | 齊國 |
| 蜀國 | 泰安西 | 殷武丁時代 | （缺） | （缺） | （缺） |
| 盛國 | 東平縣境 | （缺） | 齊國 | 伯爵 | 周室 |
| 謝國 | 寧陽縣境 | 炎帝之裔申伯以周宣王男而受封於謝 | （缺） | （缺） | 周室 |
| 郕國 | 寧陽華豐鎮 | 周文王之子叔武 | 前408年，滅於齊國 | 伯爵 | 魯國 |

〔註35〕史衛東、仲俊濤《泰安市域先秦古邦國歷史地理考察》，《泰山學院學報》2011年第5期。

| 杞國 | 新泰市 | 前 772 年周武王封東樓公 | （缺） | （缺） | （缺） |
| 艾國 | 新泰市西北五十里 | 齊大夫艾孔之後 | （缺） | （缺） | （缺） |

　　以上表列泰安市域主要古國十六。雖然其所涉及「今地址」有與本文不合者，但其中故地在寧陽或與寧陽有關者即有遂國、遇國、舒龔、譴國、謝國、郕（成）國等六個諸侯國則總體可備一說。其實六國之外，表列鑄國在「肥城縣東南」，但乾隆八年續修《寧陽縣志·古蹟》仍載有「故鑄國城」，又可備其亦為寧陽古國之一說。

　　又據上表和乾隆八年續修《寧陽縣志·古蹟》可知，鑄國為周武王封黃帝（一說堯）之後於鑄；遂國為周武王封舜之後於遂，而近有關遂公盨銘文的討論中，有學者認為以表彰大禹治水為主要內容的遂公盨銘文中「永御於寧」之「寧」即寧陽，因此使有關寧陽西北鶴山鄉為大禹出生地傳說更受人重視；後又有謝國因以炎帝之裔申伯為周宣王舅而受封於謝，以及武王之弟叔武受封或受封後移封於寧陽縣北之成，則西周初寧陽一縣之境內居然有四封國，與黃帝（或堯）、舜、禹諸聖相關，而且鑄、遂、成三國毗鄰同在寧陽之北和西北之境，也是一個頗有意味的歷史現象。這是否表示周武王或成王、周公認為，其地歷史上與黃帝（或堯）、舜、禹諸聖賢的活動密切相關？甚至不無令人詫異的是，據清代邑人張述禮《謁泰伯祠讀〈閻氏家乘〉跋》認為寧陽閻氏為吳泰伯之後，「閻氏遷寧亦數十傳，恪守罔替，正其信而可徵也。」〔註36〕又據民國三十年重修《顏氏族譜》載：「顏氏五十二代孫顏仙、顏俊、顏和徙居寧陽泗皋村，五十四代孫泰安州太平鎮巡檢顏偉於至元十二年奉敕監修泗皋祖廟，又奉敕於廟左監修長川書院。」等等，共同表明寧陽地在汶、泗二水和泰安、曲阜兩大名區之間，歷來與聖賢關係密切，是拱衛傳承儒學聖賢文化的歷史名區。

## 七、餘論

　　綜合以上由李學勤先生釋觶銘「王後阪克商，在成師」云云所引發的討論，可以得出以下認識：

---

〔註36〕丁昭《明清寧陽縣志匯釋》，濟南：山東省地圖出版社，2003 年，第 1143～1144頁。

其一，周公東征之「兵所」在寧陽。周公東征雖為流動作戰，但大軍壓境，開疆拓土，周公實為身至東土坐陣指揮，並不必終日奔走於途。所以，故地在今山東寧陽境內的成（郕）是周公東征運籌帷幄經略東西統一相對固定的「兵所」，在此曾發生諸如頒賜小臣單、受命嘉禾、繫易等事是完全可能的。這也有就是說，周公東征時今寧陽境內成（郕）曾是或至少一度是西周初年靖亂和最後滅商實現東西統一的前敵指揮中心。從後來歷史的發展看，這一中心地帶的作用是兩周維繫大約八百年實際上與名義上統一的開端，又是齊魯文化尤其後世孔子儒學形成歷史的先機。在這個意義上，一向因東有曲阜，北有泰山，西有水泊梁山皆高大上地域文化之區，而自認為是傳統文化「窪地」的寧陽可以進一步考量其傳統文化特色的定位了。

其二，「周公居東」即「周公東征」，亦即「周公居魯」，實即「周公居成（郕）」，也就是居寧陽。李學勤先生曾經考論《尚書‧金縢》「周公居東」實乃清華簡本《金縢》的「周公石東」，「『石』，當即楚文字常見的『迉』，即『適』字」，從而「周公居東」即「周公適東」，是說「周公前往東國三年，正是東征」之事〔註37〕，是很正確的判斷。而由此周公東征「在成師」的考論則可進一步認為，「周公居東」實即上引乾隆《寧陽縣志》所論「周公居魯」，具體指周公居在寧陽的「兵所」──寧陽東莊或城關之「成（郕）」。周公在「成（郕）」之「兵所」經營有時，最後完成以成王名義的「東伐淮夷，遂踐奄」〔註38〕等掃平東夷，貫通東西的「大一統」之業。在這樣一個偉大的歷史過程中，「成（郕）」雖小國，其後數百年備受強鄰擠壓欺凌，苟延殘喘，終被吞沒，但於今被發現其曾扮演周公東征大業的「兵所」角色，則堪稱頓然增色。當然更重要是因其進入研究的視野，而輔助推動了成王、周公「嘉禾」「周公居東」「周公東征」詩文等一系列大疑難問題的解決或提供了解決的線索，形成新說或至少是對後來研究有所啟發。

其三，寧陽為曲阜周孔文化之一區。本論題首先和主要是有關周公東征進而中國古史的一個學術問題，但任何學術不能脫離一定的時空發生與存在，從而本題又不能不是一個地域文化問題。據光緒《寧陽縣志‧沿革》載論：寧陽上古為「少昊之墟」，唐虞屬「徐州之域」，西周為魯闞邑：「寧陽在汶水之南，

---

〔註37〕黃懷信《逸周書彙校集注》（修訂本），上海：上海古籍出版社，2007年，第119頁。

〔註38〕《尚書正義》，十三經注疏本，北京：中華書局，1979年，第227頁。

地鄰曲阜，全境皆魯甸也。但春秋以前，邑名未著，故以魯邑統之。」〔註39〕
以此而論，寧陽在春秋之前，殷商時為奄之西鄙，西周時乃魯之西、北之畿輔，
周公自西而來東征必經、宜居之地，所以觶銘「在成師」，舊志記寧陽有周公
臺，進而本文推論成王、周公「嘉禾」等事均發生於此間，雖未必一定如此，
但在「周公東征」如此大事，當下僅知其唯一居停之「在成師」的情況下，以
之為「周公東征」文化的象徵，總還是可以的。既是寧陽為「周公東征」之吉
地的證明，也是寧陽文化後為「魯甸」，與曲阜周孔文化密邇為一體的先聲。

最後，由「在成師」之細節可見「周公東征」的本質。周公東征三年，去
除平定三監、武庚的時段，其到達並「在成師」很可能只是不斷遷移中的一個
時段。所以本文考論並不執意於「周公東征」平定三監、武庚後僅「在成師」。
應當說周公既至「東土」，無論征戰或治理的需要，都可能甚至一定到過「東
土」更多地方，例如周公「踐奄」之後當親至其地等。但以其「在成師」唯一
見諸銘文記載的事實，確實不排除其「在成師」的時段要長一些，一年半載應
是有可能的。雖即使如此，其「在成師」及以上可能諸事，也都不過是「周公
東征」偉業的若干細節，不足為重大，但這些細節的發現能夠為「周公東征」
的歷史提供鮮活的印象，更便於後人回望與品味歷史與文明在血與火中行進
的本質，吾故不避自美家鄉和繁瑣考證之嫌，而勉為此文焉。

原載《濟寧學院學報》2022 年第 1 期

---

〔註39〕光緒《寧陽縣志·歷代沿革考》，《中國地方志集成·山東地方志集成69》，南
京：鳳凰出版社，2004 年，第 25～26 頁。

# 「**虽二**」考論——天人大美、反道學、風情愛欲之撰及其影響

　　我國傳統文化源遠流長，博大精深，有些看來細枝末節的現象，雖似已經人看破說破，別無剩義，其實仍深藏奧妙，且與歷史文化的關係遠比常識以為的更大。如杭州西湖湖心亭立碑刻，據說為清高宗乾隆皇帝御筆題寫的「虽二」〔註1〕，以及泰山東路斗母宮附近盤路側山崖刻署「歷下劉廷桂立」的「虽二」。（據傳貴州某地也有同樣的石刻。）兩處石刻分倚名山勝水，南北相望，又傳泰山「虽二」為劉廷桂與斗母宮尼戀情而立之說，遂使「虽二」石刻集名人、勝境、書法、豔情、字謎等於一身，如披五色炫彩，不翼而飛，名揚天下。至今其在文學藝術、文化旅遊、企業文化、電商、服飾文化等廣大領域創制中的應用，更加紅紅火火，引人注目。

　　但對「虽二」現象的關注，各種媒體尤以自媒體較多，學術研究甚少。今能檢索到的論文，二十年前僅有劉凌《斗母「虽二」石刻及其他》〔註2〕一文（以下簡稱「劉文」），就泰山「虽二」石刻進行探討。二十年來又僅最近朱安博、偉聖鑫《風月無邊　翻譯有度——「虽二」現象不可譯性程度問題研究》一文〔註3〕，就「虽二」翻譯的研究。兩文均稱佳作，但各有題旨，而非就「虽二」之出處、源流、內涵、演繹與影響等做全面深入探討，致使這一研究仍有

〔註1〕西湖「虽二」碑乃遊戲文字，傳為乾隆御筆，恐不合其身份，存疑待考。又，「虽二」從今俗作「虫二」。

〔註2〕劉凌《斗母「虽二」石刻及其他》，《泰安師專學報》2001年第1期。

〔註3〕朱安博、偉聖鑫《「虽二」現象不可譯性程度問題研究》，《中國翻譯》2022年第4期。

較大用功的餘地。

筆者近年因校點《堅瓠集》「無邊風月」條而再讀「虫二」，又陸續作些查考，三復乃悟「虫二」自「風月無邊」析出，實乃自古熱詞「風月」的變相。有關「虫二」的探討，決非拆字破謎那麼簡單，也不僅是古典文學研究的一場「準風月談」（魯迅語）。「虫二」內涵豐富，外延廣大，現象複雜，表現出一定規模「統一場」〔註4〕的特點。這決定了「虫二」研究既要有微觀的考證，又要有宏觀「統一場」的視野，是對淺學如我一大挑戰。但見獵心喜，也就勉為其難，述陳拙見如下。

# 一、「虫二」開源

## （一）「虫二」見載

按今存古代文獻記載「虫二」野史者頗多，事有異同，而年代多相近。茲依作記者生年先後列如下：

其一，談遷（1594～1658）《棗林雜錄》載：

豐吏部南禺坊（即豐坊）遊妓館，題曰「虫二」，謂「風月無邊」也。〔註5〕

其二，張岱（1597～1689））著《快園道古》載：

「虫、二」兩字，徐文長（即徐渭——引者）贈一妓為齋名，取義「無邊風月」。」〔註6〕

其三，褚人獲（1635～1682）《堅瓠集》十集卷四《無邊風月》載：

〔註4〕《百度‧百科》：「統一場：任何存在體都有一聯結場，當存在體運動時，該場結構的變化產生附屬場，附屬場的變化又產生新的下一級附屬場，從而形成一由聯結場和無窮級附屬場組成的場體系，這個場體系就是該存在體的統一場。兩個存在體之間相互作用力的大小，由其統一場之間的相互作用決定，即其聯結場及附屬場之間相互作用的合力的大小。」這裡用指「蟲二」所吸附知識形成的「聯結場」及其變化產生的「附屬場」。換言之，本文「蟲二」研究不僅是一個符號或字詞的解讀，而是考察「蟲二」自身及其所吸附聯結「蟲」文化的方方面面，例如「風月無邊」「風月」「兩隻老虎」「二蟲」「蟲蟲」等等。雖難以窮盡，但自覺有限引入「統一場」理論的應用，對確立人文社科具體課題研究的範疇，避免研究內容取捨過或不及的隨意性，也就是加強研究課題內容的規範性，應有所幫助。

〔註5〕〔清〕談遷《棗林雜俎》，羅仲輝、胡明校點校，北京：中華書局，2006年，第643頁，第97頁。

〔註6〕〔明〕張岱撰《快園道古》，高學安、佘德余標點，杭州：浙江古籍出版社，1986年，第95頁。

《葵軒瑣記》：唐伯虎（《支頤集》作錢鶴灘）題妓湘英家匾云「風月無邊」，見者皆讚美。祝枝山見之曰：「此嘲汝輩為『虫二』也。」湘英問其義，枝山曰：『風月』字無邊，非『虫二』乎？」湘英終以為美，不之易。〔註7〕

日本人夢亭東聚《鉏雨亭隨筆》記載同此。

其四，晚清平步青（1832～1896）《霞外捃屑》卷四云：

越人好傳讕語，如云徐天池遊西湖，題某局「虫二」。詰之，曰：「『風月無邊』也。」按《宋稗類鈔》（卷二）云：「賈似道後樂園中山之坳曰『無邊風月』。蓋本朱子《六先生畫像贊》，《濂溪先生》一首云：『風月無邊，庭草交萃。』」天池放誕，時或有之。好事者率取不經之說、無賴之事，移而屬之，誣矣。《說文解字》：「風，從虫，凡聲。虫即虺之古文。」《六書正譌》謂：「即虫之省文。」謬。今作「虫」，字書無之。真無稽也。《史記·蘇秦列傳》、《班書·東方朔傳》有識哉。《堅瓠癸集》（卷四）引《葵軒雜記》：「唐伯虎（《支頤集》作錢鶴灘）題妓湘英家匾云『風月無邊』，見者皆讚美。祝枝山見之曰：『此嘲汝輩為虫二也。』」則此語未知是錢是唐，然皆在天

〔註7〕〔清〕褚人獲《堅瓠集》，李夢生校點，載《清代筆記小說大觀》（二），上海：上海古籍出版社，1999 年，第 1523 頁。

池前。〔註8〕

以上引《堅瓠集》條中提及《葵軒瑣記》《支頤集》二書未見。諸記載雖傳聞異辭，但其事必有之。從記載諸家除平步青晚至近代以外，均生卒在明萬曆二十二年（1594）——清康熙二十八年（1689）間，即晚明至清初人看，各說來源不一，其先後產生當不出這一時段或稍早。又由諸所記載主要人物生年先後分別為祝枝山（1461～1527）與唐伯虎（1470～1523）、錢鶴灘（1461～1504）、豐坊（1492～1563？）、徐渭（1521～1593）皆明中晚期人看，「虫二」故事發生的時段，大約在明英宗天順五年（1461）——神宗萬曆二十二年（1593）之間，即嘉靖六年（1527）前後。至於事主確係何人，已難詳考。但以《堅瓠集》本條載祝枝山年齒最長、稱「虫二」最早，唐伯虎名氣更大，又該條敘事較繁，故本文姑以此條記事為討論主要對象，並旁及其他，以綜合考量。

### （二）「蟲二」索解

首先，《堅瓠集》本條題「無邊風月」，條文中作「風月無邊」，則以下對二者不作區分。「虫二」之「虫」自繁體「風」去邊框而成，本作「虫」。西湖、泰山刻石「虫二」皆作「虫」。但上引諸記已「虫」「蟲」不一，必是較早的某個時候有變。而上引平步青說「風，從虫……今作虫，字書無之。真無稽也」，又以繁體「風」字框內作「虫」為誤。也有學者以「虫」為「蟲」之異體通用，大概是諸刻石為「虫二」，而介紹評述文字卻幾乎一概寫作「虫二」的原因了。但從諸記作「虫二」或「虫二」的混淆或舉棋不定可見，其初問世必作「虫」，有人說是「䖝」字古體，卻幾無人識，而後則或由於異體通用才書寫為通俗的「虫二」問世。

其次，諸記載中「虫二」的生成有兩個相反的過程：一是《堅瓠集》引《葵軒瑣記》等載唐伯虎題妓湘英家匾「風月無邊」，被祝枝山解為「虫二」，並定性為「嘲汝輩」之作，其拆「風月」之「邊」為「虫二」的邏輯過程是從「風月無邊」→「虫二」；二是《快園道古》《棗林雜錄》《霞外捃屑》所載為豐坊或徐渭，其均為妓家贈齋名或題匾「虫二」，並自釋為「無邊風月」，即以「虫二」為未曾加「邊」之「風月」即「風月無邊」，其邏輯過程是從「虫二」→「風月無邊」。兩者廣義上都屬漢字修辭的拆字。但前者用減筆法，即從「風

〔註8〕〔清〕平步青著，《霞外捃屑》，北京：中華書局，1959年，第239頁。

月」減去「風」「月」二字下無封閉邊框之筆劃為「虫二」，從而其所表達「風月無邊」為隱指「虫二」之義；後者用增筆法，即在所題「虫二」的「虫」「二」二字之上，各增底無封閉之邊框筆劃為「風月」，從而表達「虫二」之隱義為「無邊『風月』」，亦即「風月無邊」。

當然，以上「虫二」無論從減筆或增筆得之，都有「虫」在繁體「風」為「虫」還是為「𧈧」多頭上一撇的問題，但是拆字本為帶遊戲性質的修辭，這點細節當忽略不計。

這裡也有一個問題，即《漢語大辭典》列【風月無涯】條說：「見『風月無邊』。」以為二詞同義。但從「風月無邊」可以減筆為「虫二」看，二者末字作「邊」或作「涯」，還是有些差別，以為義近為妥。而「風月無邊」真正的同義詞是「無邊風月」，所以上引諸記載中應用均不予區別並無不當，或還有某種必要。

其三，諸記載作者與其中涉事人物對「虫二」的立場、態度與見識互有同異，表現為以下三個方面：

一是「見者皆讚美」和「湘英終以為美，不之易」，與《霞外捃屑》斥為「越人好傳爛語」的判斷本質傾向基本一致，即以「虫二」說為「爛語」不足取，其主張當然是就匾額「風月無邊」直解為清風明月之贊，而非為字謎可以穿鑿的。

二是雖然自古漢語拆字盛行，唐題「妓湘英」家匾「風月無邊」，其詞古已有之，但以之為字謎並無先例，故不能確認唐以之題匾即有此用心。但祝枝山拆解釋為隱言「虫二」，為「嘲汝（湘英）輩」，即以「妓湘英」為「虫二」的嘲謔，卻是地道的拆字，從而形成與「眾」和「妓湘英」皆以為讚美的對立，旗鼓相當，或有過之。

三是豐坊、徐文長贈妓或題妓家「虫二」釋為「『風月』無邊」之說，其意義存在一定模糊性。即其雖可釋義同祝枝山所謂「嘲汝輩」為「『風月』無邊」之人，但「風月」一詞自古多義，而「風月無邊」又早於「虫二」有固定內涵（詳後），則使「虫二」一旦承襲「風月」以至「風月無邊」的全部意義，則其內涵的表達就可能因時因事而有不同。

總之，以《堅瓠集》記載為主，參以他說，可知諸家記載「虫二」故事的異同中即隱伏多解的可能，使後人可以各取所需，形成其被闡釋與演繹的主要取向，分別為天人大美之贊、嘲妓抑或反道學，以及風情愛欲之撰。至其影響深遠，則如萬紫千紅，令人目不暇接。

## 二、天人大美

天人大美指天地之美加人文之美。這是一個有特殊機遇的形成過程。「虫二」原本「風月無邊」。「風月無邊」是自然風月即天地大美之贊，也用為譬喻道學家與天地精神獨往來之人格與精神，而綜合可謂天人大美之贊。其綜合形成大約自南北朝至唐及宋，經歷從風月近人到風月浸人，再到為道學人格之比喻的風月像人的長期嬗變和創造性轉化過程。

按「虫二」所自出之母體「風月無邊」雖淵源「風月」有古老的根脈，但其自身成詞頗晚。而且令人有些意外的是，作為獨立詞的「風月無邊」至今運用頗少，處漢語詞彙的邊緣地位。例如中國大陸除《辭海》（1977 年版）、《辭源》（1983 年修訂本）均未收錄外，普通工具書中唯收詞最全的《漢語大詞典》列有此條，但釋文未為完善。其文曰：

> 【風月無邊】極言風景之佳勝。宋朱熹《六先生畫像贊·濂溪先生》：「風月無邊，庭草交翠。」金侯克中《過友生新居》詩：「西湖風月無邊景，都在詩翁杖履中。」亦作「風月無涯」。宋邵雍《世上吟》：「光陰有限同歸老，風月無涯可慰顏。」（第 12 冊「風」條）

上引以「風月無邊」為「極言風景之佳勝」，即以「風月」為清風明月、良辰美景的典型特徵，以「無邊」為風光月色浩茫無際之大美的形容，誠極寫實。但仍有未盡，在於「風月無邊」的主詞「風月」，雖直指大自然「風」「月」交匯美景。但「風月」之為物，非同木石。《說文》曰：「風動蟲出。」已足使人興感。而月之圓缺，更易動人情思。從而「風月」關人，非同尋常「以我觀物，物皆著我之色彩」（王國維《人間詞話》），而是其關人的程度與時俱進而

變化加深。

　　若就「風月」本義的應用觀其大略，則文學中「風月」關人的表現分兩個方向發展。一是「風月」關「理」，即其感人啟發的是理性之思；二是「風月」關「情」，即其感人引動的是風情愛欲之想。前者給「風月無邊」進而「虫二」以當時理學思想的光輝。後者給「風月無邊」進而「虫二」以情慾享受的快感。茲先就「風月」像「理」縷述如下。

### （一）「風月」像「理」

　　這是一個從「風月」近「理」開始的「三步曲」過程。

　　首先，「風月」近「理」。是指文學描寫中「風月」的出現僅是作為人情事理的背景或襯托。如《全後周文》庾信《周譙國公夫人步陸孤氏墓誌銘》：「山川奇事，風月無情。」（卷十八）《全梁文》張充《與王儉書》：「高臥風月，悠悠琴酒。」以及《全唐詩》杜甫《日暮》：「風月自清夜，江山非故園。」（第二三○卷）長屋《繡袈裟衣緣》：「山川異域，風月同天。」（第七三二卷）等等。諸例中「風月」雖然也已著作者主觀色彩，不再是純粹客觀的「風景」，但其與人相關的程度，可能捉摸的聯繫，則似有如無、若即若離，隱隱可感而已。

　　其次，「風月」浸「理」。是指文學描寫中「風月」與人成密接至物我交融的境界。這種狀態要到宋代文學中才比較多見，如歐陽修《贈王介甫》：「翰林風月三千首，吏部文章二百年。」（《全宋詩》卷三二○）又《休逸臺》：「已有山川資勝賞，更將風月醉嘉賓。」（《全宋詩》卷二九五）《古尊宿語錄》寶峰雲庵真淨禪師《留題佚老庵》詩：「三徑園林禪性在，一庵風月道心還。」（卷四十五）至邵雍《擊壤集》卷十三則似扎堆般用「風月」一詞，如《依韻和王安之少卿六老詩仍見率成七》之四：「遍地園林同已有，滿天風月助詩忙。」《堯夫何所有》：「鶯花供放適，風月助吟哦。」又卷二十《首尾吟》之四十九：「鶯花舊管三千首，風月初收二百題」，等等。似以用「風月」入詩為多多益善了，但仍有憾於「雪月風花未品題」〔註9〕。至於還有人推波助瀾曰：「康節以品題風月自負，然實強似《皇極經世書》。」〔註10〕可見古代文學「風月」

---

〔註9〕轉引自《伊川擊壤集》，郭彧、于天寶點校《邵雍全書》，上海：上海古籍出版社，2016年，第409頁。

〔註10〕轉引自《邵雍資料彙編》，郭彧、于天寶點校《邵雍全書》，上海：上海古籍出版社，2016年，第123頁。

關人的表達，由南北朝至唐代淺接的「風月」近人，至宋乃以「風月」與詩為一體，而詩意乃沉浸「風月」中了。

最後，「風月」像「理」。是指文學描寫中「風月」成為「理」的象徵。這一從「風月」浸「理」向「風月」像「理」的創造性轉化，出自北宋晚期偉大的思想家、詩人朱熹（1130～1200）道心開發，妙手偶得，其《六先生畫像贊·濂溪先生》詩云：

> 道喪千載，聖遠言湮。不有先覺，孰開我人？書不盡言，圖不
> 盡意。風月無邊，庭草交翠。〔註11〕

通讀可知，其中「風月無邊」當包括但不限於「極言風景之佳勝」，而有更上一層為周子理學實踐與道德人格的暗喻，故稱為「風月」像「理」，即道學精神的象徵。這個理解有時人論述可證。如宋黃庭堅《濂溪詩》序云：「舂陵周茂叔，人品甚高，胸中灑落如光風霽月。好讀書，雅意林壑。」〔註12〕其言周子「人品……如光風霽月」，便即朱熹稱周子如「風月無邊」的注腳。而「風月無邊」一詞，至此亦由「極言風景佳勝」一躍而為「風月」像「理」的形容。但論其源頭，則又與佛教「天心明月」之說息息相關。

### （二）「天心明月」之美

以上朱熹「風月無邊」之喻雖屬巧構，但非向壁虛構，而是從儒、佛兩家「源頭活水」而來。其與儒學的聯繫，可從宋代周密《齊東野語》卷十九《賈氏園池》文中窺知：

> 景定三年……魏國公賈似道有再造功。命有司建第宅家廟……
> 前挹孤山，後據葛嶺，兩峰映帶，一水橫陳，各隨地勢以創構焉。
> 堂榭之名……山之椒（引者按：《宋稗類鈔》《宋人遺事彙編》作「坳」）
> 曰「無邊風月」「見天地心」。水之濱曰「琳琅步」「歸舟」「旱船」，
> 通名之曰「後樂園」。〔註13〕

賈似道後惡貫滿盈、臭名昭著不足道，但其園所用「無邊風月」同「風月無邊」與「見天地心」，雖然分用，但彼此實有如上、下句的照應。其意謂從「無

---

〔註11〕（宋）朱熹撰，朱傑人，嚴佐之，劉永翔主編《朱子全書》第24冊，上海：上海古籍出版社、合肥：安徽教育出版社，2002年，第4001頁。

〔註12〕譚松林，尹紅整理《周敦頤集》，長沙：嶽麓書社，2002年，第119頁。

〔註13〕〔宋〕周密《齊東野語》，《宋元筆記小說大觀》本，上海：上海古籍出版社，2001後，第5672頁。

邊風月」可以「見天地心」。「天地心」即「天心」，亦即「天理」或「道」。其中「見天地心」就出《周易・復卦》：「復其見天地之心乎？」而佛教《古尊宿語錄》寶峰雲庵真淨禪師《留題佚老庵》詩：「三徑園林禪性在，一庵風月道心還。」（卷四十五）則以「風月道心」相繫。又據唐僧人藻光禪師即後來的扣冰古佛說過：「欲會千江明月，只在天心一輪光處，何用捕形捉影於千巖萬壑，以踏破芒履為耶？」〔註14〕「天心一輪光處」即月亮。這段話也就是禪宗著名的「天心明月」公案。雖其「天心」僅為「六十心」之第十五心：「心思隨念成就也。」〔註15〕但此公案客觀上造就了宋代理學家們援佛入儒之機，從此「月」即「天心」，「天心」即「天理」即「道」，成為理學家講學信手拈來的辭藻。

如邵雍《清夜吟》詩曰：「月到天心處，風來水面時。一般清意味，料得少人知。」〔註16〕又《冬至吟》詩曰：「冬至子之半，天心無改移。一陽初動處，萬物未生時。」〔註17〕又《中秋月》詩曰：「一年一度中秋夜，十度中秋九度陰。求滿直須當夜半，要明仍侯到天心。」〔註18〕可說都屬亦儒亦禪話頭。而《朱子語類》中既數十上百次論及「天地之心」「見天地心」「天地心」或「天心」，等等，還曾在樓閣巖上題刻「天心明月」，以表服膺之心。更從禪宗「天心明月」公案拈出「一月照萬川，萬川總一月」之說，進而轉化創新為理學上著名的「理一分殊」論。

由此可見，「風月無邊」既從朱熹創造出來，又經與儒、佛「見天地心」「天心明月」等說的長期高度的融和，至北宋末以後，至少在理學占主導的時期和有關領域裏已經成為一準道學用語，而非一般「極言風景佳勝」之詞。故朱熹詩用以贊周子，賈似道身為權相，大治園林，也用為匾題。而上引《霞外捃屑》斥傳說徐文長以「虫二」代「無邊風月」贈妓為「爛言」「誣矣」，也從反面證明「風月無邊」為道學名言，當時已專有所指不便移作他用的性質。

其實，「風月無邊」的準道學語性質，回到朱熹《濂溪先生》詩，從《朱子語類》載朱熹就周子「庭草」不除事答問，也可以間接推知：

---

〔註14〕釋澤道著，《禪釋武夷山》，蘭州：甘肅人民美術出版社，2008 年，第 89 頁。
〔註15〕丁福保《佛教大辭典》，上海：上海書店出版社，2015 年，第 626 頁上。
〔註16〕〔宋〕《伊川擊壤集》，郭彧、于天寶點校《邵雍全書》，上海：上海古籍出版社，2016 年，第 229 頁。
〔註17〕〔宋〕《伊川擊壤集》，郭彧、于天寶點校《邵雍全書》，上海：上海古籍出版社，2016 年，第 380 頁。
〔註18〕〔宋〕《伊川擊壤集》，郭彧、于天寶點校《邵雍全書》，上海：上海古籍出版社，2016 年，第 267 頁。

　　問：「周子窗前草不除去，云：『與自家意思一般。』此是取其生
生自得之意邪？抑於生物中欲觀天理流行處邪？」曰：「此不要解。得
那田地，自理會得。須看自家意思與那草底意思如何是一般？」〔淳〕
道夫錄云：「難言。須是自家到那地位，方看得。要須見得那草與自家
意思一般處。」……「程子『觀天地生物氣象』，也是如此？」〔註19〕

　　以上朱子答問，雖未及「風月無邊」，但從其以「風月無邊」為大背景贊
周子從「庭草交翠」格物悟道，「見得那草與自家意思一般處」云云，已可逆
推在朱熹看來，周子通過「庭草交翠」的悟道正是上接於「風月無邊」了。這
就是說，朱熹《濂溪先生》詩用「風月無邊」，雖亦「極言風景之佳勝」，卻是
作為「庭草交翠」的大背景，以共同譬喻形容周子人格有如光風霽月、庭草蓬
勃的道學氣象。故劉凌《斗母「虫二」石刻及其他》一文中評曰：

　　　最後兩句，是承接前文而言，謂周濂溪之「道」意蘊無限、充
滿生機，如「風月」之「無邊」、「庭草」之「交翠」。因詩為贊畫，
實為贊人，「風月」「庭草」句就不可能是直接禮讚風光，而只能是
贊人的喻詞。〔註20〕

　　這是很深切的感悟，實事求是的見解。進而可知，至晚到宋代，作為後來
「虫二」原出的「風月無邊」，已在其原本「極言風景之佳勝」即天地大美之
贊的內涵中，又注入了儒家哲人「天人合一」的精神，增益充實為天人大美之
贊。使在後世應用中，普通人或僅關注其「極言風景之佳勝」之比較表面的意
義，但讀書人則易知「風月無邊」其實還是道學人格與精神境界的形容，是一
個準道學用語了。

　　宋代以後，理學大興。至明人乃繼續以「風月無邊」贊人或自詡。如湛若
水《新泉問辯錄》載：「師尊每以李太白同曾點意思，竊疑點……直是聖人大
賢地位耳……其人之氣象，風月無邊，可易及乎？」〔註21〕呂坤《呻吟語》曰：
「余甚愛萬籟無聲，蕭然一室之趣。或曰：『無乃大寂滅乎？』曰：『無邊風月
自在。』」〔註22〕等等，不一而足，皆以表明時至明代中晚，「風月無邊」為道

〔註19〕〔宋〕葉靖德編《朱子語類》（六），北京：中華書局，1986年，第2477頁。
〔註20〕劉凌《斗母「虫二」石刻及其他》，《泰安師專學報》2001年第1期。
〔註21〕〔明〕周沖編輯《泉翁大全集》卷之七十。《四庫別集》本。
〔註22〕〔明〕呂坤《呻吟語》，《呻吟語·菜根譚》，長沙：嶽麓書社，1991年，第20
頁。

學人格精神象徵的性質未變，準道學用語的地位更加鞏固，當然主要是指廟堂士子群體的風尚而言。

### （三）天人大美之贊

如上「風月」關「理」自南北朝至唐釋宋儒，尤其經北宋晚期朱熹等理學家們援佛入儒的綜合，特別是禪宗「天心明月」公案的影響，「風月無邊」乃在其「極言風景之佳勝」的本義上，注入對道學人格精神的讚美之意，完成從天地大美到天人大美之贊的創造性轉化。從此「風月無邊」雖景語，但更是準道學名言，其岸然道貌，使在普通詩文寫景中少見，而幾乎成為道學家形象的專用標籤。從而其天人大美之贊的高度「正能量」特點，成為《堅瓠集》本條載題為匾額而時人「見者皆讚美」的根本原因。也是雖有祝枝山對「虫二」的別解，但湘英有「終以（「風月無邊」）為美，不之易」之自信的根因。

但是，無論當時湘英的拒絕，還是記載中的斥為「讕言」「誣矣」，都無妨漢語拆字藝術給定「虫二」作為「『風月』無邊」替代的可能。從而見仁見智，後世道學門徒和正統文人即使不得已承認了「虫二」為「風月無邊」的替代，但是決不向祝說「嘲汝輩」去想，而開始接受並直認「虫二」承「風月無邊」為合天、地、人為一之天人大美的佳撰。西湖、泰山勒石「虫二」的產生存在和廣受歡迎，道理即在於此。據說上世紀六十年代有日本人遊泰山問及此石刻「虫二」的意義，著名學者、詩人郭沫若答問也說：這兩個字的寓意就是「風月無邊」，暗示泰山的風光無限美好，沒有邊際。以郭當時的身份與學術地位，其關於「虫二」的這一解釋既恰到好處，也一言九鼎。

然而，上述郭說也非其個人私見。除自宋以下文人的傳統外，其所能接續前代學者概莫能外，都持「風月無邊」與「虫二」同義，如據劉聲木《萇楚齋三筆》卷八《俞樾自述詩注》十一云：「丙戌十月初六日，詁經精舍第一樓災，時余在右臺仙館，夜半守者來告。樓中有『風月無邊』四字額，彭雪琴尚書所書。」〔註23〕而記載此匾的俞樾對「風月無邊」的內容與書法顯然也是首肯並欣賞的。又清末民國許嘯天著《明代宮闈史》第四十五回寫紉蕄誤入明宮則云：

自己不曾走過這座殿庭，諒來又是走錯了。回顧宏光殿西首，又

---

〔註23〕〔清〕劉聲木《萇楚齋三筆》卷八，直介堂叢刻本。

有一所依樣的月洞門，紉蓀想這個定然是來路無疑。走到月洞門前，
那額上題著「虫二」兩字，大約含著「風月無邊」的意思……〔註24〕

由此可見，從「風月無邊」所出之「虫二」作為天人大美之贊，在明清時
代雖未至於膾炙人口，但始終存乎人心，後來也能為郭沫若等學者所識，甚至
如今網絡上不斷有關「虫二」新的闡釋，有人取「虫二」為藝名、書名、齋名
或企業名等。可見其為天人大美之贊的美稱已深入人心，將永續傳揚。

## 三、「嘲汝輩」抑或反道學

但是，「風月無邊」雖自始為流行於上流社會的準道學語，但是隨著商品
經濟的發展，也逐漸潛入官商士人常常光顧的風月繁華之地。唐伯虎題「妓湘
英」家匾、祝枝山釋曰「嘲汝輩為『虫二』」就是今見記載中典型的一例。其
事看來似僅風月場中的一個戲謔，實際卻有較深刻的內涵和嚴肅的意義，即反
道學的性質。

### （一）唐匾以「道學」媚妓

故事起於唐題「妓湘英」家匾「風月無邊」，祝枝山說是唐「嘲汝輩為『虫
二』」，但在筆者看來決非唐伯虎本意。唐匾意在取媚「妓湘英」，客觀上則是
對道學的輕蔑。具體理由有四：

其一，唐匾沒有釋為「虫二」的預設。「風月無邊」自朱熹拈出至唐題匾
「妓湘英家」，無論前人或唐本人，都不曾有解「風月無邊」為「虫二」的認
知。從而唐匾之題，乃蹈常襲故，依樣葫蘆，祝釋「嘲汝輩為『虫二』」，純屬
個人猜測，而非唐匾之初心。而且從「妓湘英」願請唐題匾看，二人當時關係
良好，甚至非常親密，也沒有理由懷疑唐匾有寄「虫二」以「嘲汝輩」的用心。

其二，唐匾是對「妓湘英」的抬愛。唐匾贈「妓湘英」，無論從何種角度
看都是表對「妓湘英」的鑒賞和嘉許。即使說不上愛情和高尚，但在當時以妓
女為下九流的環境中，唐屈尊題贈，不能不說對「妓湘英」有一定平等意識，
是難得的。而湘英拒絕祝氏「嘲汝輩」之說，「終以為美，不之易」，應該也是
感到了唐匾的讚美示好。此誠佳話，堪與「三笑」並傳。

其三，唐匾成「妓湘英家」「風月」招牌。唐是名人，為「妓湘英家」題
匾，撇開「風月無邊」與道學的關聯不說，而以為形容元明青樓妓院之「風月

---

〔註24〕〔民國〕許嘯天著《明代宮闈史》，彭詩琅編，北京：中國戲劇出版社，2000
年，第 264～265 頁。

無邊」論之，則當為形容妓女月貌風情，才藝俱佳。因此，唐匾的效用不徒好看，更等於唐伯虎以名人身份為「妓湘英家」門店「站臺」攬客，是妥妥地「風月」招牌。這從唐匾「見者皆讚美」也可以想知，而祝說「嘲汝輩為『虫二』」，真「誣矣」。

其四，唐匾是唐與「妓湘英」私人交際，但唐伯虎當明知「風月無邊」為準道學語的性質與地位，卻公然以之移用為「妓湘英」家匾額，成為婊子牌坊的名號，則無論有意無意，都應該是對道學的一個不敬，也是唐伯虎不拘禮法個性的體現。

## （二）祝釋以「虫二」諷「道學」

比較唐匾的內涵複雜，祝釋「虫二」的意義主要有二：

其一，祝釋「風月無邊」嘲「妓湘英」為「虫二」，有嘲謔之意，但也僅是與「妓湘英」開一個玩笑。其中應有對唐伯虎與「妓湘英」關係的譏笑，但「風月場」中，並非出格，何況在熟人之間。所以「虫二」有嘲妓為「虫」雖不無貶義，但畢竟其出於「風月」，所以與「老鴇」「婊子」「王八」等等不同，大體為風月中人可以接受，並引出諸多「風月」之撰。

其二，祝釋有藐視朱子意。按「風月無邊」本朱子贊周敦頤之詞，卻被唐移作「題妓湘英家匾」，已屬不倫不類，玷辱聖道先賢。而祝釋「嘲汝輩為『虫』二」，就使之更近乎「涉黃」。所以，祝釋「虫二」未必唐匾本意，但後先相承，卻同一輕賤玷污道學。當然祝釋「虫二」諷刺之力度，又有過於唐匾而無不及。

其三，唐匾祝釋疑似影射朱熹。按今知「虫二」所自出之「風月無邊」，經朱熹而成準道學語。所以，「虫二」故事很難不使人想到這位老夫子的道德學問，似有可生疑者。《宋人遺事彙編》引《四朝聞見錄》載寧宗慶元三年御史劉德秀劾朱熹《省札》揭朱熹之「偽學」有曰：

> 又誘尼姑二人為寵妾，每之官則與偕行。冢婦不夫而自孕，諸子盜牛而宰殺，謂其能齊家可乎？發掘崇安弓手父母之墓以葬其母，謂之恕以及人可乎？男女婚嫁，必擇富民以利其奩聘之多。開門授徒，必引富室子弟以責其束脩之厚。（《四朝聞見錄》）〔註25〕

雖然朱熹的案情後被平反，但其身後元明清至今，有關醜聞都未能徹底澄清和消除。因此，我們認為唐、祝二人就朱熹「風月無邊」為「妓湘英家」一

---

〔註25〕丁傳靖輯《宋人遺事彙編》，北京：中華書局，1991年，第942～943頁。

個題作匾，一個作解，不可能不想到「風月無邊」原作者朱熹「偽學」案的是是非非，特別是朱熹被劾「又誘尼姑二人為寵妾」云云二條，那麼唐匾祝釋是否有與朱熹「偽學」面目相對照，暗諷其「又要做婊子，又要立牌坊」的醜行呢？雖未可斷定，但上引平步青就事歸徐文長的「虫二」傳說為之洗地曰「誣矣」，似可表明在正統文人看來，都是知道「虫二」故事的反道學性質，而「非禮勿言」、看破不說破罷了。

### （三）「虫二」的標籤化

以上說祝釋「虫二」雖為「妓湘英」所拒，但祝氏妙解，加以名人效應，「一言既出，駟馬難追」，使「虫二」旋即流為丹青，傳為字謎之「金句」。除了成為若干風景點的碑刻題辭之外，還與其所自出之「風月無邊」一起，成為文學寫「風月場」或妓女形象的標籤，至今用向愈廣。

首先，文學中青樓妓院等「風月」的代名。詩文中如周蕃《東湖行》：「夫婿輕狂耐遠遊，無邊風月替人愁。」〔註26〕梁紹壬《闌干》：「有限樓臺添曲折，無邊風月要關防。」〔註27〕小說中如《夜雨秋燈錄·記瘦腰生眷粵妓蓮真事》云：「適珠海有花叢之禁，風月無邊，瞬作煙霞過眼。」〔註28〕《明代宮闈史》第九十六回寫明崇禎田貴妃的「庶母王氏，是揚州著名的花魁」，其琴技乃由王氏所授，故回目稱其故事曰「風月無邊田貴妃製曲」〔註29〕。

其二，小說中妓女形象以「虫二」命名。如清代雲封山人編次《鐵花仙史》第十七回寫道：

> 不一日已至蘇州……虎丘之下，現有平康……早有粉頭迎入坐定……笑道：「原來是一位新貴相公，一位舊貴老爺，失敬，失敬。奴家名喚虫二姐，今年十八歲了。」元盧道：「如此該是重九，怎麼叫做虫二。」虫二笑道：「不是這個『重』字，乃虫蟻之虫，二三之二。」畢純來道：「這卻怎麼解釋？取得甚是不通。」虫二道：「當

〔註26〕〔清〕周蕃《東湖行》，張翰儀《湘雅摭殘》，曾卓，丁保赤標點，長沙：嶽麓書社，1988年，第611頁。

〔註27〕〔清〕《雨般秋雨庵詩選》，徐乃昌輯《懷鹵雜俎叢書》（9），清光緒、宣統間刻本。

〔註28〕〔清〕宣瘦梅著《夜燈秋雨錄》，張志浩標點，長沙：嶽麓書社，1985年，第263頁。

〔註29〕〔民國〕許嘯天著；彭詩琅編《中國全史·明代宮闈史》，北京：中國戲劇出版社，2000年，第560頁。

初也是一位舉人相公取的，道奴家容貌標緻，真是『風月無邊』，故
名蚤二。」〔註30〕

又，網珠生《人海潮》第二十回寫道：

　　復生亦吟哦不輟，中有一人名「蚤二」，復生道：「那真想入非非，
甚麼叫做蚤二呢？」亞白道：「她取『風月無邊』的意思。」〔註31〕

其三，「蚤二」漸以掛文人齒頰。如魯迅《致林語堂》書中說：「不准人開
一開口，則《論語》雖專談蚤二，恐亦難，蓋蚤二亦有談得討厭與否之別也。」
〔註32〕話中「蚤二」即是「風月」的替代，雖未脫其字謎的本色，但起到的作
用已不啻「風月」的同義詞，表明彼時某種場合下，「蚤二」已成為指風月繁
華之事的代名詞了。

其四，至今「蚤二」更加速度深入社會生活。網絡搜索可見，「蚤二」已
有以之命名的多種文學、繪畫、書法、藝術等各類書籍；被至少十位以上文學
家、藝術家取為藝名或齋名等；被某公司註冊為主力時尚衣飾品牌，有自己的
網站；某寶有「蚤二」網店……

## 四、風情愛欲之撰

除上述較為表象者之外，「蚤二」在反道學的方向上作為風情愛欲之撰，
集中體現為「風月」像「情」的特徵。這一特徵與前述「風月」像「理」同源
而異派，相反而相成，更充分體現了「文學是人學」的藝術本性。

### （一）「風月」像「情」

「蚤二」在文學中從淺表的應用到「風月」像「情」，也與「風月」像「理」
類似，經歷了從「風月」含「情」開始的「三步曲」過程。

其一，「風月」含「情」。「風月無邊」的主詞是「風月」，「風月」由「風」
「月」。二字組成，並其內涵受制於二字各自的本義，尤其是「風」字。二字
的本義，是人所共知大自然空氣流動形成的「風」和天象中懸空的夜出晝沒有
陰晴圓缺的月亮。《漢語大詞典》因此釋「風月無邊」為「極言風景之佳勝」，

〔註30〕〔清〕雲封山人編次《鐵花仙史》，夏于全，齊豫生主編《四庫禁書精華》第
　　　　14卷《子部》，長春：吉林攝影出版社，2001年，第537～538頁。
〔註31〕網蛛生著《人海潮》，司馬丁等標點，長沙：湖南文藝出版社，1998年，第313
　　　　頁。
〔註32〕《魯迅全集》（12），北京：人民文學出版社，1981年，第187頁。

卻沒有顧及「風」有衍義，以致釋文存在較大缺憾。

　　按「風」字衍義，見《尚書・費誓》載：「馬牛其風。」《正義》曰：「馬牛其有風佚。」〔註33〕佚，放逸，即「風」有放逸之義。又《春秋左氏傳・僖公四年》載：「唯是風馬牛不相及也。」《正義》引服虔云：「風，放也。牝牡相誘謂之風。」〔註34〕即所謂放逸之「風」，專指馬牛等動物的求偶交配。加以《說文》「風動虫出」之說，則共同表明「風」字基於指自然風的本義，還早在上古某個時候，就已衍出指「牝牡相誘」的義項，進而指不正當男女關係。至今所謂「生活『作風』問題」之「風」，用的就是這一古義。

　　又，「月」指月亮，古代文學中很早被賦予男女相悅見證的象徵。《詩經・陳風》有《月出》篇曰：「月出皎兮，佼人僚兮。舒窈糾兮，勞心悄兮」〔註35〕云云。這首詩雖有《毛序》說它「刺好色也」云云，但稍能吟誦就可見其因「情」見「月」、因「月」寫情之情景交融的藝術了。因此，「風」「月」二字一旦組詞，恰似「金風玉露一相逢，便勝卻人間無數」，而瞬間凝化，聯體殉「情」了。

　　其二，「風月」浸「情」。即文學中「風月」描寫成為「情」中景、景中情。如寫友情的，《全後周文》卷七王褒《太子太保中都公陸逞碑銘》：「賓階昔遇，風月相思。卿門今別，宿草何悲。」寫家國之痛的，卷十一庾信《擬連珠四十四首之二十六》：「山河離異，不妨風月關人。」寫男女之情的，《樂府詩集》卷七十九薛道衡《昔昔鹽》：「關山別蕩子，風月守空閨。」《全唐詩》第七〇〇卷韋莊《古別離》：「一生風月供惆悵，到處煙花恨別離。」第三九三卷李賀《綠水詞》：「今宵好風月，阿侯在何處。」等等，絡繹不絕。至宋代而成時髦，乃至又物極必反，盛極而衰。從梅堯臣《寄滁州歐陽永叔》稱譽歐陽修「不書兒女書，不作風月詩」（《全宋詩》卷二四七）看，「風月詩」至北宋中葉後就成為負面或有爭議的話題了，可能因此導致「風月」題材向新興的戲曲小說遷移，並有質的轉變。

　　其三，「風月」像「情」。自唐代杜牧《寄揚州韓綽判官》「二十四橋明月夜，玉人何處教吹簫」（《全唐詩》第五二三卷）的詩句，至明末張岱《陶庵夢憶》中化出「廣陵二十四橋風月」（《陶庵夢憶》卷四），「風月」漸以成為青樓

〔註33〕　《尚書正義》，《十三經注疏》本，北京：中華書局，1980年影印，第255頁中。
〔註34〕　《春秋左傳正義》，《十三經注疏》本，北京：中華書局，1980年影印，第1792頁中、下。
〔註35〕　《詩經》，朱熹注，上海：上海古籍出版社，1987年，第56頁。

妓院的代名詞。而《全元雜劇》中寫男女愛恨情仇的劇目，單是題嵌「風月」的名劇，就有石君寶《諸宮調風月紫雲庭》，關漢卿《詐妮子調風月》《趙盼兒風月救風塵》，賈仲明《李素蘭風月玉壺春》等等多種。劇中唱念「風月」更不絕於口。如戴善甫《陶學士醉寫風光好》第三折：「昨夜個橫著片風月膽房中那親，今日個幽絲著柄冰霜臉人前又狠。」關漢卿《錢大尹智寵謝天香‧楔子》：「老天生我多才思，風月場中肯讓人？」等等。小說則如《皇明諸司公案》卷一《曾大巡判雪二冤》：「其人年少俊雅，乃風月中人。」《二刻拍案驚奇》卷三十八《兩錯認莫大姐私奔，再成交楊二郎正本》：「原來幸逢也是風月中人。」等等。同時積體文學中「風月」幾乎專指男女風情、風騷或豔情，從而說「風月」就是青樓，就是妓情或戀情，即「風月」像「情」，為風情愛欲之撰，影響深遠。

### （二）「母老虎」與「兩隻老虎」

以上論及「虫二」即「風月」像「情」等風情愛欲之撰的特徵，雖俗眼觀之在諸記載本身已無跡可尋，但仍有學者心有靈犀、獨具慧眼，發現其居然如密室藏寶，暗設機關。《百度‧百科》「虫二」條引《堅瓠集‧風月無邊》「此嘲汝輩為虫二也」下，有括注說：

> 「伯仲：為一二，大蟲為老虎，伯虎為一，虫二之意便不言而喻了。」

這個括注，不知誰家手筆，筆者從手邊《堅瓠集》的幾個版本均未查到，但無論其出自哪位高明，其以「虎」說唐寅、湘英關係的發明，都可謂別出心裁，又言簡意賅，其價值則「不言而喻」。

這個揭示表明，祝說「虫二」是以「虎為大蟲」，唐寅字「伯虎」，即為「虫大」，「妓湘英」為唐伯虎所溺，即「虫二」，也就是「仲虎」。如此說來，則「妓湘英」就是「母大蟲」即「母老虎」，而又與唐並為「兩隻老虎」了。

這個揭示貫通了「虫二」故事與我國自古老虎又稱「大蟲」，「母老虎」又稱「母大蟲」以及老虎與女人故事的傳統，使「虫二」能夠成為虎文化研究中一個有機的生動片斷，可以溯源流，也可以相對看。

按以強勢婦人為「母大蟲」即「母老虎」的譬喻，溯源或可至《山海經‧西山經》載「西王母……豹尾虎齒而善嘯」首寫女子身形——齒——與虎的聯繫，以及《太平廣記》《太平御覽》《夷堅志》等書中所收載各種女化虎、

虎化婦之類故事。而《三國演義》寫關羽對東吳使者傲稱自己的女兒為「虎女」〔註36〕，《水滸傳》梁山女將顧大嫂綽號「母大蟲」，等等，也都從不同角度上可謂「母老虎」之說的先聲。

這裡也要揭示《水滸傳》《金瓶梅詞話》後先相隨的一個以潘金蓮為「母大蟲」即「母老虎」的秘密。按《水滸傳》寫「武松打虎」後接寫西門慶、潘金蓮故事，自古讀者或以為主要是「武松打虎」與「鬥殺西門慶」的聯繫與照應，其實看淺了。這只有讀《金瓶梅》第一回至其添加語曰：「如今這一本書，乃虎中美女，後引出一個風情故事來。」〔註37〕才知其實是提破《水滸傳》至少《金瓶梅》的襲用在西門慶、潘金蓮故事前寫「武松打虎」，實乃視潘金蓮為「虎中美女」即悍婦意義上的「虎女」──「母老虎」，是先打虎獸，後打虎婦，而西門慶並不在其數。

這個認定可從《繡像金瓶梅詞話》第十八回《來保上東京幹事，陳經濟花園管工》有詩見之。詩曰：

堪歎西門慮未通，惹將桃李笑春風，滿床錦被藏賊睡，三頓珍羞養大蟲；愛物只圖夫婦好，貪財常把丈人坑。還有一件堪誇事，穿房入屋弄乾坤。

這首詩至第八十三回《秋菊含恨泄幽情，春梅寄柬諧佳會》又重出現，僅有首句「慮」作「識」，第七句「誇」作「觀」兩處小異，可見其是作者很在意之作。詩寫陳經濟勾引私通有丈母娘之分的潘金蓮，其中「滿床錦被藏賊睡，三頓珍羞養大蟲」一聯，上句「滿床錦被藏」的「賊」和下句「三頓珍羞養」的「大蟲」，是指陳經濟一人，還是分指陳經濟與潘金蓮二人？讀者或有不同見解。筆者認為當是分指二人，乃因陳經濟而刺及潘金蓮，「賊」指陳經濟，「大蟲」指潘金蓮，為開篇以潘為「虎中美女」的再三提點和照應。雖然這還是可以討論的，但《金瓶梅》作者所謂「虎中美女」指潘金蓮，從而《金瓶梅》中潘金蓮有「母老虎」之分的結論，仍是可信的。

根據括注的揭示，《堅瓠集》之前，我國文獻記載與文學描寫中，雖男女都有稱「老虎」者，但未見有男女並稱「兩隻老虎」者。所以《堅瓠集》本條

---

〔註36〕〔元〕羅貫中《三國志通俗演義》，上海：上海古籍出版社，1980年，第704頁。

〔註37〕〔明〕蘭陵笑笑生《金瓶梅詞話》，北京：人民文學出版社，1985年，第3頁。本文以下引此書均據此本，說明或括注回次。

括注以唐伯虎與其相好「妓湘英」為「伯仲」二虎，實際是以二人為「兩隻老虎」了。

這進一步證明括注是一個很有意思的發現，不僅「虫二」又有了釋為「兩隻老虎」的可能，而且使我們想到國內外流行的各種「兩隻老虎」的故事、兒歌、動漫、電影等各體各類作品，期待並且相信將有「虫二」與風靡世界的「兩隻老虎」有交合碰撞、融和創新的美好前景。

### （三）《紅樓夢》：「風月」像「情」的巔峰之作

《金瓶梅詞話》有 26 回 32 次用「風月」一詞寫人寫事，但以第一回「潘金蓮嫌夫賣風月」為起首和標誌，「風月」在《金瓶梅詞話》中多指「性」事，可謂「風月」像「性」。《紅樓夢》僅 10 回 21 次用「風月」一詞，但「風月」在《紅樓夢》中既是「性」，又是「情」，是百鍊成鋼之「性」即「天分中生成一段癡情」（《紅樓夢》第五回），並最終指向「情」。這個「大旨談情」的過程只能是「風月」像「情」。《紅樓夢》是「風月」像「情」的巔峰之作。

《紅樓夢》作者甚惡「才子佳人」「風月筆墨」。第一回中就說：

> 歷來野史，或訕謗君相，或貶人妻女，姦淫兇惡，不可勝數。
> 更有一種風月筆墨，其淫穢污臭，屠毒筆墨，壞人子弟，又不可勝數。

但文學寫人，有「性」才有「情」。所以《紅樓夢》並不能完全離「性」「談情」，而只能「大旨談情」，書中以「風月」指具體人「性」事的描寫也不少見。如第十五回《王鳳姐弄權鐵檻寺，秦鯨卿得趣饅頭庵》：

> 那智慧兒自幼在榮府走動，無人不識，因常與寶玉秦鐘頑笑。
> 他如今大了，漸知風月，便看上了秦鐘人物風流，那秦鐘也極愛他妍媚，二人雖未上手，卻已情投意合了。

又如《紅樓夢》第四十七回《呆霸王調情遭苦打，冷郎君懼禍走他鄉》：

> 因其中有柳湘蓮，薛蟠自上次會過一次，已念念不忘。又打聽他最喜串戲，且串的都是生旦風月戲文，不免錯會了意，誤認他作了風月子弟，正要與他相交，恨沒有個引進，這日可巧遇見，竟覺無可不可。

但《紅樓夢》確係自覺從寫「風月」入手到「大旨談情」的脫胎換骨、鍛鍊昇華。這裡先從最能體現全書「大旨」的書名和敘事框架說起。首先，《紅

樓夢》本名或為「《風月寶鑒》」：

> 空空道人聽如此說，思忖半晌，將《石頭記》再檢閱一遍……
> 從此空空道人因空見色，由色生情，傳情入色，自色悟空，遂易名
> 為情僧，改《石頭記》為《情僧錄》。東魯孔梅溪則題曰《風月寶鑒》。
> 後因曹雪芹於悼紅軒中披閱十載，增刪五次，纂成目錄，分出章回，
> 則題曰《金陵十二釵》。

這裡是說，《紅樓夢》書名數變，是自《石頭記》→《情僧錄》→《風月
寶鑒》→《金陵十二釵》→《紅樓夢》，《風月寶鑒》僅是其中間曾用名之一。
但是，從脂批「雪芹舊有《風月寶鑒》之書，乃其弟棠村序也。今棠村已逝，
余睹新懷舊，故仍因之」看，《風月寶鑒》很可能是《紅樓夢》最早的書名，
或《紅樓夢》今本以前最重要的稿本。一個重要的證據是今本《紅樓夢》雖「大
旨談情」了，但其中仍有第十二回《王熙鳳毒設相思局，賈天祥正照風月鑒》
故事，明顯即《紅樓夢》蟬蛻於《風月寶鑒》之跡。換言之，「風月鑒」故事
是《紅樓夢》「大旨談情」與「風月筆墨」的聯繫分時。作者很在意這個分野，
第一回即專為提點：

> 那道人道：「果是罕聞。實未聞有還淚之說。想來這一段故事，
> 比歷來風月事故更加瑣碎細膩了。」那僧道：「歷來幾個風流人物，
> 不過傳其大概以及詩詞篇章而已；至家庭閨閣中一飲一食，總未述
> 記。再者，大半風月故事，不過偷香竊玉，暗約私奔而已，並不曾
> 將兒女之真情發洩一二。想這一千人入世，其情癡色鬼、賢愚不肖
> 者，悉與前人傳述不同矣。」

至《紅樓夢》第五回《遊幻境指迷十二釵，飲仙醪曲演紅樓夢》則濃墨重
彩，寫出「大旨談情」的原因。《紅樓夢引子》云：

> 「開闢鴻蒙，誰為情種？都只為風月情濃。趁著這奈何天，傷
> 懷日，寂寥時，試遣愚衷。因此上，演出這懷金悼玉的《紅樓夢》。」
> 〔註38〕

又就《紅樓夢》「大旨談情」之難以負重感慨萬分：

> 假作真時真亦假，無為有處有還無。轉過牌坊，便是一座宮門，
> 上面橫書四個大字，道是：「孽海情天」。又有一副對聯，大書云：

---

〔註38〕〔清〕曹雪芹、高鶚著，脂硯齋評《紅樓夢》，濟南：山東文藝出版社，1993
年，第 74 頁。以下引此書均據此本，說明或括注回次。

「厚地高天，堪歎古今情不盡。癡男怨女，可憐風月債難償。」寶
玉看了，心下自思道：「原來如此。但不知何為『古今之情』，何為
『風月之債』？從今倒要領略領略。」寶玉只顧如此一想，不料早
把些邪魔招入膏肓了。

又以《紅樓夢引子》再度宣示其「風月」像「情」的創作宗旨：

「開闢鴻蒙，誰為情種？都只為風月情濃。趁著這奈何天，傷
懷日，寂寥時，試遣愚衷。因此上，演出這懷金悼玉的《紅樓夢》。」
〔註39〕

終於至第一一一回《鴛鴦女殉主登太虛，狗彘奴欺天招夥盜》，借秦可卿
之魂召鴛鴦以評騭辨明「情」之「大旨」道：

「你還不知道呢。世人都把那淫慾之事當作『情』字，所以作
出傷風敗化的事來，還自謂風月多情，無關緊要。不知『情』之一
字，喜怒哀樂未發之時便是個性，喜怒哀樂已發便是情了。至於你
我這個情，正是未發之情，就如那花的含苞一樣，欲待發洩出來，
這情就不為真情了。」鴛鴦的魂聽了點頭會意，便跟了秦氏可卿而
去。

從而自《紅樓夢引子》至此，《紅樓夢》的「大旨談情」，就是以全部中心
人物、故事即其形象體系一以貫之的「都只為風月情濃」，而把真正的「情」
歸結為「未發之情，就如那花的含苞一樣」。因此，《紅樓夢》是一部「情書」，
其作者是一位「情聖」，其所欲傳佈天下後世的是一部「兒女真情」。

換言之，《紅樓夢》之「大旨談情」是破「風月情濃」，立兒女「含苞」「未
發之情」，是我國文學從「風月」含「情」、「風月」浸「情」向「風月」像「情」
起伏連綿發展的巔峰。當然，這引起「風月」像「情」的大象是否與早出之「虫
二」有關呢？待後看至論及《紅樓夢》「比歷來風月事故更加瑣碎細膩」之多
「蟲」的精彩，就可恍然而悟了。

## 五、「虫二」與「二蟲」和「蟲蟲」

以上因不知誰何之括注而論及「虫二」為「母老虎」和「兩隻老虎」，乃
出於傳統「虎為大蟲」的考量。然而，「虫二」之「虫」本指包括人為「倮（裸）

〔註39〕〔清〕曹雪芹、高鶚著，脂硯齋評《紅樓夢》，濟南：山東文藝出版社，1993
年，第74頁。本文以下引此書均據此本，說明或括注回次。

蟲」〔註40〕在內的所有動物，如《水滸傳》第二十一回有曰：「這閻婆惜賊賤蟲。」《金瓶梅詞話》第十回、第九十二回皆有曰：「人是苦蟲，不打不成。」所以，「虫二」可與《水滸傳》中「牛二」相同，是為泛指各種「賤蟲」「苦蟲」的姓「蟲」名「二」，即「蟲」之第「二」之人與動物，也會有「蟲」之第一、第二為兩隻蟲即「二蟲」。這就是說，由「虫二」可想及「二蟲」，而「虫二」倒讀亦即「二蟲」。這就可能由知識「統一場」使「虫二」與古已有之的「二蟲」乃至「蟲蟲」因緣際會，交合化育，至明中葉後文學中形成「兩隻蟲子」描寫的風景線。

（一）《莊子》「二蟲」與《詩經》「蟲蟲」

比較「虫二」為「二蟲」可與「兩隻老虎」的文藝現象相聯繫說，「二蟲」更容易為人接受的解釋是「蟲」為泛指的「兩隻蟲子」，即「二蟲」。卻巧又早就有「二蟲」出《莊子‧逍遙遊》：

　　適莽蒼者，三餐而反，腹猶果然；適百里者，宿舂糧；適千里者，

三月聚糧。之二蟲又何知！小知不及大知，小年不及大年。〔註41〕

這裡莊子所言「二蟲」指譏笑鵾鵬的蜩與學鳩。又，《莊子‧應帝王》載楚狂接輿譬喻以告肩吾以「君人」之道曰：

　　且鳥高飛以避矰弋之害，鼷鼠深穴乎神丘之下以避薰鑿之患，

而曾二蟲之無知！〔註42〕

這裡的「二蟲」指「高飛以避矰弋之害」的「鳥」和「深穴……以避薰鑿之患」的「鼷鼠」，皆以喻「小知」或「無知」。其重複應用凸顯了《莊子》對以「二蟲」為喻體形象偏愛，從而強化了讀者印象，成為後世文學典故之一。如白居易《禽蟲十二章》之八：

　　蠶老繭成不庇身，蜂饑蜜熟屬他人。須知年老憂家者，恐是二

蟲虛苦辛。（《全唐詩》第四六○卷）

又，蘇軾《二蟲》詩曰：

<hr />

〔註40〕《漢典》《大戴禮記‧易本命》：「倮之蟲三百六十，而聖人為之長。」漢王充《論衡‧遭虎》：「夫虎，毛蟲；人，倮蟲。毛蟲飢，食倮蟲，何變之有？」清龔自珍《釋風》：「且吾與子何物？固曰：倮蟲。」有一本英國著名動物學家和人類行為學家德斯蒙德‧莫里斯的漢譯書名《裸猿》（周興亞等譯，光明日報出版社，1988年），也是取人為「倮蟲」義。

〔註41〕曹礎基《莊子淺注》，北京：中華書局，1982年，第4頁。

〔註42〕曹礎基《莊子淺注》，北京：中華書局，1982年，第113頁。

君不見，水馬兒，步步逆流水……君不見，鸚鵡堆，決起隨衝風。隨風一去宿何許？逆風還落蓬蒿中。二蟲愚智俱莫測，江邊一笑無人識。〔註43〕

又，《稼軒詞·哨遍·秋水觀》上闋云：

蝸角鬥爭，左觸右蠻……嗟大小相形，鳩鵬自樂，之二蟲、又何知。記跖行仁義孔丘非。更殤樂長年老彭悲。火鼠論寒，冰蠶語熱，定誰同異。〔註44〕

以上明代以前諸作所用「二蟲」，皆本《莊子》，雖與從祝說「虫二」推出之「二蟲」有別，但至明中葉以後，二者同為「二蟲」的聯繫，當使其在作家「神思」中無可避免地相互借鑒，貌融神化，合二為一，著為各種癡男怨女的比喻或象徵。

作為「蟲」字迭用的「蟲蟲」，出《詩經·大雅·雲漢》：「旱既大甚，蘊隆蟲蟲。」許慎《說文》：「蟲蟲，蟲之總名也。從二蟲。凡蟲蟲之屬，皆從蟲。讀若昆。」本形容灼熱等，非指「二蟲」。但是大約與迭用並列的兩「蟲」字形式也可以看作「二蟲」的另類表達有關，遂致後世漸以用指情人或情人親熱的暱稱。如宋代柳永《徵部樂·雅歡幽會》詞：「但願我、蟲蟲心下，把人看待，長似初相識。」杜安世《浪淘沙·簾外微風》詞：「一床鴛被疊香紅，明月滿庭花似繡，悶不見蟲蟲。」（《全宋詞》）如此等等的「蟲蟲」，也都在後世「蟲二」的應用中成為可能的參考，即「蟲二」不僅可能喻有情男女，而且可以特指情癡情種、纏綿不盡的「蟲蟲」之類，從而「蟲蟲」也是「虫二」研究應該慮及的相關延伸。

### （二）「二蟲」「蟲蟲」見於小說

作為「虫二」變體或近親的「二蟲」「蟲蟲」也頻見於小說，舉例如下。

其一，清代宣鼎《夜雨秋燈錄》卷七《馬姓》：

聞叟在後艄，鼓楫高歌，歌曰：「天風浪浪兮，江水粼粼；月山劍樹兮，雪窖火炕。懧懧蠢蠢兮，蟲蟲情情；何者因何者果兮，絮絮萍萍。夜何其，夜向晨。人鬼有關兮，禍福無門。」〔註45〕

---

〔註43〕 吳鷺山等編注《蘇軾詩選注》，天津：百花文藝出版社，1982年，第119～120頁。

〔註44〕 朱德才主編《增訂注釋辛棄疾詞》，北京：文化藝術出版社，1999年，第200～201頁。

〔註45〕 〔清〕宣鼎《夜雨秋燈錄》，宋欣校點，長春：時代文藝出版社，1987年，第352頁。

其二、清代天虛我生《淚珠緣》第五十八回《認花容姊妹訝生蓬，祭江口弟兄悲死別》：

> 祝春和蓮仙都大笑起來，各自休息了幾天，也不拜客，也不見人，只天天作隊兒到西湖裏山玩去。那華夢庵一法放蕩的不成樣兒，好像天地間，只他三個是快活人，以外便是些蟲蟲蟻蟻，不知是忙忙碌碌的幹些什麼事，並且把寶珠都忘懷了，不去看他。〔註46〕

其三，《紅樓夢》第十二回《王熙鳳毒設相思局，賈天祥正照風月鑒》寫鳳姐哄騙賈瑞說：

> 賈蓉兩個……竟是兩個胡塗蟲，一點不知人心。

如上《莊子》「二蟲」與《詩經》「蟲蟲」的應用，當然並未與長期並行的「風月無邊」發生什麼聯繫，更與後世祝說「虫二」沒有直接關聯，但可以想像至後世祝說「虫二」一出，遂與「二蟲」「蟲蟲」相見恨晚，在擁抱融和中形成創新的契機，《桃花扇》中「兩個癡蟲」的比喻形容，就是這種融和創新的突出表現。

### （三）《桃花扇》的「兩個癡蟲」

「虫二」即「二蟲」出現於戲劇，《牡丹亭·驚夢》寫老夫人唱「夫婿坐黃堂，嬌娃立繡窗。怪他裙衩上，花鳥繡雙雙」已見端倪，但僅「花鳥繡雙雙」一提及而已。茲不足論。但後來同為名劇的孔尚任有關「兩個癡蟲」的描寫就值得注意了。

生當褚人獲（1635～1682）同時稍後的孔尚任（1648～1718）《桃花扇》第四十齣《入道》，寫侯方域與李香君在白雲庵生、旦再見，一對老相好欲再續前情，而被外扮道士張瑤星當機喝斷，其戲文曰：

> （生遮扇看旦，驚介）那邊站的是俺香君，如何來到此處？（急上前拉介）（旦驚見介）你是侯郎，想殺奴也。……（生）待咱夫妻還鄉，都要報答的。（外）你們絮絮叨叨，說的俱是那裡話。當此地覆天翻，還戀情根欲種，豈不可笑！（生）此言差矣！從來男女室家，人之大倫，離合悲歡，情有所鍾，先生如何管得？（外怒介）呵呸！兩個癡蟲，你看國在那裡，家在那裡，君在那裡，父在那裡，

---

〔註46〕〔清〕天虛我生著，《淚珠緣》（中），呼和浩特：內蒙古人民出版社，2000年，第429頁。

偏是這點花月情根，割他不斷麼？〔註47〕

上引劇文寫生、旦分別為侯、李，外即道士張瑤星。張瑤星以「國破家何在」的痛斥喚醒擊碎了侯、李二人本是基於共同愛國之心的「蟲蟲」之情，使二人當即夢醒巫山、雲散高唐，以國破家亡之痛而斬斷情根，雙雙入道，乃全劇收束的經典之筆。作者對此似亦感得意，由張瑤星雖棒打鴛鴦，卻仍能理直氣壯，唱道：

【北尾聲】你看他兩分襟，不把臨去秋波掉。虧了俺桃花扇扯碎一條條，再不許癡蟲兒自吐柔絲縛萬遭。〔註48〕

筆者認為，上引《桃花扇》以「兩個癡蟲」即「兩隻蟲子」喻侯、李，與上引《堅瓠集》「風月無邊」條括注「虫二」指唐伯虎與湘英故事對照，則從二者同為嫖客與妓女關係的事實可知，也可信「兩個癡蟲」同時與「虫二」「二蟲」「蟲蟲」各有一定後先承衍的關係。具體說侯、李之欲續舊好被張瑤星喝斥為「偏是這點花月情根，割他不斷」的「兩個癡蟲」和「癡蟲兒自吐柔絲縛萬遭」的「癡蟲」，均可視為《莊子》「二蟲」和《詩經》「蟲蟲」與《堅瓠集》中「虫二」三合一關係的口語表達。由此可見雖無直接證明，但生當褚人獲同時的孔尚任很可能是受到了《莊子》「二蟲」和《詩經》「蟲蟲」的啟發，對祝說「虫二」也未必不熟悉能化，從而有此「兩個癡蟲」對侯、李妙下針砭，亦筆者所謂文學創作中作家知識「統一場」的成果。

《桃花扇》中「兩個癡蟲」的譬喻大有深意，即用家國之痛否定了兒女癡情，反過來也就以兒女癡情的破滅烘托了家國之痛的深重，從而曲終奏雅，突出了劇寫明亡之痛的主題，可謂關係重大。但向來《桃花扇》注本於「兩個癡蟲」下都不加注釋，當屬疏漏。而一旦與《莊子》「二蟲」、《詩經》「蟲蟲」和祝枝山所謂「虫二」相併觀，則不僅知其奧妙，也可見其重要。

最後也許還要說明的是，以上「虫二」與「二蟲」和「蟲蟲」的討論有考證，卻是文學文本影響的考證。這種考證當然也要基於文獻的事實，卻與歷史考證不同，而是遵循文學創作中「詩人感物，聯類不窮」(《文心雕龍・物色》)和人類知識領域「統一場」特點的考證。是研究者披文入情，以意逆志，懸想作者初心與可能的推考。雖實事求是，但非刻舟求劍，而是進入與作者共舞境界的所見或感知，但此僅可以為智者道者。

---

〔註47〕〔清〕孔尚任《桃花扇》，北京：人民文學出版社，1959 年，第 257～258 頁。
〔註48〕〔清〕孔尚任《桃花扇》，北京：人民文學出版社，1959 年，第 259 頁。

## 六、《金瓶梅》《紅樓夢》中的「二蟲」與多「蟲」

筆者未能遍檢諸名著，僅就明清二代《金瓶梅》與《紅樓夢》這兩部有「祖孫」關係的名著寫「虫二」即「二蟲」的情況做些檢討，看《紅樓夢》對《金瓶梅》的繼承與創新，並見上述《紅樓夢》「風月」像「情」之「更加瑣碎細膩」的深化，以便對這個問題有瞻前顧後的瞭解。

### （一）《金瓶梅》中的「蝗蟲、螞蚱」

明代「四大奇書」中《金瓶梅》寫「蟲」品類、數量最多，以「蟲」罵人最多，以「蝗蟲、螞蚱」罵人或損人則重複用之。第十八回《來保上東京幹事，陳經濟花園管工》：

> 吳月娘甚是埋怨金蓮：「你見他進門有酒了。兩三步又在一邊便了，還只顧在眼前笑成一塊且提鞋兒，卻被他蝗蟲、螞蚱一例都罵著！」

又，第七十六回《孟玉樓解慍吳月娘，西門慶斥逐溫葵軒》：

> 玉樓道：「……就是六姐惱了你，還有沒惱你的！有勢休要使盡，有話休要說盡。凡事看上顧下，留些兒防後才好！不管蝗蟲螞蚱，一例都說著。」

兩處都「一例」地寫用「蝗蟲螞蚱」罵人，應不是作者個人創意，而一定有作者曾在某個地域閱歷的背景，可深長思之。但如果不是後來又有《紅樓夢》寫「蟲」的對照，也還看不出這兩處「蝗蟲螞蚱」的描寫有什麼意義。且待以下分解。

### （二）《紅樓夢》的「蝗蟲」「蟈蟈」「螞蚱」

《紅樓夢》寫「蟲」回次不多，品種不少，如「百足之蟲」「毛毛蟲」「蠍蟲」「草蟲」「蠓蟲」等等。最常輕蔑稱人為某「蟲」。如諸釵譏「管家奶奶……都是狠蟲一般」（第七十一回），譏諷劉姥姥為「母蝗蟲」（第四十一回、第四十二回），等等。當然，有具象描寫給人深刻印象的是書中寫「蟈蟈」「螞蚱」「二蟲」。

這裡先就給我們一個刺激，即《紅樓夢》寫最多、最好的「蝗蟲」「蟈蟈」「螞蚱」三種，倒是有「蝗蟲」「螞蚱」兩種與《金瓶梅》中相同，這是不謀而合，還是《紅樓夢》作者與《金瓶梅》作者都最熟悉這兩種蟲，還是《紅樓夢》作者直接從《金瓶梅》挪用了這兩種蟲，又用「蟈蟈」代替「蝗蟲」配合

「螞蚱」呢？這都很難明白。還恐怕《紅樓夢》作者在世，也早是忘其所以了。
但無論如何，能使讀者細思得趣的就是藝術。

《紅樓夢》中把「蝗蟲」增飾為「母蝗蟲」的綽號送給了劉姥姥，就幾乎
成為這貧窮可憐老太太的標籤，同時也就把「蝗蟲」人化寫活了，不必細說。
而主要說「蟈蟈」「螞蚱」的描寫在第四十回《史太君兩宴大觀園，金鴛鴦三
宣牙牌令》，寫劉姥姥帶板兒來至探春臥室：

> 東邊便設著臥榻，拔步床上懸著蔥綠雙繡花卉草蟲的紗帳。板
> 兒又跑過來看，說「這是蟈蟈，這是螞蚱」。劉姥姥忙打了他一巴掌，
> 罵道：「下作黃子，沒乾沒淨的亂鬧。倒叫你進來瞧瞧，就上臉了。」
> 打的板兒哭起來，眾人忙勸解方罷。

這裡就「拔步床上……紗帳」上「雙繡花卉草蟲」，由板兒點明說「這是
蟈蟈，這是螞蚱」，由常人常情看，這肯定只是板兒天真好玩的實話實說，卻
遭「劉姥姥忙打了他一巴掌，罵道『下作黃子，沒乾沒淨的亂鬧……』」看似
責之太過了，但是細心的讀者由此應該想到是否板兒說「蟈蟈」「螞蚱」觸犯
了什麼忌諱？恐怕就是板兒的話提破了「拔步床上……紗帳」之中，「這是蟈
蟈，這是螞蚱」即「二蟲」即「虫二」或「蟲蟲」的隱喻。

當然，我們基本可以判定劉姥姥的不會有「虫二」隱喻男女愛欲之義。但
書中也寫她是「年輕時也風流」的一個「老風流」（第四十回），所以除了她這
個「母蝗蟲」也是「蟲」應當知「蟲」之外，作為曾經混跡「風月」中似乎「妓
湘英」的一類人，她很可能警覺到板兒指著紗帳上「雙繡花卉草蟲」說「這是
蟈蟈，這是螞蚱」的話，是犯了閨房說「虫二」或「二蟲」「蟲蟲」的忌諱。
若不然，她怎麼會罵板兒「下作黃子」「沒乾沒淨」呢？可見作者於此又一次
深刻表達了《風月寶鑒》「戒妄動風月之情」（《脂評凡例》）的大旨。

### （三）《紅樓夢》中的「多渾蟲」

《紅樓夢》寫人物，除寫劉姥姥為「母蝗蟲」外，最多施筆墨的是寫廚子
多官即「多渾蟲」和他的媳婦「多姑娘兒」。第二十一回《賢襲人嬌嗔箴寶玉，
俏平兒軟語救賈璉》中寫道：

> 不想榮國府內有一個極不成器破爛酒頭廚子，名叫多官，人見
> 他懦弱無能，都喚他作「多渾蟲」。因他自小父母替他在外娶了一個
> 媳婦……生性輕浮，最喜拈花惹草……美貌異常，輕浮無比，眾人
> 都呼他作「多姑娘兒」。

後又於第七十七回補敘云：

> 這媳婦遂恣情縱慾，滿宅內便延攬英雄，收納材俊，上上下下
> 竟有一半是他考試過的。若問他夫妻姓甚名誰，便是上回賈璉所接
> 見的多渾蟲燈姑娘兒的便是了。

不知何故，這位「多姑娘兒」至此又成了的「多渾蟲燈姑娘兒」，且「燈姑娘兒」只出現這一次，也就不知道什麼意思了。然而明顯的是「多渾蟲」不是「虫二」即「二蟲」，而是「虫二」即「二蟲」的「升級版」。大概沒有「虫二」即「二蟲」，也就沒有「拼多多」的這對奴僕夫婦「多渾蟲」的諢號。

但從另一方面看，「多渾蟲」為「蟲」，則其妻「多姑娘兒」自然也是一「蟲」，從而一方面「多渾蟲」與「多姑娘兒」夫縱妻淫的關係，實為「虫二」作為風情愛欲象徵的一種變相；另一方面也表明「多姑娘兒」因係雌「蟲」之故，其「多」即「多渾」的對象，不僅是其夫為「多渾蟲」，而且包括「多渾蟲」在內所有她「考試過的」賈璉等賈府「上上下下竟有一半」的男人，就都是「多渾蟲」。從而這些男人也各與「多姑娘兒」有並為「虫二」的身份了。

由此可見，「紅學」中常稱道的焦大罵賈府「生下這些畜牲來！每日家偷狗戲雞，爬灰的爬灰，養小叔子的養小叔子」（第七回）的話，固然罵得痛快，已成「紅學」引用的名言，殊不知若論罵賈府上下淫亂的形象生動，還當推「多渾蟲」夫婦的描寫，既多畫面感，又具深刻性，等於標簽了賈府「上上下下竟有一半」男人們墮落成了「虫二」的世界。至於「多渾蟲」為一奴僕的綽號反而不重要了，更重要是「上上下下竟有一半是他考試過的」賈府才是真正的「多渾蟲」。在這個意義上，「多渾蟲」是嘲這個「詩禮簪纓之族」為「虫二」世界的標簽。

由《紅樓夢》寫「多渾蟲」「多渾蟲燈姑娘兒」以及「雙繡花卉草蟲」的「蟈蟈」「螞蚱」等「蟲」可見，其作者熟知並有意化用如祝枝山別解「虫二」之意。相關描寫只有結合於「虫二」典故才可能有更透徹的理解，而《紅樓夢》研究從脂評到近今人注釋討論，均不及此，也是一個疏漏。

## 七、結語

綜上所述論，「虫二」豐富複雜的文學內涵及影響，起於《堅瓠集》等文獻記載由「風月」二字據朱熹詩句「風月無邊」的拆字，後來沿三個方向演變：

一是遵從唐匾「見者皆讚美」和湘英「終以為美……不之易」的正解，以新詞「亗二」回歸和沿襲自古「風月」和成語「風月無邊」「極言風景之佳勝」的本義，後經轉化為對儒家賢人高尚人格的譬喻，綜合而為對天人大美之讚。其影響以西湖、泰山兩處「亗二」石刻為代表，成為妝點歌頌祖國山河的特殊標記，同時也在文學中有所描寫。

二是唐匾以朱熹讚美周敦頤之辭贈「妓湘英」和祝釋「亗二」都有反道學意義，甚至有影射朱熹醜行傳聞用心。而祝釋「亗二」或因「伯虎」釋「亗二」指湘英為「仲虎」，進而上溯「虎女」——「虎婦」——「母大蟲」即「母老虎」和下探近今中外「兩隻老虎」的故事傳統，「亗二」實已納入這一歷史傳統，後續當有更多創造性演繹和發展。

三是祝釋「亗二」上溯並接榫於《莊子》「二蟲」和《詩經》中「蟲蟲」意象在詩文中的應用，與「三合一」作為生風情愛欲的象徵先後化入《桃花扇》《紅樓夢》等名著的描寫，成為侯方域、李香君、「多渾蟲」夫婦的風情愛欲的蔑稱，或具象為「蜾蜾」「螞蚱」進而「多渾蟲」等形象，在為這些作品描寫的成功貢獻了題材與養分的同時，也放大了「亗二」作為風情愛欲象徵的意義。

總之，「亗二」作為詞彙的誕生是漢字文化在劉半農先生創造「她」字之前的一個奇蹟！其應用之廣固然不可與「她」字同日而語，但其造化之奇、流行之妙，則非「她」字可比。至於「亗二」之妙解，則有以下值得注意和思考的方面：

其一，凡「亗二」不關男女者，其義皆可判定為「極言風景之佳勝」乃至天人大美之讚的表達。反之，則為隱言「『風月無邊』乃喻指男女情愛綿綿」[註49]者。西湖、泰山等地「亗二」石刻皆為風景而設，不能亦不必拉扯為男女「風月」之情的標記。

其二，按「亗二」顛倒為「二蟲」，但詞字顛倒並不必然與原詞同義，所以「亗二」及於「二蟲」，又及於「之二蟲」「蟲蟲」等，都非「亗二」的正解，而屬於人類知識尤其同一文化系統中知識「統一場」相互聯繫的演繹，進而不期然而然有如上「兩個老虎」「兩個癡蟲」「多渾蟲」等文學想像，乃藝術思維的傑作。此種傑作的誕生，非由歷史的考證能夠說明，而應該看成文學創作在似是而非、似非而是之間撮合造化的結果。進而認為文學作品的鑒賞分析既要

---

〔註49〕劉凌《斗母「亗二」石刻及其他》，《泰安師專學報》2001年第1期。

比照生活，更要在思維上與作家共舞，同時有自己獨立的判斷，從中發現作者「自家意思」（見上引朱熹語）。

其三，因此，唐題「妓湘英家區」之「虫二」雖無實證，但很難不被認為出於「妓情」，在讀者亦可認為泛指男女之情，乃《莊子》「二蟲」與《詩經》「蟲蟲」之義的疊加，以此嘲世之男女溺於風月場中不能自拔者。在唐寅或為與湘英暗通自嘲自憐之情，在讀者亦或憐其陷溺於情而不能自拔，但是絕無詆毀之意。

其四，雖然如此，「虫二」至今也沒有獲得一個漢語詞彙的地位。突出的標誌是當今包括收辭最全的《漢語大辭典》在內，各種漢語工具書均不列此條。若與當今「後浪」「喜大普奔」「圖樣圖森破」之類網絡造詞的成功普及之例相比，以後各種有關漢語工具書都應該增添「虫二」詞條，給予應有的地位和重視。

二〇二二年十二月二十五日星期日

# 《水滸傳》「厭女」「仇女」
# 「女色禍水」說駁論

　　《水滸傳》〔註1〕寫「梁山泊好漢」，晁蓋之外宋江等一百零八人，有一百零五個男子漢，「女漢子」只有三個。男子漢多單身。單身漢或因為不貪戀「女色」，所以「不娶妻室」，又有殺所謂「四大淫婦」等血腥故事。於是百年來海內外學者指「梁山泊好漢」有「厭女症」〔註2〕者有之，指其以妻子為「家室之累」〔註3〕者有之，乃至指《水滸傳》「英雄下意識地仇視女性，視女性為大敵，是對他們那違反自然的英雄式自我滿足的嘲笑」〔註4〕，或說有「根深蒂固的仇視女性的理念與情結」〔註5〕（以下「仇視女性」或簡稱「仇女」）者亦有之。似乎「梁山泊好漢」是女性的天敵，其「女色」觀一無是處。

　　這些觀點雖然發生並主要流行於學術圈，但遍及中外，持續百年，影響廣大，而從未受到過公開的質疑，更未有過廣泛深入的討論，卻好像已成定論，就不是正常的現象。其所造成對《水滸傳》一書的負面看法實不在小，而且與日俱增。因此，本文擬對此現象進行檢討，對諸說所據或似乎可據之資料逐一

---

〔註1〕〔元〕施耐庵、羅貫中《水滸傳》，北京：中華書局，1997年。本文如無特別
　　　　說明，凡引《水滸傳》均據此本，僅隨文說明或括注回次。
〔註2〕〔美〕浦安迪講演《中國敘事學》，北京：北京大學出版社，1996年，第148頁。
〔註3〕孫述宇《〈水滸傳〉的來歷、心態與藝術》，臺北：時報文化出版事業公司，1981
　　　　年，第18頁。
〔註4〕〔美〕夏志清《中國古典小說導論》，胡益民等譯，合肥：安徽文藝出版社，
　　　　1988年，第110～111頁。
〔註5〕劉再復《雙典批判──對〈水滸傳〉和〈三國演義〉的文化批判》，北京：三
　　　　聯書店，2010年，第65頁。

辨析，實事求是，概括論定。本作者初步的結論是上述論《水滸傳》「女色」觀諸說，既有悖於人類社會的常識，也不符合《水滸傳》描寫的實際，乃視朱成碧無事生非的怪說，以下總說其謬並逐條駁論如下。

## 一、「厭女症」等實為怪說

上引諸說雖側重不一，但以《水滸傳》寫梁山泊「英雄下意識地仇視女性，視女性為大敵」和有「根深蒂固的仇視女性的理念與情結」的認識為極端，也是「厭女症」「仇女」諸說共同的思想基礎，故應總說給予理論上的檢討。

首先，與傳統人性論不合。《水滸傳》寫一百零五個男性好漢，雖然前世皆為「誤走（的）妖魔」，但寫其入世為人，除豪俠武勇等各種不同個性之外，無一非正常男兒，又各當青壯年，中國古訓如「食、色性也」（《孟子‧告子下》），「飲食男女，人之大欲存焉」（《禮記‧禮運》）等，對他們來說，不應該有任何例外；而《水滸傳》作者自己亦血肉之軀，男兒性情，描摹世情，不會不知「飽暖思淫慾」的人性，那麼他寫這麼一班「論秤分金銀，異樣穿綢錦。成甕吃酒，大塊吃肉」（第十五回）的猛男，怎麼會寫成「厭女」「仇女」的性情來呢？顯然是不可能的。

其次，與《水滸傳》主題不合。《水滸傳》的主題雖十說八說，但是從沒有說它是寫性意識的，若英雄中凡「不娶妻室」「不親女色」者都因為「下意識」地「厭女」，凡是曾殺死過女性的均因為「根深蒂固」地「仇女」，那麼《水滸傳》豈非「下意識」和「根深蒂固」地被寫成了一部「兩性的戰爭」，而不是一部「忠義傳」了？那麼羅貫中豈不是種豆得瓜弄巧成拙了嗎？

第三，與人物性格不合。《水滸傳》作為近百萬字一部大書，寫包括梁山泊好漢在內，無論哪一方面人物都沒有「厭女」「仇女」類言行。這就使人費解，諸說持論者從哪裏看出了「英雄下意識地仇視女性，視女性為大敵」，和有「根深蒂固的仇視女性的理念與情結」？尤其梁山泊好漢本是殺人放火，打家劫舍，為所欲為，李逵動輒說「殺去東京，奪了鳥位」，有的是言論自由，果然有「厭女症」「仇女」心，根本不必掩蓋為「下意識」或凝縮在「根深蒂固」中，而留待數百年後學者發掘才見。由此可見在這樣一部書和梁山泊好漢這樣一個群體中，根本不可能有何種不能明白表達的「下意識」，諸說完全是臆想出來的。

第四，與敘事邏輯不合。《水滸傳》第十二回寫道：

　　　　　　楊志悶悶不已。回到客店中，思量：「王倫勸俺，也見得是。只
　　為洒家清白姓字，不肯將父母遺體來點污了。指望把一身本事，邊
　　庭上一槍一刀，博個封妻蔭子，也與祖宗爭口氣。不想又吃這一閃！
　　高太尉，你忒毒害，恁地克剝！」

第三十二回寫武松送別宋江：

　　　　　　宋江道：「不須如此。自古道：『送君千里，終有一別。』兄弟，
　　你只顧自己前程萬里，早早的到了彼處。入夥之後，少戒酒性。如
　　得朝廷招安，你便可攛掇魯智深、楊志投降了。日後但是去邊上一
　　槍一刀，博得個封妻蔭子，久後青史上留得一個好名，也不枉了為
　　人一世……」

第九十九回寫盧俊義勸燕青做官說道：

　　　　　　「自從梁山泊歸順宋朝已來，北破遼兵，南征方臘，勤勞不易，
　　邊塞苦楚。弟兄殞折，幸存我一家二人性命。正要衣錦還鄉，圖個
　　封妻蔭子。你如何卻尋這等沒結果？」

如此等等，像這幾位主要或重要人物自道人生理想，既然都要圖個「封妻蔭
子」，那麼他們「下意識」裏還會有「根深蒂固」的「厭女」「仇女」嗎？

　　總之，從中國傳統思想與《水滸傳》寫人敘事邏輯上看，《水滸傳》寫「梁
山泊好漢」對女性不夠尊重容或有之，但是以其為「厭女」、「仇女」等不是也
不可能是事實，而是一種以似為真、臆想武斷的怪說，以下將從反正面分別說
之。

## 二、「不親女色」非「厭女」

　　《水滸傳》寫晁蓋「不娶妻室」（第十四回），宋江「不以這女色為念」（第
十九回），盧俊義「不親女色」（第六十一回），以及楊雄、武松、李逵等對待
女性的言行，在有些人看來都是對女性從來沒有或後來失去了性趣，精神上患
了「厭女症」，其實不然。

　　按《百度‧百科》：「『厭女症』（misogyny）是廣泛存在於文學、藝術、現
實和種種意識形態表現形式之中的病症，表現為對女性化、女性傾向以及一切
與女性相關的事物和意義的厭惡，並『把婦女，尤其是婦女的性，當作死亡與
痛苦，而不是當作生命和快樂的象徵。』（瓊‧史密斯 Joan Smith《厭女症》）」
依據這個標準，《水滸傳》寫「梁山泊好漢」，雖然除周通、王英之外，表面上

沒有哪一位是「把婦女，尤其是婦女的性」「當作生命和快樂的象徵」的，但內心的實際不然，尤其不是把女性「當作死亡與痛苦」的「厭女症」人物。

何以見得？我們逐一看《水滸傳》所寫「梁山泊好漢」的幾位領袖與骨幹，晁蓋「不娶妻室，終日只是打熬筋骨」。這裡特別點出其「不娶妻室」，決非說他「厭女」，相反把這件事特別提出，就有了看重之意。否則，晁蓋如果已是患「厭女症」了，就無論是否「打熬筋骨」，就都是「不娶妻室」，還說它什麼？所以接下說明其「不娶妻室」的原因，就是為了「打熬筋骨」。其間的邏輯就是在晁蓋看來，一是「打熬筋骨」比「娶妻室」重要，二是「娶妻室」會妨害他「打熬筋骨」。所以，晁蓋是為了「打熬筋骨」而「不娶妻室」，是為了「打熬筋骨」的具體人生目標所做自我的性壓抑，乃有意識的行為。這種行為表面上似乎「厭女症」，但與「厭女症」本質不同：「厭女症」是因其為女即「厭」。這裡「厭」是嫌惡，出自內心性情上的反感；為「打熬筋骨」而「不娶」，則是以「魚與熊掌不可兼得」，捨「娶妻室」而取「打熬筋骨」而已，與「厭女症」無關。事實上書中寫晁蓋「不娶妻室」可能只是為了「打熬筋骨」的權宜之計，我們看他對待別人妻室的態度，第二十回寫林沖請求准他回東京搬取妻子，晁蓋一口答應道：

> 「賢弟既有寶眷在京，如何不去取來完聚？你快寫書，便教人
> 下山去，星夜搬取上山來，以絕心念，多少是好。」

雖是替別人夫妻之事拿主意，但晁蓋贊同、關懷、急切勸行林沖與妻子「完聚」之熱心，溢於言表。如此一個人物，其身體與精神上還會有「把婦女，尤其是婦女的性，當作死亡與痛苦」的「厭女症」嗎？顯然不可能的。

當然，晁蓋以「賢弟既有」和「以絕心念」為說，言外之意也不免有以妻子為「家室之累」的考量（若宋江則未必），但也僅此而已，與「厭女症」不是同一個層次、同一種性質的問題。而且上引文字下又接寫林沖回報妻子、岳父均已亡故，「晁蓋等見說了，悵然嗟歎」。其寫「晁蓋」又加一個「等」字云云，可見不僅晁蓋，當時山寨上吳用、公孫勝、三阮、朱貴等人同此心，心同此理，對林沖的婚姻家庭悲劇之同情與遺憾兼而有之，並非不包括對林娘子悲慘命運的同情。由此可見「小奪泊」後梁山上晁蓋等人，雖都無妻室，乃各有原因，但並非都不重「寶眷」者，說「梁山泊好漢」有「厭女症」，完全是無稽之談，是把晁蓋等特殊環境下生活作風的一點個性看得恍忽了。

《水滸傳》寫宋江雖「於女色上不十分要緊」、「好漢胸襟，不以這女色為

念」（第二十一回），但仍不是「厭女症」人物。最重要證據是他雖未娶妻，但
王婆受閻婆之託說宋江納閻婆惜為妾，「宋江初時不肯。怎當這婆子撮合山的
嘴，攛掇宋江依允了」（第二十一回）。這一等於「被納妾」〔註6〕的過程，一
面表現宋江納妾之初心主在救濟閻氏母女而非「好色」，另一面也可見如完全
沒有「女色」上的考慮，宋江就既不必「初時不肯」，也不會後來「依允」。因
為畢竟閻婆惜是由其母作為「女色」相送，而宋江也是視為「女色」的贈予接
受了閻婆惜，豈非骨子裏仍是「好色」，是「把婦女，尤其是婦女的性」「當作
生命和快樂」的表現？尤其在圓房之後，「沒半月之間，打扮得閻婆惜滿頭珠
翠，遍體金玉」，更是宋江絕無「厭女」而本性「好色」的真情釋放。只是後
來因種種原因，包括宋江「於女色上不十分要緊」的性情使之，二人才漸行漸
遠，乃至釀成「宋江殺惜」。這一悲劇的形成，在宋江方面應該說吃虧就在他
既「於女色上不十分要緊」，卻還是有幾分「要緊」，即心意中仍存幾分「好色」
的自相矛盾上。由此導致他不適當地把「好德」與「好色」混搭來做，結果釀
成悲劇。總之，在宋江根本上是「好色」之「心生，種種魔生」（《西遊記》語），
與「厭女症」則南轅北轍，如風馬牛之不相及。

　　《水滸傳》寫盧俊義「只顧打熬氣力，不親女色」（第六十一回），情況有
似乎晁蓋；卻有妻子賈氏，「年方二十五歲，……嫁與盧俊義才方五年」，所謂
「家室之累」又遠過於宋江。從而盧俊義實際是集晁蓋的重武輕色與宋江的勉
強金屋藏嬌於一身，鑄成自己比宋江遭受女人更大的背叛，幾至於死。他的禍
起蕭牆，當然出在有妻室卻「不親女色」的自相矛盾上。但他的「不親女色」
仍不是什麼「厭女症」，而與晁蓋一樣也是為了「打熬氣力」所作的選擇。盧
俊義若果然「厭女」，或壓根就不會娶妻，更不會五年間「琴瑟相和」。所以，
以其「不親女色」的表現至多是在「色」的面前一時克制，但以其畢竟有妻在
室，五年來「琴瑟相和」，就不能不說他是「好色」之心人皆有之一類，而面
拒心肯地「把婦女，尤其是婦女的性」「當作生命和快樂」了。總之，盧俊義
差不多是與宋江一樣「於女色上不十分要緊」而又有幾分「要緊」的人。至於
楊雄娶了潘巧雲，雖「一個月倒有二十來日當牢上宿」（第四十五回），必然少
「親女色」，卻是在官府「打工」夜不能歸所致，原是被動的疏遠女色，還是

---

〔註6〕按《水滸傳》第二十一回，閻婆感恩宋江救濟棺材，又苦於母女無依，託王婆
　　　說與宋江為妾，「王婆聽了這說，次日見宋江，備細說了這件事。宋江初時不
　　　肯；怎當這婆子撮合山的嘴攛掇，宋江依允了」，故云。

什麼「病大蟲」，也仍然說不到「厭女症」上去的。

《水滸傳》還寫了武松拒絕了潘金蓮的調情，殺了包括潘金蓮在內的若干女人，是否也是有「厭女症」呢？仍是不然。首先，武松不接受潘金蓮的挑逗，既不是「厭女」，也不是什麼「封建禮教」，而是我國自古及今世代形成的叔嫂之間應有的倫理美德，也是全人類公序良俗文明進步的體現。倘以武松應該接受潘金蓮的挑逗，固然是不「封建」了，但那還算個人了。其次，他一路打鬥，把蔣門神小妾「直丟在大酒缸裏」（第二十九回），殺張都監一家妻小並養娘玉蘭等（第三十一回），都各有其具體的原因。或為了「斬草除根」（第十七、二十五、四十六、四十九、八十九回）等處事觀念所致，更說不到「厭女」。最後，反而正是在張都監假意把玉蘭與武松為妻之事上見出武松並非沒有「好色」之心，而至少沒有「厭女」症來。第三十回寫中秋節筵上張都監喚武松飲酒，「武松吃的半醉，卻都忘了禮數，只顧痛飲。張都監叫喚一個心愛的養娘，叫做玉蘭，出來唱曲。」玉蘭之美有賦贊過，又寫玉蘭唱曲罷：

> 張都監指著玉蘭對武松道：「此女頗有些聰明伶俐，善知音律，極能針指。如你不嫌低微，數日之間，擇了良辰，將來與你做個妻室。」武松起身再拜道：「量小人何者之人，怎敢望恩相宅眷為妻！枉自折武松的草料。」張都監笑道：「我既出了此言，必要與你。你休推故阻我，必不負約。」

這裡寫武松雖然是酒後，又推辭了，但看寫席散後他聽得似乎有賊：

> 武松聽得，道：「都監相公如此愛我，又把花枝也似個女兒許我。他後堂內裏有賊，我如何不去救護？」武松獻勤，提了一條稍棒，逕搶入後堂裏來。只見那個唱的玉蘭，慌慌張張走出來，指道：「一個賊奔入後花園裏去了。」武松聽得這話，提著稍棒，大踏步直趕入花園裏去尋時，一周遭不見。

結果武松就中了張都監的套路，被當作賊捉了。這裡玉蘭雖然不是出於本心，但至少事實上已成張都監「挖坑」陷害武松的幫兇，該殺且不說，而單說武松何等精明，卻輕易落入張都監設置的陷阱，原因無他，只在其感恩「都監相公如此愛我，又把花枝也似個女兒許我」「做個妻室」，而且只在「數日之間」，好事就要成了！這不顯見是「好色」即仍有「把婦女，尤其是婦女的性」「當作生命和快樂」之心嗎？所以，說武松殺女人頗多而且下手狠的確不錯，但說他有「厭女症」則是大錯。而且相反，上述武松中了張都監的圈套，實是因其

「色」心未盡所招惹來的。

我們說《水滸傳》寫「梁山泊好漢」非「厭女症」，最難解釋的似乎是李逵，但也並非如此。李逵既不娶妻室，又殺人如麻，包括殺了許多婦女。尤其是第三十八回，寫他在江州無禮指點倒了一個唱曲的女娘宋玉蓮，似乎其有「厭女症」的「鐵證」。其實亦不然。書中先寫宋玉蓮的美麗「冰肌玉骨，粉面酥胸」云云，卻只由宋江眼中看出（此亦作者不以宋江「厭女」之證），同席吃酒的李逵卻視如無物：

> 那女娘道罷萬福，頓開喉音便唱。李逵正待要賣弄胸中許多豪傑的事務，卻被他唱起來一攪，三個且都聽唱，打斷了他話頭。李逵怒從心上起，惡向膽邊生，跳起身來，把兩個指頭，去那女娘子額上一點。那女子大叫一聲，蓦然倒地。眾人近前看時，只見那女娘子桃腮似土，檀口無言。

細讀上引文字，可知比較宋江，李逵眼中無「色」，心裏自然也就沒在意宋玉蓮是不是個女的。所以他一怒點倒的雖是個「女娘」，卻不是因為她的性別，而是怒她攪了他「要賣弄胸中許多豪傑的事務……打斷了他話頭」。這當然是不應該的，但與唱曲的是男是女無明確相關。如果有關，那一定是這唱曲的若是男的，李逵就不會只用「兩個指頭……一點」，而要揮拳相向了。而這唱曲的無論男女，卻也有討嫌處是到宋江面前去唱的不是火候，連宋玉蓮的母親後來也說：「為他性急，不看頭勢，不管官人說話，只顧便唱。」又正好遇上的是「正待要賣弄」和更為「性急」的李逵，然後就發生了李逵對她帶有失手性質的意外傷害。這既是李逵為人「性急」所致，也是宋玉蓮賣唱不識相所繳的「學費」。所以宋玉蓮的母親當時就說：「今日這哥哥失手傷了女兒些個，終不成經官動詞，連累官人。」已自寬恕了。但李逵一方也還是做出了「賠償」：

> 宋江見他說得本分，又且同姓。宋江便道：「你著什人跟我到營裏，我與你二十兩銀子，將息女兒，日後嫁個良人，免在這裡賣唱。」
> 那夫妻兩口兒便拜謝道：「怎敢指望許多！但得三五兩也十分足矣。」
> 宋江道：「我說一句是一句，並不會說謊。你便叫你老兒自跟我去討與他。」那夫妻二人拜謝道：「深感官人救濟。」

這裡寫宋江向宋玉蓮母女贈銀，既是行義，也是為李逵緩頰補過，客觀上也就進一步坐實了李逵的無禮只是性躁失誤而已，絕非「李逵一看到美貌姑娘

就不勝厭惡」〔註7〕的體現,與「厭女症」無關,研究者下結論太「性急」了耶!

## 三、「除卻姦淫」非「仇女」

　　《水滸傳》寫「梁山泊好漢」有濫殺、虐殺傾向,其實只在王倫時代,晁蓋、宋江時期就漸次收手、明令禁止了。這個我們只要看梁山與官軍交手,對俘獲將官一個不殺,全部接納,這可以知道了。至於有「天殺星黑旋風李逵」、「天傷星行者武松」等個別人偶而有似乎濫殺、虐殺行為,並涉及女性者,也皆因「除卻姦淫」(第七十三回),乃事出有因,而不是因「厭女」和從「厭女」升級的「仇女」。

　　以「梁山泊好漢」有「仇女」意識,出於五十年前著名旅美華裔學者夏至清先生著《中國古典小說導論》,曾舉所謂「四大淫婦」被殺故事論析認為:

> 《水滸》中的婦女並不僅僅因為心毒和不貞而遭嚴懲,歸根到底,她們受難受罰就因為她們是女人,是供人洩欲的怨屈無告的生靈。心理上的隔閡使嚴於律己的好漢們與她們格格不入。正是由於他們的禁慾主義,這些英雄下意識地仇視女性,視女性為大敵,是對他們那違反自然的英雄式自我滿足的嘲笑。〔註8〕

　　這個說法似言之鑿鑿,實際卻浮泛失據。一是其對梁山泊「好漢們」殺「淫婦」行為,只憑著殺的是女人,就只從性別歧視上找原因是不對的。因為同樣是對待女性,在另外更多的場合「好漢們」還有救護女性的表現(詳下),豈非也「因為她們是女人」?二是書中寫無論「四大淫婦」還是劉太公女兒的被「好漢們」所殺,雖皆起於「淫」,但又皆不完全甚至主要不是由於「淫」,而是她們的「淫」又引發各種不同的「惡」才觸罹了「好漢們」的殺機。如「宋江怒殺閻婆惜」並非只怒她與張文遠私通,那在宋江已決計只是不再理會她了而已,「殺惜」的直接原因只在閻婆惜威脅要告發宋江暗通梁山;潘金蓮的「紅杏出牆」或在武松也咽不下這口氣,但以武松殺嫂之前先赴衙門告狀之奉法守紀看,如果不是她夥同西門慶殺了武大郎,武松也斷不會要了她的性命;而盧俊義的夫人賈氏則死於她夥同姦夫李固欲置盧俊義於死地和霸佔盧家產

---

〔註7〕〔美〕夏志清《中國古典小說導論》,胡益民等譯,合肥:安徽文藝出版社,1988年,第94頁。

〔註8〕〔美〕夏志清《中國古典小說導論》,胡益民等譯,合肥:安徽文藝出版社,1988年,第110～111頁。

業。可見閻、潘、賈三婦各自被殺最直接的原因，都是殺人或陰謀殺人而招致的報復。雖然皆由「淫」而起，但是若無後來由她們激變擴大化為政治上你死我活或刑事上一命償一命的矛盾，則閻、潘、賈三婦或都不必落到被殺的下場。至於楊雄殺潘巧雲也同樣緣起於潘氏與海闍黎的通姦，但是「大鬧翠屏山」楊雄殺她的理由卻是：

> 楊雄卻指著罵道：「你這賊賤人，我一時間誤聽不明，險些被你瞞過了！一者壞了我兄弟情分，二乃久後必然被你害了性命。不如我今日先下手為強。我想你這婆娘心肝五臟怎的生著？我且看一看。」（第四十六回）

這裡楊雄並不提潘氏與海和尚通姦之事。可見潘氏若僅通姦，楊雄雖亦難容，但不過一休了之，並不見得就要其性命。而所以非殺不可，實因她為掩己醜而誣陷石秀，「壞了我兄弟情分」，觸忤了江湖上「兄弟如手足，妻子如衣服」（《三國演義》第十五回）的紅線，加以擔心「久後必然被你害了性命」，就成了楊雄為了自保而「先下手為強」殺掉潘巧雲的理由。總之，所謂「四大淫婦」的被殺雖皆因奸起事，但最終悲劇的形成，都是她們害人終害己的必然結果，而與宋江等殺人者對「女色」的態度無關，尤其是並沒有任何「仇女」因素的作用。

因此，就《水滸傳》寫「四大淫婦」之死皆起於「通姦」而言，尤其以古代冒有極大風險的「通姦」往往出於男女真正的感情而言，事情的結局肯定不合於人類理想對女性的態度，更不合於近世社會人權與法治觀念，從而讀者有理由同情所謂「四大淫婦」的悲慘結局。但那是歷史的侷限，並不該由「好漢們」個人的性格負責，所以有關的討論不能引導出他們「仇女」的動機。

可能比較費解的是第七十三回寫「黑旋風喬捉鬼」殺了狄太公女兒與她的情人。但是這件事須從兩方面看：一是李逵應狄太公之請「捉鬼」，今天看李逵有些像是多管閒事，但在李逵並狄太公都相信劉女為「鬼」所困的情況下，李逵為脫狄女於他們想像中「鬧鬼」，實是因其為女人而救她，豈不是見義勇為？卻後來又殺了她，豈能又因其為「女人」？二是李逵對殺了狄太公女兒與她情人的解釋是「女兒偷了漢子」，「這等醃臢婆娘，要你何用」。可見李逵為人雖粗野魯莽，但他殺狄女的出發點明確是為了「除卻奸淫」，維護禮教。過則過矣，也只是今人的看法，但是絕非出於「仇視女性」，則是很明白的事。再說李逵是並「奸夫」一起殺了，而不是只殺了狄太公女兒一個，就更不能說

他專一「仇女」。而且試想李逵本是欲救狄女，若「問了備細」不是此女招引情人私通，李逵會連此女一併殺了？當然不會。由此可見狄女之被殺，並非因是「女人」和李逵「視女性為大敵」，而是因為在李逵看來，她居然是一個「偷了漢子」、背棄禮教的「淫女」，還「要你何用」！

　　總之，從所謂「四大淫婦」與李逵「喬捉鬼」中狄女故事，都得不出所謂《水滸傳》「仇女」的結論。再說李逵「這人是上界天殺星之數，為是下土眾生，作業太重，故罰他下來殺戮」（第五十三回），狄女湊巧落到李逵手裏也是「天意」，從而根本不是今之理論家所謂「這些英雄下意識地仇視女性，視女性為大敵」那麼一種怪誕。因此，簡單地說，這些故事除在全書結構中的意義之外，只是作書人對「萬惡淫為首」所做的演義，不必更深求而想入非非了。

## 四、「女人禍水」辨正

　　孫述宇認為《水滸傳》是一部「強人講給強人聽的故事」，「《水滸》中女人的故事，差不多必定講到男人吃虧。……作者很努力製造『女人禍水』的印象，防閑女性的動機清楚得很。」又說：「依我們看，像水滸文學所表現的對於女性的猜疑，用法外強徒的亡命心態來解釋最妥當。」〔註9〕但是這個前提必須是能夠證明施耐庵和羅貫中都是「強人」和「亡命」之徒，顯然是不可能的。所以，對《水滸傳》這樣一部文學作品，我們即使相信其與宋金間太行山「強人」的事蹟有蛛絲馬蹟的聯繫，也還是只能從一般歷史的知識、人生的經驗和藝術的規律，從對有關描寫的具體分析下判斷。

　　本作者認為「女人禍水」主要在梁山之外的官場與城鄉。

　　首先，「女人禍水」基本上是男權話語虛構之說。在男權社會，尤其是《水滸傳》的世界裏雖然肯定要有女人，但是正如西門慶勾引潘金蓮所顯示的，女人在多數情形下都是被男人所支配而行動的。所以，即使最後男人真的「吃虧」了，則雖然不排除過程中女人蠱惑、拖累或背叛等可能的原因，但也一定是有男人自身的缺失在先。換言之，總是先有「女色」當前男人不能好自為之，然後才會有女人之或見識不到，或心術不正等為之禍端。此所謂前因後果和「內因是決定的因素」。根據這個道理，在幾乎清一色男子漢的梁山泊好漢的世界裏，根本不存在孫述宇所說「《水滸》中女人的故事」。而所有關於梁山泊好漢與女

---

〔註9〕孫述宇《〈水滸傳〉的來歷、心態與藝術》，台北：時報文化出版事業公司，1983年，第298～300頁。

人的敘事，或多或少幾乎都屬於好漢們「好色」招災。例如宋江因為納了閻婆
惜為外室以致殺惜亡命逼上梁山，固然因為遇上閻婆惜是個壞女人，但如果他
當初能堅持「不親女色」拒絕包養她，還會有什麼禍端？又譬如雷橫從梁山泊
回到鄆城縣，若不是聽李小二勸去「去睃一睃，端的是好個粉頭」（第五十一回），
也不會惹出「枷打白秀英」的麻煩。然而雷橫急切地忘了帶錢就去了，豈不是
因於一點色心未泯？甚至與武松故事相關的西門慶因潘金蓮而被殺等類似故
事，從根本上說也無疑是男人好色惹的禍，──你不去惹她，她豈能為禍？卻
說成「女人禍水」，意即男人的禍是由女人造成，就完全是男性的偏見。而《水
滸傳》作者正是持此種偏見，第二十六回寫西門慶、潘金蓮故事曾引詞有云：

> 原來這女色坑陷得人，有成時必須有敗。有首《鷓鴣天》單道
> 這女色。正是：色膽如天不自由，情深意密兩綢繆。只思當日同歡
> 慶，豈想蕭牆有禍憂！貪快樂，恣優游，英雄壯士報冤仇。請看褒
> 姒幽王事，血染龍泉是盡頭。

但是，讀者倘能夠深一步思考，把武松被潘金蓮十分挑逗而不動，與西門慶「十
面挨光」勾引潘金蓮作一比較，就可以看出上引說「原來這女色坑陷得人」，
即「女色禍水」論是如何地虛偽了。其實正如幽王不納褒姒，則何以會有「烽
火戲諸侯」之亂？《水滸傳》梁山泊好漢如果絕無因「色」心而接近女人，又
緣何會被「女色坑陷得人」「吃虧」？所以，《水滸傳》寫梁山泊好漢多屬於「好
色」或「好色」之心未盡而招災惹禍，而非「女人禍水」。而且不僅此也，這
種情形中有的女人還可能有一二分冤枉，如說到根本上，閻婆惜其實是她母親
閻婆與宋江交易的犧牲品。

其次，《水滸傳》寫「女人禍水」另有其人。「女人禍水」的本義，應是因
為女人的主導，使男人幹了壞事以啟禍端。這在《水滸傳》描寫中也是有的，
卻都不在梁山泊，而在書中所寫的官場或城鄉。官場中如「北京大名府梁中書
收買十萬貫金珠寶貝玩器等物送上東京與他丈人蔡太師慶生辰」（第十六回），
當然是為了他的夫人，也許本來就是他的夫人堅持要求做的；又如清風寨知寨
劉高的夫人「極不賢，只是調撥他丈夫行不仁的事」，在被宋江救下回到清風寨
之後，卻對丈夫說謊恩將仇報，結果導致她夫妻先後被殺（第三十五回）；再如
高唐州知府高廉老婆的弟弟殷天錫，因強佔柴家花園被李逵打死，「這殷夫人要
與兄弟報仇，教丈夫高廉，抄扎了些皇城家私」（第五十二回），結果引出梁山
泊好漢「大鬧高唐州」，雷橫「一樸刀把高廉揮做兩段」（第五十二──五十四

回），等等；城鄉中人如李鬼妻子出謀欲害李逵，反而引出李逵先把李鬼殺了；後又舉報李逵，招致被殺（第四十三回）。狄太公的女兒招引情人入閨行樂，被太公誤以為有鬼請李逵來捉，結果雙雙被殺（第七十三回）等等。這種情形下，男人處於或幾乎處於完全的被動，完全或主要是因為女人的行為而罹患禍殃，才是真正的「女人禍水」，而不可與男人「好色」的惹火燒身混為一談。

最後附帶論及，《水滸傳》「溜骨髓」之說也容易引起「女人禍水」的聯想。第三十二回寫王英劫了知寨劉高的妻子，就要霸做自己的押寨夫人。宋江當時仗義勸阻，曾說「但凡好漢犯了『溜骨髓』三個字的，好生惹人恥笑」云云，和同樣的意思也見於第四十四回有引「二八佳人體似酥，腰間仗劍斬愚夫。雖然不見人頭落，暗裏教君骨髓枯」的詩也疑似有說「女人禍水」的意思，雖然未見有論者提及，但這個「溜骨髓」即性生活中男性排精被認為損害身體健康的事，自然牽涉到女人，從而潛在地女人對男人「溜骨髓」也好像要承擔些責任。其實，這件事一是古代房事養生學上的誤區，至今醫學上也不過說過猶不及，適可而止，那麼在古代人有認為性生活會導致男性的「骨髓枯」，不惟做不成「好漢」，還會減壽損命，至多是一個養生學上的誤區。因此而有後來蘭陵笑笑生從《水滸傳》潘金蓮、西門慶故事敷衍創作《金瓶梅詞話》，就是在這首「二八佳人」的詩上演義，寫西門慶縱慾無度，終至精竭而亡的命運，而筆致騰挪，天花亂墜，遂成名著。所以，《水滸傳》有關宋江等譏笑王英「溜骨髓的毛病」，只是講男人的戒色自律，而絕無視女人為「大敵」之意。況且這也不是羅貫中個人的發明，而早在《黃帝內經》就有云：「夫精者，身之本也。」「今時之人不然也，以酒為漿，以妄為常，醉以入房，以欲竭其精，以耗散其真，不知持滿，不時御神，務快其心，逆於生樂，起居無節，故半百而衰也。」從而有道教所謂的「保精之術」〔註10〕。這在今人可以不完全相信，但在晁蓋、宋江等相信則至多是科學知識不足的問題，因而產生對女性的恐懼心理並不難理解，所以寫晁蓋、盧俊義為「打熬筋骨」、「氣力」而「不娶」、「不親」，就是受了這種缺乏科學依據或認識片面的「保精之術」的影響。更進一步，《水滸傳》寫好漢中最勇猛的魯智深、武松、李逵、楊志等幾乎都是單身漢；而「蔣門神雖然長大，近因酒色所迷，淘虛了身子」，輕易就被武松打倒了。更有些諷刺性的描寫，如周通「貪色」被魯智深痛打羞辱；王英在陣

---

〔註10〕〔唐〕孫思邈《攝養枕中方》，〔宋〕張君房輯《雲笈七籤》，濟南：齊魯書社，1988年，第191頁。

上「做光起來」，卻被後來成為他老婆的扈三娘活捉了；「風流萬戶侯」董平恰是被兩員女將捉了押上山寨等等，也都明顯是就「溜骨髓的毛病」下針砭。而第三十二回寫孔亮「長七尺以上身材，有二十四五年紀。相貌堂堂強壯士，未侵女色少年郎」，則肯定了「保精」是男性健康雄壯，至少是看相好的前提，儘管孔亮的武藝只是平常。這就明確傳達了「溜骨髓」的危險，從反面證明要做一個好漢，保持膂力，最好是戒色。這肯定不是男性保健和在社會上安全的完美之計，但性生活是男女雙雙的事，《水滸傳》雖譏笑男子漢「溜骨髓的毛病」，卻並未遷罪於女人，從而《水滸傳》對「溜骨髓」的譏笑並未導向「女人禍水」一面，只不過宋江時代的愚昧和偏見而已。何況宋江「不親女色」，他那「封妻蔭子」想頭怎麼著落，不是自相矛盾了嗎？

## 五、結語

本文以上辯駁《水滸傳》有關「厭女」「仇女」等議論諸說，並非認為《水滸傳》寫女性和好漢們對待女性所體現全書的「女色」觀有如何高明。事實是《水滸傳》寫百零八人中，再多寫幾位女性或寫「女漢子」更像個女性，可能要更好一些；又其寫梁山泊好漢，那怕寫王英、董平等少數「好色」之徒能有些憐香惜玉的表現，也可以使這部書的感情色彩更加多樣；還有如果李逵的板斧不是為了封建禮教砍向狄太公女兒，也可以少一個「仇女」的大誤會，如此等等，都可以說是《水滸傳》「女色」觀表現不盡如人意處。然而，這就是歷史，這就是那一時代小說藝術的侷限。本文絕不在《水滸傳》的「女色」觀有何等穿越的進步性上有任何堅持，但論其儘管不夠高明，卻絕未至於跌破中國古代世俗男女關係的底線，滑落到「厭女症」「仇女」和「恐女症」之類的怪誕中去；並且認為有不止三兩證據表明，《水滸傳》中也正是不乏關於女性「正能量」的描寫，只是長時期中被海內外一些學者望文生義地誤解或有意無意地忽略了，又生搬硬套「厭女症」理論形成偏見。這種偏見影響達到驚人的程度，至於那怕是意義上明顯映發互見的情節，被寫為同一回書中上下文的銜接，如第七十三回寫李逵的先殺狄太公女兒後救劉太公女兒等，都好像可以完全不顧，而堅執其似乎早就橫在胸中的《水滸傳》「厭女」、「仇女」之類的成見，是筆者困惑不解和感覺不能不提出質疑和有所討論的。對此，筆者將另文予以討論。

原載《明清小說研究》2021 年第 4 期

# 《西遊》向「西」，《紅樓》向「東」
## ——《紅樓夢》《西遊記》敘事之「方位」學和「倒影」論

　　數年前，筆者曾論中國古代章回小說「從《水滸傳》、《西遊記》到《紅樓夢》，看來差異巨大的三書，都以一塊『靈石』的意象打頭並契合中心人物、隱含主旨以貫穿全書，從而三書在一定程度上都可以稱為『石頭記』」〔註1〕。近又思考作為「石頭記」，三書卻有一個很大的差別，即《水滸傳》的「石碣」或在龍虎山「鎖鎮」妖魔，或自天而降以「天文」提破百零八人聚義因緣，並來去都在忽然之間，從而其為「石頭記」僅是宋江等百零八人總體之象徵，而非一直被描寫中的全書主要人物形象的本體，更不是宋江這一中心人物的化身或替代。《西遊記》〔註2〕與《紅樓夢》〔註3〕則不然。這兩部書中「石頭」的化身——孫悟空或賈寶玉——各為一書的中心人物，各在其書中的生命歷程也都可以概括為一個「遊」字。唯是在孫悟空（部分地也包括他的師父與師弟等）為「西遊」，在賈寶玉（也包括隨他「還淚」的林黛玉以及諸釵等「一干風流冤孽」）為「東遊」，而可以概括曰《西遊》向「西」，《紅樓》向「東」。

〔註1〕 杜貴晨《一種靈石，三部大書——從〈水滸傳〉〈西遊記〉到〈紅樓夢〉的「石頭記」敘事模式》，《山東師範大學學報》2010 第 5 期。
〔註2〕 吳承恩著《西遊記》，李卓吾、黃周星評，濟南：山東文藝出版社，1996 年。本文以下引此書無特別說明，均據此本敘出，或括注回數。
〔註3〕 曹雪芹、高鶚著《紅樓夢》，脂胭齋評，濟南：山東文藝出版社，1993 年。本文以下引此書無特別說明，均據此本敘出，或括注回數。

　　這應該也是一種「文學地理學」，或者杜撰一個概念是中國古代文學敘事的「方位學」。這裡所謂古代文學敘事的「方位學」當然不僅基於上述《西遊記》《紅樓夢》兩書中「石頭」的描寫，而有文學史上更廣泛多樣表現的根據〔註4〕。然而本文所關首要的是《西遊》向「西」，《紅樓》向「東」，果然是一個事實嗎？

## 一、《西遊》向「西」

　　《西遊記》如書名所示，自然是其遊向「西」。而且孫悟空在「東勝神洲」，唐僧是「東土南贍部洲」（第九十八回）的僧人，佛在「西天」，「取經」也只能是向「西」。所以，《西遊記》向「西」不是一個問題，似不必說，也似無可說。其實不然，作為全面的判斷還部分地需要作具體分析。因為雖然唐僧「五眾」的「西天取經」一路向「西」，但那畢竟只是第八回甚至是第十三回以後的事，第八回乃至十三回以前的《西遊記》也是「西遊」和向「西」嗎？就不免是一個疑問。答案卻是肯定的。

　　這要從百回本《西遊記》對前此西遊故事的改造說起。百回本《西遊記》成書之前西遊故事形成史上，和《西遊記》成書之後的幾百年來，讀者一般認為《西遊記》之得為「西遊記」，乃以其寫唐僧「西天取經」之故，這在一般看來也好像是對的，而讀者乃至大多數專家也都是這樣認為的，似無可非議。

　　因為明顯的事實與道理在於，一方面歷史地看沒有唐僧取經，就不可能有《西遊記》，而早期西遊故事如《大唐三藏取經詩話》就是從唐僧說起的「西天取經」的「西遊記」；另一方面至百回本《西遊記》承衍「唐僧取經」故事，雖然全書敘事不是從唐僧而是從孫悟空出世「大鬧天宮」和被如來佛鎮壓於五行山下說起，至第八回乃至第十三回才真正進入所謂「唐僧取經」模式，但是畢竟全書仍以所謂「唐僧取經」占最大篇幅，從而看似仍未根本改變其為一部「唐僧取經」的「西遊記」之格局。

〔註4〕有關論據參見杜貴晨《中國古代文學的重數傳統與數理美——兼及中國古代文學的數理批評》（《中國社會科學》2002年第4期）舉例云：「早在甲骨卜辭中已有『今日雨，其自西來雨？其自東來雨？其自北來雨？其自南來雨？』至漢樂府有『魚戲蓮葉東，魚戲蓮葉西，魚戲蓮葉南，魚戲蓮葉北』等古辭，《木蘭詩》乃有『東市買駿馬』以下四句，都不曾標明而實際有四方之數存為內在的聯絡。」又，《從「西門」到「賈府」——從古代拆字術、「西方」觀念說到〈金瓶梅〉對〈紅樓夢〉的影響》，《蘇州大學學報》2008年第1期。

　　但是，因此忽略前七回孫悟空出世「大鬧天宮」至被壓五行山下故事的意義，以為百回本《西遊記》一仍其前西遊故事的敘事中心與謀略的認識，則是完全錯誤的。《禮記‧經解》引「《易》曰：『君子慎始。』『差若豪氂，繆以千里』，此之謂也。」〔註5〕比較其前西遊故事，百回本《西遊記》以孫悟空打頭的七回書敘事領起的設計，實以四兩撥千斤之巧力根本改變了傳統西遊故事敘述的中心與取向，體現於以下兩個方面：

　　一是由「唐僧取經」的「西遊記」改變成為了包括但不限於石猴──孫悟空等「修真」「成佛」的《西遊記》。《西遊記》與前代西遊故事明顯的不同，是孫悟空取代了唐僧成為貫穿全書的中心人物。這表現於敘事雖然沒有也不可能改變取經路上唐僧作為「師父」和被眾徒保護的尊位，但實際唐僧的地位僅僅是「西天取經」一事的精神之錨。從而其在「取經」途中除了表現為「西天取經」不可或缺的百折不回的定力之外，其他甚至只是「西遊」的累贅。而孫悟空不止是「西天取經」的參加者，而且是「西天取經」一路斬妖除魔的「心主」（第六十九回、七十三回）。至於「西天取經」對於唐僧來說除了是他並不自覺地為了個人救贖之外，直觀上完全是觀音菩薩交給他的一個「任務」；而對於孫悟空等四徒來說，「西天取經」卻都是先由觀音菩薩說破只是一個將功贖罪、修真成佛即「修功」的機會，即第九十八回寫唐僧五眾過了凌雲渡後孫悟空所稱的「門路」：

　　　　三藏方才省悟，急轉身，反謝了三個徒弟。行者道：「兩不相謝，
　　彼此皆扶持也。我等虧師父解脫，借門路修功，幸成了正果；師父
　　也賴我等保護，秉教伽持，喜脫了凡胎。……」

由此可見，至少孫悟空心裏非常明白，此一去西天雖然有菩薩交待保「唐僧取經」的職責，但他個人的追求卻與八戒等同是將功贖罪的「借門路修功」。

　　二是因為有了前七回之故，自第八回敘事雖轉為「我佛造經傳東土，觀音奉旨上長安」，但在作者寫來卻並非另起一事，而是對前七回的接續，維持了全書敘事以孫悟空為中心的地位。這突出表現在第七回既寫佛祖作法把孫悟空壓在五行山下之後，第八回寫佛祖造經、傳經的緣起就從五百年後孫悟空說起曰：

　　　　佛祖居於靈山大雷音寶剎之間。一日，喚聚諸佛、阿羅、揭諦、
　　菩薩、金剛、比丘僧、尼等眾曰：「自伏乖猿安天之後，我處不知年

〔註5〕陳澔《禮記集說》，上海：上海古籍出版社影印本，1987年，第274頁。

月，料凡間有半千年矣。今值孟秋望日，我有一寶盆，盆中具設百
樣奇花，千般異果等物，與汝等享此盂蘭盆會，如何？」槪眾一個
個合掌，禮佛三匝領會。如來卻將寶盆中花果品物，著阿儺捧定，
著迦葉布散。大眾感激，各獻詩伸謝。

我國古代每年農曆七月十五日舉行的盂蘭盆會，是早在明代之前即已形
成的傳統鬼節，佛教例在此節舉辦超度鬼魂的儀式。由此引出佛祖造經、傳經
東土之事，看似與孫悟空無關，但一方面被壓在五行山下的孫悟空實質也屬被
超度之鬼，另一方面對此與孫悟空並無聯繫處卻一定以「自伏乖猿安天之
後……凡間有半千年」說起，正是作者因緣生法要建立佛祖造經傳經與孫悟空
再世之聯繫的表現。這就從形式的邏輯上實現了《西遊記》自第八回以後所有
敘事，包括所謂「唐僧取經」在內，仍然是前七回孫悟空故事的繼續。從而《西
遊記》敘事的中心線索就不是過去有學者認為的從「大鬧天宮」經「取經緣起」
至「西天取經」三段式的主題轉換〔註6〕，而是以被壓在五行山下五百年為期
的石猴——孫悟空的前世→今生的再生緣，或曰孫悟空心生→心滅的修真成
佛之路。

這就是說，第八回寫佛祖造經傳東土的真正用心，雖不能不是為了他所謂
的救拔東土愚迷之人，但在《西遊記》敘事結構上的意義，卻是為了給孫悟空
再生為「大鬧天宮」等贖罪和修功以成正果的機會。這就使整個「西天取經」
故事，表面上是孫悟空半道而入參加了唐僧的「西天取經」，實質上卻是唐僧
的「西天取經」一開始就被佛祖——觀音菩薩注定為孫悟空等包括唐僧贖罪修
功的「門路」。如若不然，僅僅為了把佛經從西天取回大唐，孫悟空一個斛斗
雲正好夠了，何煩又有「八十一難」和「十萬八千里」？

順便說到正是《西遊記》主角由唐僧轉換為孫悟空，所以書中並非不可能，
卻明顯有意地不對唐僧的出身作專回敘寫。從而對於孫悟空故事來說，唐僧也
僅如後來豬八戒、沙僧參與取經的半道加入，而第十四回孫悟空拜唐僧為師，
形式上是孫悟空皈依了唐僧，實質卻是孫悟空以唐僧徒弟的身份重出江湖，
「棄道從僧」（第十九回、第三十五回），「借門路修功」。而唐僧對孫悟空的搭
救與接納，則是做了孫悟空命運轉折的推手，完了一項佛祖——觀音布置的任
務。從而此時的唐僧固然為「取經」之主，卻非「西遊」之主；而孫悟空名為

〔註6〕此類認識在在 20 世紀八十年代之前流行，有代表性的如游國恩等著《中國文
學史》（四），北京：人民文學出版社，1986 年，第 109 頁。

唐僧「取經」之徒弟之一，實際是繼其第一次的「西遊」（詳下）之後，又為此「西天取經」的「西遊」之主。

「西天取經」途中，孫悟空與唐僧身份的這種表裏不一的主從關係，就體現於「西天取經」一路，孫悟空既是聽命於唐僧的強大護衛，又是唐僧道心開發及時的引導者。第十三回烏巢禪師授《多心經》之後有詩預言取經前程，就有「野豬挑擔子，水怪前頭遇。多年老石猴，那裡懷嗔怒。你問那相識，他知西去路」之語的提破，孫悟空也自承「我們去，不必問他，問我便了」。此後取經路上，孫悟空雖以唐僧為師，也確能感其救拔之恩而執弟子禮，但在對佛法的領悟上反而是唐僧「西遊」的導師，其修行的每一進階幾乎都是經由孫悟空的教導提醒。這就可以看出唐僧「西天取經」早期收徒「組團」的本質，雖在唐僧本人是受唐王之託付（當然冥冥中也是他對前世為「金蟬子」獲罪的救贖）的使命，也是他當時意識得到的唯一目的，但在四徒尤其是孫悟空明白，只不過是「借門路修功」的又一次「西遊」而已。

三是《西遊記》中的「西遊」已不僅是孫悟空與唐僧等共同的「西天取經」，而是包括本次在內以孫悟空為中心人物的兩次西遊。那就是「西天取經」之前第一、二兩回書寫孫悟空自「東勝神洲……傲來國……花果山」出生，一日「道心開發」，感於「一旦身亡，可不枉生世界之中，不得久注天人之內」，又聽從通背猿猴說學於「佛與仙與神聖三者」可得「不老長生」之術，遂乘筏西渡，輾轉至「西牛賀洲……靈臺方寸山……斜月三星洞」，從須菩提祖師「學道七年」，雖得師父密傳，卻半途而廢，被逐出山門，所謂「榮歸故里」花果山（第三回）云云，也是自「東」向「西」的一次「西遊」。甚至其遊所至「靈臺方寸山……斜月三星洞」與佛祖所住西天靈山同在西牛賀洲，且相去不遠。從而孫悟空初出花果山求仙學道，雖僅至「靈臺方寸山」而未至「靈山」而回，但與後來的「西天取經」並觀實已是他的第一次「西遊」了。唯是孫悟空從這一次「西遊」，雖然學得極大本領，但很不幸的是他道心未完，魔心未滅，所以被逐之後，反而成了一個有能力大鬧天宮、地獄、水府三界的「妖猴」，結果招致被鎮壓於五行山下五百年之難，等待冥冥中唐僧「西天取經」搭救的造化，迎來他第二次「西遊」學道的機會。

總之，《西遊記》向「西」，包括但不限於唐僧五眾共同的「西天取經」，而是指孫悟空第一次失敗（學仙）、第二次成功（學佛）的兩次「西遊」。這兩次「西遊」，經由第八回至第十三回佛祖造經——傳經等故事而騎驛暗通，後

先相接，構成石猴——孫悟空修心成佛的全過程，才是一部後先相推、首尾照應、名副其實的「西遊記」。這也就是說，《西遊記》向「西」，其一以貫之的中心是孫悟空的遊學即「心性修持大道生」的努力向「西」，而不僅僅是唐僧的「西天取經」。

## 二、《紅樓》向「東」

比較《西遊記》向「西」的容易誤解，《紅樓夢》向「東」更似不可解，但實際上也斑斑可考，以下分述之。

首先，筆者曾撰文以為《紅樓夢》是一個「新神話」〔註7〕，一個「石頭——神瑛」並「一干風流冤孽」「造歷幻緣」的天上人間故事。其來往天上人間行止的取向，則見於以下描寫：

一是從全書敘事的大環境看，第一回寫「石頭——神瑛」及「一干風流冤家」其來自「西」。具體說「石頭」本是在「大荒山無稽崖……青埂峰下」，雖未明何方，但《山海經·大荒西經》云：「大荒之中有山名曰大荒之山。」〔註8〕由此大荒山為「西經」中所敘的位置可見其在「大荒」之西部。加以又寫「絳珠」「神瑛」都在「西方靈河岸上」，其他「一干風流冤家」既與「絳珠」「神瑛」等一起「下凡」，自然也應當認為是在「西方靈河岸上」。這就是說，作為一個「新神話」，《紅樓夢》敘事自「西方」起，那麼以「西天」與「東土」相對，這些人物的運動軌跡必是自「西」而「東」。

二是從所寫與「賈府」暗對的「甄（真）府」位置看，第一回有云：

> 當日地陷東南，這東南一隅有處曰姑蘇，有城曰閶門者，最是紅塵中一二等富貴風流之地。這閶門外有個十里街，街內有個仁清巷，巷內有個古廟，因地方窄狹，人皆呼作葫蘆廟。廟旁住著一家鄉宦，姓甄，名費，字士隱。

由此可見《紅樓夢》「甄（真）府」在「東南」，主為「東」。

三是從所寫石頭——賈寶玉與「一干風流冤家」活動的具體環境看，其既寫「賈府」「攀扯」於「東」，又寫大觀園在「榮府」之「東」。第二回「冷子興演說榮國府」：

〔註7〕杜貴晨《〈紅樓夢〉的「新神話」觀照》，《廣東技術師範學院學報》2011年第2期。
〔註8〕郭璞注，畢沅校《山海經》，上海：上海古籍出版社，1989年，第113頁。

自東漢賈復以來，支派繁盛，各省皆有，誰逐細考查得來？若論榮國一支，卻是同譜。但他那等榮耀，我們不便去攀扯，至今故越發生疏難認了。」子興歎道：「老先生休如此說。如今的這寧、榮兩門，都蕭疏了，不比先時的光景。」雨村道：「當日寧、榮兩宅的人口也極多，如何就蕭疏了？」冷子興道：「正是，說來也話長。」雨村道：「去歲我到金陵地界，因欲遊覽六朝遺跡，那日進了石頭城，從他老宅門前經過。街東是寧國府，街西是榮國府，二宅相連，竟將大半條街佔了。大門前雖冷落無人，隔著圍牆一望，裏面廳殿樓閣，也還都崢嶸軒峻，就是後一帶花園子裏面樹木山石，也還都有蓊蔚洇潤之氣，那裡像個衰敗之家？」

以上引文中值得注意的，一是溯賈府世系上至「東漢賈復」。據《後漢書·賈復傳》：

賈復字君文，南陽冠軍人也。……復從征伐，未嘗喪敗，數與諸將潰圍解急，身被十二創。帝以復敢深入，希令遠征，而壯其勇節，常自從之，故復少方面之勳。諸將每論功自伐，復未嘗有言。帝輒曰：「賈君之功，我自知之。」十三年，定封膠東侯，食郁秩、壯武、下密、即墨、梃（胡）、觀陽，凡六縣。〔註9〕

雖然讀者因此可以認為《紅樓夢》寫「賈府」託始賈復決無不當，但是如果考慮到歷史上賈姓名人輩出，如西漢賈誼、東漢賈逵、西晉賈充等，如果《紅樓夢》僅僅是為賈府託一個賈姓的名人做祖宗，實在可以不費心思找到比賈復更早和名氣更大者，卻一定搜尋到「東漢」「定封膠東侯」的賈復，豈非有意為賈府「攀扯」上「東」？二是概說賈氏一族兩支，分居「寧、榮兩宅」，「街東是寧國府，街西是榮國府，二宅相連，竟將大半條街佔了」，何以有著略可望成之賈寶玉一支的榮國府在西，而導致賈府衰敗的寧國府在東？更進一步第十六回寫賈寶玉與諸釵的主要居住聚集場所的「大觀園」，則是傍榮府「東邊一帶，借著東府裏花園起」，與東府「連屬」為一園。由此可見「石頭」——「神瑛」一體及「一干風流冤家」的「造歷幻緣」，既自西向東到了賈府，又在賈府中由「街西」的榮宅移到了偏於「街東」寧宅的「大觀園」，而「大觀園」是《紅樓夢》「情」起「情」滅的中心之地。

〔註9〕〔南朝宋〕范曄著，〔唐〕李賢等注《後漢書》（四），北京：中華書局標點本，1965年，第664～667頁。

這裡要特別說到從一般敘事看，寧府的存在似嫌多餘。因為書中除秦可卿早死與惜春為寧府之人而實際居住榮府之外，幾乎所有重要人物如賈寶玉是榮府的公子，釵、黛、雲、鳳、元、迎、探、妙等諸釵非榮府的家眷，即榮府的親戚，或投靠榮府來的人。從而可以認為從藝術上的精緻與敘事的方便起見，並無一定要分設東、西兩府的必要。而作者竟似不避頭緒繁冗寫賈府分為兩宅，一定不是出於敘事方便上的理由，而是別有藝術的用心。竊以為這個用心就是把「街西榮國府」衰敗溯源到「街東寧國府」，即書中有詩句云：「箕裘頹墮皆從敬，家事消亡首罪寧。」（第五回）

總之，「石頭——神瑛」即賈寶玉等「造歷幻緣」即入世的所歷，是先自天（仙）界「西方」下界投東，轉世為東土遠祖為「東漢」「膠東侯」賈復後裔之「賈府」西宅的「榮府」，再從榮府移居「借著東府裏花園起」造的「大觀園」，從而賈寶玉（以及諸風流冤孽）從天上到人間的過程是一路向「東」，步步趨「東」，筆者故曰《紅樓夢》向「東」。

## 三、兩者之異

中國古代以「天人合一」，故指事名物包括「東」與「西」概念的內涵，都不僅是普通的方位之稱，而時或包含有哲學的意蘊〔註10〕。《西遊》向「西」與《紅樓》向「東」之異也是如此。

首先，去向反，目標異。《西遊記》向「西」，是孫悟空等知罪欲贖，棄道從僧，煉魔修真，一心向佛；《紅樓夢》向「東」，則是賈寶玉等「凡心偶熾」，走火入魔，眷慕人間，自墮紅塵，情迷忘返。從而《西遊》所寫是孫悟空與唐僧等由地而天，由迷而悟；《紅樓》所寫是寶玉與諸釵等由天而地，由智而迷。

其次，《西遊》遊「心」，《紅樓》遊「情」。《西遊》遊「心」，是說「西遊」以「修心」為主，首回標目曰「靈根育孕源流出，心性修持大道生」即已寫明。第十三回寫唐僧「西天取經」上路前道別眾僧，又特別提點曰：

> 心生，種種魔生；心滅，種種魔滅。我弟子曾在化生寺對佛設
> 下洪誓大願，不由我不盡此心。

又，第十四回前有詩曰：

---

〔註10〕杜貴晨《從「西門」到「賈府」——從古代拆字術、「四方」觀念說到〈金瓶梅〉對〈紅樓夢〉的影響》，《蘇州大學學報》2008 年第 1 期。

> 佛即心兮心即佛,心佛從來皆要物。若知無物又無心,便是真
> 如法身佛。……知之須會無心訣,不染不滯為淨業。善惡千端無所
> 為,便是南無釋迦葉。

又,第十九回寫烏巢禪師授唐僧《摩訶般若波羅蜜多心經》,其旨乃「照見五蘊皆空」、「諸法空相」,「心無掛礙」,「此乃修真之總經,作佛之會門也」。又第五十八回寫真假猴王:

> 「兩個行者,飛雲奔霧,打上西天。有詩為證。詩曰:人有二
> 心生禍災,天涯海角致疑猜。欲思寶馬三公位,又憶金鑾一品臺。
> 南征北討無休歇,東擋西除未定哉。禪門須學無心訣,靜養嬰兒結
> 聖胎。」

如此反反覆覆,不厭其繁,一以貫之地強調《西遊記》為「修心」之書。乃至第八十五回寫三藏道:「徒弟,我豈不知?若依此四句,千經萬典,也只是修心。」這些既是作者自道其書「西遊」之真義,也是明代「心學」理論最具代表性的見解。

由此可見《西遊記》之「遊」為遊「心」,其故事起訖生滅的邏輯則是「心生,種種魔生;心滅,種種魔滅」。以此對照「八十一難」的描寫,幾乎無不以唐僧望見前程山水等便生疑懼引起,則知一部《西遊記》敘事之理路,總不過「心」之「生」「滅」而已。說是佛教禪宗「明心見性」可,說是儒家「誠正格致」亦可,說是道家貴「無」亦可,即書中所謂「三教歸一」(第四十七回)。

《紅樓》遊「情」,即作者自道所謂「其中大旨談情」。[註11]《紅樓夢》寫賈寶玉等所至「昌明隆盛之邦,詩禮簪纓之族,花柳繁華地,溫柔富貴鄉」,終極對應的就是賈府傍街東寧府所建之「大觀園」。「大觀園」雖因「天上人間諸景備,芳園應錫大觀名」,實際不過是說其因為「諸景備」而適為石頭等「造歷幻緣」,體驗「人間有卻有些樂事」(第一回)的最佳場所。第十六回脂批側評曰:「大觀園係玉兄與十二釵之太虛玄境」,第四十九回回前脂評曰:「此回係大觀園集十二正釵之文。」等等,即為透露大觀園實為賈寶玉等在人間的「孽海情天」。而《紅樓夢》寫賈寶玉與主要是諸釵,又主要是釵、黛在大觀園聚散始末,如婚姻、情緣等,輾轉反側,纏纏綿綿,無非都是道心為情慾所困掙扎出離並終於在「通靈寶玉」的護佑和「一僧一道」的持引下「以情

---

〔註11〕杜貴晨《〈紅樓夢〉「大旨談情」論》,《齊魯學刊》1993年第6期。

悟道」〔註12〕的過程。

其三，《西遊》向「西」乃因以「西（天）」為極樂世界，而以「東土」為罪惡孽生之地，第九十八回寫如來論傳經之由說：

> 你那東土乃南贍部洲，只因天高地厚，物廣人稠，多貪多殺，多淫多誑，多欺多詐；不遵佛教，不向善緣，不敬三光，不重五穀；不忠不孝，不義不仁，瞞心昧己，大斗小秤，害命殺牲。造下無邊之孽，罪盈惡滿，致有地獄之災，所以永墮幽冥，受那許多碓搗磨舂之苦，變化畜類。有那許多披毛頂角之形，將身還債，將肉飼人。其永墮阿鼻，不得超昇者，皆此之故也。雖有孔氏在彼立下仁義禮智之教，帝王相繼，治有徒流絞斬之刑，其如愚昧不明，放縱無忌之輩何耶！我今有經三藏，可以超脫苦惱，解釋災愆。……

《紅樓夢》向「東」，則是基於「石頭」堅持對「紅塵中榮華富貴」的嚮往，也想「在那富貴場中，溫柔鄉里受享幾年」，乃由一僧一道施助，使隨「西方靈河岸上三生石畔」、「赤瑕宮」中之「神瑛侍者」與「絳珠仙子」等一併下世「造歷幻緣」（第一回）。其所至雖謂「昌明隆盛之邦，詩禮簪纓之族，花柳繁華地，溫柔富貴鄉」，即「石頭」以為可以「受享幾年」和神瑛侍者「凡心偶熾」嚮往的地方，其實正就是《西遊記》中佛祖所貶斥之「東土乃南贍部洲」的縮影和象徵。

其四，從修道歸真的目標說，《西遊》向「西」煉魔悟空，是正寫；《紅樓夢》向「東」，迷情體道是反寫。前者寫在向「西方極樂世界」的正進中悟真，後者寫從東方主春、主生、主情的「迷人圈子」（第五回）中「漸悟」以開發「道心」。

總之，《西遊》《紅樓》對以「西（方）」為歸都無異辭，分別只在於孫悟空等一遵佛祖之旨而辭東向西，石頭、神瑛等則一任個人的欲望（實為癡迷）而捨西向東，從而有兩書敘事《西遊》向「西」以「修心」，而《紅樓》向「東」而「談情」之異。

## 四、兩者之同

《西遊》向「西」與《紅樓》向「東」之同有三。

---

〔註12〕「以情悟道」，《紅樓夢》甲戌本第五回寫警幻仙姑語，今通行整理本一般不取此說，而從別本把此語刪落了。

　　一是同為「悟道」或「歸真」之途。《西遊》向「西」不必說了。《紅樓》向「東」雖因「石頭」之誤會（和神瑛「凡心偶熾」），但如書中一僧一道二仙所感歎：「此亦靜極思動，無中生有之數也。」（第一回）所以，雖非「夢」中賈寶玉與諸釵等所自覺，但在客觀上仍如《西遊》向「西」同為「歸真」之途，只不過《西遊》向「西」亦曾回「東」，而最後回「西」以「歸真」；《紅樓》則是「那僧道仍攜了玉到青埂峰下，將寶玉安放在女媧煉石補天之處……石兄下凡一次，磨出光明，修成圓覺，也可謂無復遺憾了」（第一二○回），經歷的則是「以情悟道」的直階。

　　二是過程略同。《西遊》向「西」，寫孫悟空兩次「西遊」，取經途中被貶與唐僧三離三合，才最後功成「歸真」；《紅樓夢》寫寶玉也是兩次「警幻」（太虛幻境與大觀園），大觀園中賈寶玉也是經一僧一道三次救護[註13]（第一二○回），才終於幡然憬悟，「懸崖撒手」，棄家歸佛。因此，無論從實質或形式上看，賈寶玉都可以說是人間的孫悟空，《紅樓夢》則是一部寫凡世的《西遊記》。而一如讀《西遊記》要讀到「心滅，種種魔滅」，方能不辜負作者之心；讀《紅樓夢》則當讀至可謂「情破，種種夢破」，才可以說真正做到了能「解其中味」！

　　三是同為「石頭」之說，即石頭的故事。《紅樓夢》寫神瑛——賈寶玉及其「通靈寶玉」，雖然可以追溯到上古玉與靈石的傳說，但其直接的源頭卻是《西遊記》「仙石」化猿的一點啟發。按《紅樓夢》第一回起句「故將真事隱去，而借『通靈』之說撰此《石頭記》一書也」云云，「通靈之說」不遠，正是《西遊記》第一回所寫仙石化猿的故事。這只要把二書寫靈石的筆墨作一比較，就可以見其後先相承之端倪。《西遊記》第一回云：

　　　　那座山正當頂上，有一塊仙石。其石有三丈六尺五寸高，有二
　　　　丈四尺圍圓。三丈六尺五寸高，按周天三百六十五度；二丈四尺圍
　　　　圓，按政曆二十四氣；上有九竅八孔，按九宮八卦。……蓋自開闢
　　　　以來，每受天真地秀，日精月華，感之既久，遂有靈通之意……

〔註13〕第一二○回：「賈政歎道：『你們不知道，這是我親眼見的，並非鬼怪。況聽得歌聲大有元妙。那寶玉生下時銜了玉來，便也古怪，我早知不祥之兆，為的是老太太疼愛，所以養育到今。便是那和尚道士，我也見了三次：頭一次是那僧道來說玉的好處；第二次便是寶玉病重，他來了將那玉持誦了一番，寶玉便好了；第三次送那玉來坐在前廳，我一轉眼就不見了。我心裏便有些詫異，只道寶玉果真有造化，高僧仙道來護佑他的。……』」

《紅樓夢》第一回則云：

> 卻說那女媧氏煉石補天之時，於大荒山無稽崖煉成高經十二丈、
> 方經二十四丈大的頑石三萬六千五百零一塊。媧皇氏只用了三萬六
> 千五百塊，單單剩下一塊未用，棄在青埂峰下。誰知此石自經鍛鍊
> 之後，靈性已通……

這裡不僅「石頭」之數也合於「周天三百六十五度」、「政曆二十四氣」之度，而且雖然來由不一，但「靈性已通」正就是上引《西遊記》寫仙石的「遂有靈通之意」，可知《紅樓夢》作者自云「借通靈之說」，實是點出此書撰作之起意託始，至少部分地是從《西遊記》開篇花果山「正當頂上，有一塊仙石」的描寫啟發而來。

《紅樓夢》的這一「借」又不止於《西遊記》的「通靈之說」，而且賈寶玉的形象，與「石頭」一而二，二而一，實在也正如《西遊記》中孫悟空作為「石猴」，本質上是一塊「石頭」，沒有什麼不同。《紅樓夢》寫「石皆能迷」，寫世間「情」之陷溺人的厲害，正與《西遊記》借「石頭」一旦「靈通」，都不免有「傲」心、名心等，寫世間「圈子」的厲害，屬同一筆仗。《紅樓夢》第五回寫警幻仙子教寶玉所說「迷人圈子」，就從《西遊記》來[註14]。而且比較《紅樓夢》之為「石頭記」既是「石頭」之「造幻歷劫」之傳記，又是「石頭」自撰之記，《西遊記》雖然不是「石頭」自撰之「石頭記」，但它作為如上所說孫悟空即「石猴」之傳記，也顯然當得起是一部記「石頭」之二次「西遊」之「石頭記」。由此可見《西遊》與《紅樓》後先相承聯繫之密切，也足可以令人詫異了。

## 五、結語

綜上所述，悟空、寶玉，兩塊「石頭」；《紅樓》《西遊》，兩部「石頭記」；寶玉「悟道」，悟空「歸真」；《西遊》向「西」，《紅樓》向「東」，《紅樓》敘事取向似在逆《西遊》而求異，並且讀者看起來也正是如此，以為二者絕無實質性承衍。實際不然，而誠如《老子》曰：「道，強為之名曰大。大曰逝，逝曰遠，遠曰反。」《西遊》《紅樓》二書敘事雖取向相反，但同歸於「道」。此

---

[註14] 《西遊記》中用「圈子」指物或比喻世情共在 11 回書中出現 41 次。其以喻世情者如第五十三回寫「行者道：『不瞞師父說，只因你不信我的圈子，卻教你受別人的圈子。多少苦楚，可歎，可歎！』」明是寫悟空畫在地上的「圈子」和妖怪的「圈子」，實以喻世情人心之善惡。

一狀況既是中國古代文學敘事取向「東」「西」方位的一個有哲學意味的表現,在形式上後者又成為前者的「反模仿」或「倒影」。筆者曾比較《金瓶梅》與《紅樓夢》說:

> 《紅樓夢》「談情」,是青春版的《金瓶梅》;《金瓶梅》「戒淫」,
> 是成人版的《紅樓夢》;《紅樓夢》「以情悟道」,賈寶玉是迷途知返的
> 西門慶;《金瓶梅》「以淫說法」,西門慶是不知改悔的賈寶玉。〔註15〕

此說或非確論,但是筆者既自以為是,又進一步認為這種兩部書之間騎驛幽通、消息暗遞的聯繫,還存在於《西遊記》與《紅樓夢》之間,即《西遊記》「悟空」,固然是魔幻版的《紅樓夢》,而《紅樓夢》「談情」,則可以說是人間版的「西遊記」;《西遊記》煉魔「悟真」,孫悟空是鬥戰勝「種種魔」的賈寶玉。《紅樓夢》「以情悟道」,賈寶玉是入而能出於「孽海情天」的孫悟空。則在這個意義上,《紅樓夢》敘事又可謂《西遊記》「方位」學上的「倒影」。

原載《中國語言文學研究》2020 年第 1 期

---

〔註15〕杜貴晨《〈紅樓夢〉是〈金瓶梅〉的「反模仿」與「倒影」論》,《求是學刊》
2014 年第 4 期。